Katriana si bloccò. Le sue piccole mani delicate artigliarono il piumino. «Ander, ti prego…».

«Oh, il momento delle suppliche è passato da un pezzo» dissi, sfilandomi la cintura. «Apri le gambe, omega».

Non lo fece. L'istinto di ribellarsi era troppo forte.

Ci sarebbe voluto del tempo per toglierle quella brutta abitudine.

Fortunatamente per entrambi, ero molto paziente.

Lasciai cadere la cintura sul pavimento e mi sbottonai i pantaloni. «Scoprirai presto che non amo ripetermi, Katriana». Abbassai la cerniera dei pantaloni. I suoi occhi seguivano ogni mio gesto. «E anche cosa succede quando un'omega si comporta male».

C'era un motivo se i lupi avevano una gerarchia ben stabilita. Con gli alfa in cima, i beta in mezzo e le omega in fondo. Nonostante fossero dei tesori preziosi, posseduti e protetti dai loro compagni alfa.

Katriana era mia.

Da punire.

Da scopare.

Da ingravidare.

Da proteggere.

Non sarebbe stato facile, perché era determinata a ignorare i miei ordini.

Calciai via gli stivali e mi sfilai calzini e pantaloni. Rimasi soltanto con un paio di boxer, troppo stretti per la mia crescente erezione.

Katriana spalancò gli occhi. «*No*» boccheggiò.

«Ci starà» le promisi. Nonostante le loro forme minute, le omega erano fatte apposta per accogliere i cazzi degli alfa.

Ma lei scosse il capo furiosamente e si strinse le ginocchia al petto. «*No*» ripeté con un ringhio.

Sorrisi.

Non era l'unica in grado di emettere quei suoni.

Ricambiai il suo ringhio con uno dei miei. Con la differenza che il ringhio di un alfa aveva delle proprietà speciali. Era una specie di richiamo che un'omega non poteva ignorare.

E infatti Katriana fu colta da una serie di spasmi violenti. «*Oddio*».

LA SERIE X-CLAN

IL SETTORE ANDORRA

UN ROMANZO DELLA SERIE X-CLAN

LEXI C. FOSS

Titolo originale: *Andorra Sector*

Copyright © 2020 Lexi C. Foss

Traduzione italiana: Claudia Sartori

A cura di: Erika Vennarucci

Tutti i diritti riservati.

Design di copertina: Covers by Julie

Fotografia in copertina: CJC Photography

Modelli di copertina: Riley Rebecca & Taylor Scott

Pubblicato da: Ninja Newt Publishing, LLC

eBook ISBN: 978-1-68530-199-6

Paperback ISBN: 978-1-68530-221-4

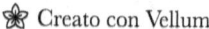 Creato con Vellum

A Katie, per tutte le lunghe chiacchierate e i brainstorming, per avermi tenuto compagnia negli infiniti viaggi in macchina verso la Florida, e perché sei un'amica fantastica. Sono così felice che il destino ci abbia fatto conoscere e non vedo l'ora di scoprire cos'ha ancora in serbo per noi. Oh, e grazie di avermi prestato una variante del tuo nome.

Questo è per te. <3

IL SETTORE ANDORRA

ANDORRA

Un romanzo della serie X-Clan

Una nota dell'autrice

Ogni serie che scrivo è opera delle voci che popolano la mia testa. Questa storia mi è stata sussurrata su una collina innevata, al centro di Andorra.

In un futuro non molto lontano, un virus trasforma il novanta per cento della popolazione umana in creature simili a degli zombie. Gli "Infetti". Ho continuato a passeggiare, ascoltando la *sua* storia. L'umana si era nascosta nelle caverne sulle montagne per proteggersi dagli Infetti e da tutte le creature soprannaturali presenti nel mondo. Finché un lupo non l'ha trovata, e tutto è cambiato.

Nel corso della notte, la sua storia ha dato vita a *Il settore Andorra*, un mondo completamente nuovo con cui potermi sbizzarrire.

In questo momento, ho in programma tre libri, con delle ambientazioni sparse in giro per il mondo. I protagonisti sono i lupi, e la loro lotta per la sopravvivenza in questo crudele universo distopico.

Sono racconti oscuri, incredibilmente sexy. E di certo non per i deboli di cuore.

Se la mancanza di un chiaro consenso ti mette a disagio, considera la possibilità di evitare i romanzi ambientati in questo mondo. Perché i miei lupi credono nel pieno scambio di potere, e sono gli alfa a dettar legge. Io sono solo il tramite delle loro voci. Questa è la *loro* storia che prende vita...

Buona lettura.

Con affetto,
Lexi

IL SETTORE ANDORRA

Un romanzo della serie X-Clan

Katriana Cardona
Nel momento in cui i lupi X-Clan mi hanno trovata, la mia vita è finita.

Sono stata morsa.
Trasformata.
E reclamata da *lui*.

I miei geni mi rendono una rarissima omega. Dentro di me, però, sono un'alfa. E non mi inginocchierò davanti a nessuno. Nemmeno all'alfa del settore Andorra.

Ander Cain mi ha promesso la sua protezione.
E un mondo nuovo, colmo di piacere e dolore.
In cambio, però, vuole me. Ogni parte di me.
Anche se dovesse significare prendermi con la forza.

Che sia dannata, se smetto di lottare. Ho trascorso gli ultimi ventun anni a combattere contro i morti viventi. Quando avrò finito con loro, questi lupi non si renderanno nemmeno conto di cosa sia successo.

Ander Cain
La mia vita è cominciata nel momento in cui ho conosciuto lei, la mia compagna. È una forza della natura.

E ciò di cui ha bisogno il settore Andorra per avere un po' di speranza per il futuro. Per avere una ragione per andare avanti e proteggere le nostre terre dagli zombie.

Eppure, si rifiuta di giocare secondo le nostre regole.

Nata in un periodo in cui gli umani fanno di tutto per sopravvivere, non è abituata alla gerarchia del branco o alle leggi rispettate da tutti i membri della nostra specie. Oh, ma imparerà. E io mi divertirò a essere il suo insegnante.

Katriana Cardona può sfidarmi quanto vuole, ma alla fine sarà mia. Che si sottometta o meno.

ANDER

Caro umano,

la mia società è diversa dalla tua. Abbiamo delle regole. Gli alfa comandano. Le omega si sottomettono. I beta sono fortunati se sopravvivono. Se lo scambio di potere non fa per te, forse è meglio se smetti di leggere. Ma se vuoi conoscere la storia di come ho soggiogato la mia gattina, volta pagina. Ti sfido.

E non preoccuparti: quando si tratta di violenza, anche lei non è da meno.

Ander Cain

KAT

«Cosa ti è venuto in mente?!» domandai, nascondendomi dietro un abete.

Eravamo completamente fottuti.

«Taci e muoviti!» sbottò Maxim, scendendo di corsa lungo la collina innevata.

Lo seguii, maledicendolo tra me e me. Molly e Peter erano al mio fianco, altrettanto furibondi. La loro rabbia nei confronti del nostro leader era come un'onda rovente, che però nulla poteva contro il gelo del pomeriggio.

Avevamo già perso Jack e Serif un chilometro più indietro, dove era avvenuta l'imboscata.

Attaccare un carico di cibo destinato al settore Andorra, pensai. *Ha perso la testa.* Quando Maxim aveva affermato di essere riuscito a trovare una fonte di cibo, avevo offerto subito il mio aiuto, convinta che saremmo andati *a caccia*. Non a rubare a un clan di lupi.

Se fossimo sopravvissuti, l'avrei preso a calci in…

Uno sparo risuonò nell'aria. Sentii il proiettile sibilare appena al di sopra della mia spalla. Subito mi abbassai e rotolai via. Il secondo sfrecciò fin troppo vicino alla mia testa.

Poi un lupo gigantesco atterrò davanti a Maxim, bloccandoci la strada.

Oh, merda…

Chinai immediatamente il capo e mi inginocchiai; sapevo che non era il caso di sfidare il mutaforma. Probabilmente era soltanto un beta, ma qualsiasi umano, me inclusa, non avrebbe avuto nessuna possibilità contro uno dei lupi del settore Andorra.

E per quello ero convinta che Maxim avesse voglia di morire. Se fossi stata a conoscenza del suo piano, non l'avrei mai seguito fin lì. Ma ormai era troppo tardi.

Molly cadde in ginocchio accanto a me, sulla neve, e Peter alle mie spalle. Maxim, al contrario, era rimasto in piedi. Con le spalle rigide. *Idiota.*

Presto altre creature, sia in forma umana che di lupo, emersero dagli alberi. Tenni lo sguardo fisso sulla neve, non volendo dare l'impressione di sfidarli.

Avevamo bisogno di una scusa. Un piano. Qualcosa che spiegasse perché avevamo assalito quel camion. A parte la verità, cioè che volevamo rubare il cibo che stava trasportando.

L'inverno era la stagione peggiore per fare provviste; vivendo sulle montagne, tra l'altro, eravamo sempre sepolti dalla neve. Non potevamo rischiare di avventurarci nelle città, c'erano troppi Infetti in giro. E stare nei pressi di Andorra ci dava un senso di sicurezza: i lupi tenevano alla larga tutti gli altri predatori. Solo che anche loro erano dei predatori, e non amavano ritrovarsi dei miserabili umani tra i piedi. Ma eravamo a corto di cibo.

Da qui la nostra disperazione.

«Bene, bene, bene. Cosa abbiamo qui?» disse una voce profonda.

Un paio di stivali apparvero sulla neve. Appartenevano a qualcuno con delle gambe muscolose, fasciate in jeans neri.

Sicuramente un alfa.

Non c'erano dubbi.

Speravo solo che non si trattasse di *quell'*alfa, Ander Cain. Mi bastò pensare al suo nome per rabbrividire. Non l'avevo mai incontrato, né volevo farlo. Era noto per la sua crudeltà e per la violenza con cui governava, anche tra gli umani che vivevano all'esterno della cupola.

L'atmosfera vibrava di potere. Il branco ci circondò; le intenzioni dei mutaforma erano chiare.

Deglutii. *Non reagire*, mi dissi. *Non scappare via. Non…*

Maxim si mosse. Vidi un lampo argentato brillare alla luce del sole che filtrava tra gli alberi. A cui seguì un coro di ringhi.

Molly gridò; il nostro ex capo era caduto a terra, sotto il peso di svariati lupi. Schizzi di sangue macchiarono la neve, su cui atterrò anche un revolver, accanto agli stivali dell'alfa.

Quel cretino aveva tentato di sparare a uno di loro.

Dovetti sopprimere l'impulso di alzare gli occhi al cielo, costringendomi a restare immobile, nonostante la carneficina che si stava svolgendo a poco più di un metro da me. Molly mi afferrò, ma venne strattonata via da un maschio che le impose di tacere.

Un gesto che provocò Peter.

Dando così inizio a una nuova serie di morsi, ringhi e strappi.

Rimasi in ginocchio, a capo chino, facendo del mio meglio per non reagire alla violenza che mi vorticava attorno. Sì, quelli erano miei amici. Ma non ero sopravvissuta così a lungo solo per diventare il pasto di un lupo.

L'alfa fece un passo avanti e alzò la mano, insinuando le dita tra le mie ciocche ramate.

Inspira.

Espira.

Ma il mio metodo aveva un grosso problema: a ogni respiro, venivo invasa e travolta dal suo profumo legnoso. Un aroma selvaggio e mascolino, molto diverso da quello dei ragazzi a cui ero abituata.

Sapeva anche di pulito. Un'altra caratteristica insolita per quel periodo dell'anno; era difficile lavarsi, quando tutti i corsi d'acqua erano gelati. Certo, quello non era un problema per gli abitanti del settore Andorra.

«Sembri l'unica persona intelligente del gruppo» mormorò l'alfa, trascinando le dita lungo il mio viso. «Dimmi cosa stavate facendo, e forse ti lascerò vivere».

Dal momento che sapeva già la risposta, ovvia com'era, gli dissi la verità. Anche se dubitavo che mi avrebbe lasciata vivere. Ma assecondarlo era la mia unica opzione.

Meglio tentare che arrendersi.

Mi schiarii la voce. «Maxim ci ha detto di aver trovato una nuova fonte di cibo. Quello che *non* ci ha detto è a chi appartenesse quel cibo. Ce ne siamo resi conto troppo tardi». La voce mi uscì più roca di quanto volessi, soprattutto a causa della corsa inaspettata nei boschi in pieno inverno.

«E chi sarebbe questo Maxim?».

Molto lentamente, indicai con un gesto la pila di carne insanguinata alla mia destra, che i lupi stavano ancora straziando. «Lui».

«Capisco». Le sue dita scivolarono più in basso, catturandomi il mento. Lo sollevò. I suoi occhi scuri studiarono e accarezzarono ogni parte di me, dal viso alle ginocchia. «Mmm… non sei niente male».

Mi sentii sprofondare. Non solo per le sue parole, ma per l'oscuro lampo di interesse che gli stava sbocciando nello sguardo. I lupi non chiedevano il permesso. Prendevano tutto ciò che volevano, quando volevano. E nonostante preferissero montare i loro simili, non era

4

insolito che un mutaforma si divertisse anche con gli umani.

Girò il mio viso da un lato, poi dall'altro. «Come ti chiami, umana?».

Mi ci volle qualche istante a rispondere. La mia bocca era improvvisamente secca. «Kat».

«Kat» ripeté. E sorrise. «Un nome appropriato. In effetti, mi ricordi un gattino curioso». Lanciò un'occhiata al di sopra della mia testa. «Mi piacciono le fusa».

Il suo commento fu accolto da qualche risatina che mi fece venire la pelle d'oca.

«Alzati, micetta» mi ordinò, lasciando andare il mio mento. «Voglio guardarti meglio».

E mi porse la mano.

Non la usai, decidendo di affidarmi alle mie sole forze per rimettermi in piedi.

Il sorrisetto che gli aleggiava sulle labbra carnose mi disse che approvava la mia scelta. E che il mio piccolo atto di sfida lo divertiva. Forse avrei dovuto prendere la sua mano, dopotutto.

«Voltati» mi esortò, usando il dito per imitare un movimento circolare, nel caso non avessi capito.

Stronzo.

Deglutendo a fatica, obbedii. Tentando anche di non soffermarmi sulla carneficina che si stava ancora svolgendo attorno a me.

Ma era difficile ignorare tutto quel sangue.

Sono tutti morti.

Perfino Molly.

Quando le dissero di stare zitta, ero convinta che avrebbe ascoltato. E invece no. Così furono loro a metterla a tacere. Per sempre.

Ero completamente sola e circondata da almeno una ventina di mutaforma. Probabilmente di più.

Non c'erano dubbi sul mio destino. Non mi avrebbero mai permesso di andarmene. Sopravvivere dipendeva soltanto da me.

Nuovo piano, decisi, ritrovandomi di nuovo di fronte all'alfa. *Stai al gioco. Scappa appena puoi.*

Conoscevo bene le pareti della cupola, sapevo dove si trovavano le entrate e le uscite. Perché avevo passato la vita ad aggirarle. Per la prima volta, invece, le avrei cercate per poter fuggire.

«Uhm...». Il suo sguardo, buio come la notte, lampeggiò di curiosità e di qualcosa di più oscuro. Qualcosa che mi fece rivoltare lo stomaco.

Avrebbe potuto uccidermi con una zampata, e l'intensità con cui mi osservava mi confermò che ci stava pensando.

«Sostieni che sia stato Maxim a organizzare questo stupido attacco» disse in tono pensoso. «Purtroppo per lui, non può negarlo né confermarlo». Fece un altro passo verso di me, costringendomi ad alzare il viso per continuare a guardarlo. «Dimmi un po', dolcezza. Da chi pensavi avreste rubato, se non da noi? Siamo l'unica colonia nel raggio di almeno duecento chilometri».

«Non avevamo capito che si trattasse di un trasporto di cibo». Mi schiarii la voce, sperando che la smettesse di essere così roca. Sostenere il suo sguardo richiedeva uno sforzo considerevole. L'istinto mi esortava a inginocchiarmi e abbassare gli occhi. Ma avevo bisogno che capisse dalla mia espressione che gli stavo dicendo la verità. Se avesse creduto nella mia innocenza, forse mi avrebbe lasciata vivere.

Dopotutto, ero realmente innocente.

«Ero convinta che saremmo andati a caccia» continuai. «Non sapevo che il nostro obiettivo fosse un camion. Non finché non abbiamo raggiunto la strada».

L'alfa mi scrutò in silenzio. L'impulso di inginocchiarmi era talmente intenso che continuare a fissarlo mi stava causando un dolore fisico.

Così grande.

Così forte.

Così dominante.

Sbattei le palpebre un paio di volte e il mio labbro inferiore iniziò a tremare.

Lui non disse nulla. Anche il suo branco era immerso nello stesso letale silenzio.

Le mie membra fremettero.

Il battito del mio cuore accelerò.

Finché non riuscii a sopportarlo un secondo di più. Un mugolio soffocato abbandonò le mie labbra. Un'ondata di sottomissione a cui non riuscii più a ribellarmi mi travolse, trascinandomi al suolo.

Le mie ginocchia dolevano a causa dell'impatto col terreno innevato. Nonostante indossassi un paio di jeans, ero certa che si fossero sbucciate. L'aria era permeata dall'aroma ferroso del sangue. Forse il mio. Forse il frutto del massacro avvenuto intorno a me. Non ne avevo idea. La mia mente annaspava, inebriata dalla presenza del maschio alfa.

Non ero una lupa, eppure *sentivo* il suo potere fin nel profondo dell'anima. Nonostante avessi una certa familiarità con la sua specie, non ero mai stata così vicina a un mutaforma. Per non parlare di un intero branco.

Avrei preferito di gran lunga dover affrontare un esercito di Infetti. Almeno sapevo come ucciderli: con un proiettile in fronte.

I mutaforma erano qualcosa di completamente diverso.

«Ti sottometti magnificamente» mi lodò l'alfa, accarezzandomi i capelli. Le sue dita scivolarono lungo il mio collo. Il suo tocco era ingannevolmente delicato. «Lo ammetto, sono curioso di esplorare i disegni che hai sulla pelle».

Rabbrividii.

Si stava riferendo ai miei tatuaggi. Decoravano il lato sinistro del mio corpo, aggiungendo macchie di colore alla mia carnagione d'alabastro. Ognuno racchiudeva un significato specifico. Sfiorò quello più importante, quello che avevo sulla gola. Era un fiore i cui petali diventavano degli artigli. Il disegno era opera di mia madre, l'aveva realizzato poco prima della sua morte.

"Bello e letale. Proprio come la mia Katriana".

«La teniamo?» chiese l'alfa ai suoi sottoposti. Il suo palmo si spostò sulla mia nuca, stringendola in una presa di puro dominio. «Sarebbe un bell'animaletto da compagnia per la pattuglia di confine. Potrebbe perfino fare le fusa».

Mormorii di approvazione accolsero la sua proposta. Ognuno di essi si riverberò lungo la mia spina dorsale.

Stai al gioco, sussurrai a me stessa. *Uno contro uno, forse potrei anche cavarmela.*

Per tutta la vita, avevo lottato contro innumerevoli morti viventi. E per quanto gli Infetti non fossero forti e intelligenti come i lupi, i metodi di combattimento erano universali.

Posso farcela, mi incitai. *Devo solo...*

Qualcosa di duro mi colpì su un lato della testa, facendomi accasciare sulla neve.

La mia vista si offuscò, il dolore rimbalzò attraverso le mie membra.

E tutto diventò nero.

ANDER

ELIAS BUSSÒ UNA VOLTA, poi entrò nel mio ufficio. Sapevo che era lui perché nessun altro si sarebbe mai azzardato a fare una cosa del genere. Ma il mio secondo in comando non aveva paura di me. Ed era proprio per questo che era il mio braccio destro.

«Problemi?» chiesi senza alzare lo sguardo dallo schermo del computer.

Il mio migliore amico si lasciò cadere sul divano di pelle e mise i piedi sul tavolino; sapeva che quell'abitudine mi irritava da morire. «Solo un piccolo intoppo con gli Altri».

Inarcai un sopracciglio, stupito da quello sviluppo imprevisto, e finalmente lo guardai. «Davvero?».

Si strinse nelle spalle. «Siamo in pieno inverno e stanno morendo di fame. Le loro facoltà mentali sono messe a dura prova».

Ma non era la loro disperazione a sorprendermi. «Come facevano a sapere del trasporto di cibo?».

«Non lo so ancora, ma ho già messo alcuni dei nostri uomini a indagare» mi informò, dimostrando ancora una volta il suo valore. «La fuga di notizie deve provenire dall'interno».

Già, perché gli Altri erano privi di tecnologia e di qualsiasi mezzo per comunicare con i nostri fornitori.

Li lasciavamo vivere nelle caverne sulle montagne. Offrivano un occasionale divertimento per i nostri lupi, quando avevano voglia di cacciare, ed erano utili come prima linea di difesa contro gli Infetti. Sentivamo le loro urla ben prima che quei dannati mangia-cervelli potessero raggiungerci, dandoci tutto il tempo di attivare le nostre difese.

Gli zombie erano un fastidio soprattutto per noi, visto che i lupi non potevano essere contagiati dal virus che aveva trasformato quasi il novanta per cento della razza umana in morti viventi. Ma volevo mantenere le mie strade pulite e tranquille. Era già abbastanza difficile tenere l'ordine, anche senza la presenza di creature senza cervello.

Tornai a concentrarmi sullo schermo, esaminando le specifiche tecniche che mi aveva mandato Drake, il capo della mia squadra di ricerca. «Presumo che vi siate occupati degli umani in modo appropriato». Una semplice affermazione, non una domanda, perché Elias sapeva come la pensavo sugli Altri. Dovevano stare fuori dai piedi.

«Ne abbiamo uccisi cinque e tenuta una» disse, sorprendendomi ancora una volta.

«Ne avete tenuta una?» ripetei, portando di nuovo l'attenzione su di lui. «Perché?».

«Due parole: rossa e sottomessa».

Alzai gli occhi al cielo. «Cazzo, amico». L'ultima cosa di cui avevamo bisogno era un'altra bocca da sfamare.

«Ceres la sta esaminando proprio in questo momento, per determinare se è idonea alla trasformazione». Controllò l'orologio. «Anzi, probabilmente le ha già fatto l'iniezione. Pensavo di consegnarla alla pattuglia di confine. Consideralo un regalo alle truppe».

«Un regalo che vuoi testare per primo» borbottai.

«Ovviamente». Sorrise. «Vuoi introdurla al suo nuovo ruolo con me?».

Sbuffai. Elias adorava condividere le sue femmine. Era un modo per sfogare un po' della sua aggressività di alfa. Se solo avesse funzionato anche per me. «La faremmo a pezzi».

«Probabile» concordò, intrecciando le dita dietro la testa. I suoi riccioli castano scuro erano in netto contrasto con la sua carnagione pallida. «Ma quello è parte del divertimento».

«L'ultima volta che ne abbiamo scopato una, è morta prima che finissimo». Rovinando completamente il momento.

«Sì, dieci anni fa» ribatté. «Ed era ancora umana».

«È per questo che non me le scopo più» gli ricordai. Le femmine mortali erano troppo fragili per soddisfare i miei bisogni.

«Ed è per questo che ho chiesto a Ceres di farle l'iniezione» sottolineò Elias. «Le mutaforma, anche le beta, sono più difficili da rompere».

Mi appoggiai allo schienale della sedia. «Sei veramente annoiato» osservai.

«A proposito di noia…». Inarcò un sopracciglio. «Hai trovato un accordo con i lupi Ash?».

Il mio umore si inasprì all'istante. L'alfa del settore Shadowlands mi stava dando del filo da torcere. «Vuole dieci veicoli per omega. Sia di aria che di terra».

Elias fischiò. «Merda».

«Già». Mi massaggiai il collo e lanciai un'altra occhiata allo schermo. «Drake mi ha inviato le specifiche per i mezzi. Sarà un investimento costoso». Ma almeno avrebbe rimediato alla noia del mio secondo in comando. E probabilmente anche alla mia. Ammesso che una di loro fosse una potenziale compagna.

Mi passai una mano sul viso, scuotendo la testa. «Sa che non abbiamo altra scelta» aggiunsi, incapace di nascondere la mia irritazione.

Erano più di cinquant'anni che non nasceva un'omega nel settore Andorra, nonostante i test infiniti e i trattamenti per la fertilità somministrati dai nostri ricercatori. Le poche rimaste erano controllate a vista dai loro compagni alfa. E, purtroppo, tutti i loro accoppiamenti avevano prodotto solo alfa o beta.

«Ha accettato di inviare dei campioni biologici la settimana prossima» continuai. «Ma prima vuole un anticipo di dieci veicoli come dimostrazione di buona fede».

«E se i geni dei lupi Ash si rivelassero incompatibili con quelli degli X-Clan?» replicò Elias.

«Allora avremo un grosso problema» ruggii. Perché nessun altro settore abitato da lupi X-Clan ci avrebbe mandato una delle loro preziose omega per l'accoppiamento. Nemmeno mio padre, che governava il settore Norse, ne aveva una da darci. Non lasciandomi altra scelta che trattare con il branco di Dušan. La loro struttura gerarchica era diversa dalla nostra, ma i principi di base erano gli stessi. Avevano alfa, beta e omega, proprio come noi.

«Rilancia» mormorò Elias. «Digli di mandarci un'omega in cambio del primo carico di veicoli. Possiamo arrangiarci noi a prelevare i campioni».

Sorrisi. «È esattamente quello che gli ho scritto mezz'ora fa. Sto ancora aspettando che mi risponda».

Elias ridacchiò. «Scommetto che ha adorato…».

Fu interrotto dal suono penetrante dell'allarme. Schizzammo entrambi in piedi.

«Proviene dal laboratorio» disse Elias, già quasi sulla soglia del mio ufficio.

«Vai».

Non aveva bisogno del mio ordine; era già andato.

Controllai i monitor, alla ricerca della fonte del problema, e vidi una rossa minuta che correva da uno schermo all'altro con addosso soltanto un camice da ospedale.

La osservai, colpito, mentre faceva fuori due ricercatori con un bisturi. Aveva delle abilità notevoli per un'umana. Il fatto che fosse riuscita ad avere la meglio su due mutaforma mi impressionò ancora di più. Certo, non erano dei combattenti addestrati come le mie guardie.

Premette la schiena sulla parete di cemento, lanciando un'ultima occhiata dietro l'angolo, per poi sfrecciare nell'inquadratura della telecamera successiva.

Incrociai le braccia, divertito. Forse Elias aveva ragione su di lei. Ma di sicuro richiedeva un po' di disciplina.

Quando comparvero due sentinelle, si nascose in un laboratorio. Sospirai. «Pessima mossa, piccola». Si era messa in trappola da sola.

Addio al divertimento.

Feci per rimettermi a sedere, quando i suoi capelli fluttuarono di nuovo davanti allo schermo, accompagnati da schizzi di sangue. Aveva eliminato entrambe le guardie non appena avevano varcato la soglia.

«Wow» mormorai, stringendo il bordo della scrivania.

Aveva già ricominciato a correre.

Seguii la sua traiettoria, calcolando dove sarebbe andata a finire. Ma d'un tratto si fermò. Si appoggiò a un muro, con la mano sull'addome. Zoomando, cercai le tracce di qualche ferita. Tutto il sangue che le macchiava il camice rendeva difficile dirlo, ma sembrava che stesse soffrendo. Considerato che aveva appena affrontato due guardie beta, sarebbe stato strano il contrario.

Si costrinse a proseguire, a piedi nudi, con un'espressione determinata.

«Bene, tesoro. Hai la mia attenzione» mormorai, per poi allontanarmi dalla scrivania e uscire dal mio ufficio. Continuando in quella direzione, c'era solo un posto dove sarebbe potuta andare. L'avrei incontrata lì.

Avvicinai la bocca al dispositivo che avevo al polso e ordinai a tutti di ritirarsi, Elias compreso.

Quella piccola belva apparteneva a me.

E avrebbe maledetto il giorno in cui aveva attirato l'attenzione dell'alfa del settore Andorra.

Ora sei mia.

KAT

Cinque minuti prima…

AHIA… Non sapevo cosa avesse usato quello stronzo di un alfa per colpirmi, ma un dolore lancinante mi stava perforando il cranio.

Tra l'altro, non c'era motivo di farlo. Sarei stata al gioco. Almeno temporaneamente.

Non avevo la più pallida idea di dove mi trovassi, all'interno della cupola. Ero in una specie di ambulatorio, dove mi stavano punzecchiando ovunque. Dovevano anche avermi lavata; non puzzavo più. Emanavo un profumo dolce, fruttato. O forse era il tizio che mi stava infilando aghi e cannule nelle braccia. Avevo intuito si trattasse di un maschio per via delle dimensioni delle sue mani.

Il mio torturatore cambiò posizione. Un rumore di metallo suggerì che aveva lasciato cadere l'ultima siringa. Mi ci volle uno sforzo immane per restare calma e tenere gli occhi chiusi, ma sapevo che l'unico modo di fuggire era sfruttare l'effetto sorpresa.

L'uomo si alzò e il calore attorno a me svanì. Sentii i suoi passi rieccheggiare nella stanza.

Poi un cigolio, forse di una porta.

L'impressione fu confermata quando la sentii chiudersi.

Aspettai, cercando di capire se lì ci fosse anche qualcun altro.

Niente.

Nemmeno un respiro oltre al mio.

Non può essere così facile. Ci dovevano essere delle telecamere che seguivano ogni mia mossa. O una guardia alla porta. Insomma, *qualcosa* per assicurarsi che restassi lì. Certo, per loro ero solo una semplice umana. Non mi vedevano come una minaccia.

Beh, avrebbero dovuto ricredersi.

Mi guardai attorno, trovando soltanto qualche strumento chirurgico e poco altro. *Wow.* Non avevo mai visto uno spazio così immacolato di persona, ma solo in foto. Nel nuovo mondo, la medicina era orientata principalmente al sopravvivere agli Infetti. Che in realtà significava solamente una cosa: non essere morsi.

Perché bastava un unico morso a far sì che il virus si diffondesse nell'organismo, trasformando gli umani in zombie.

Girava voce che alcuni umani fossero stati rapiti e rinchiusi in vari laboratori per cercare una cura. Ma avevo capito da tempo che erano solo storielle per bambini, per dare loro un po' di speranza.

Non esisteva una cura.

C'era solo la morte.

Non oggi, pensai, scendendo dal lettino. I miei muscoli intorpiditi protestarono; dovevo essere rimasta fuori gioco per un bel pezzo. Sentii l'ago conficcato nel braccio tirare e mi voltai. Ero stata collegata a un aggeggio con una sacca piena di liquido. *Una flebo. Forse tutti i libri di medicina che mi ha fatto leggere mia madre da bambina mi saranno finalmente utili*, pensai.

Estrassi delicatamente l'ago dalla pelle. Poi mi guardai intorno per trovare qualcosa da mettere sulla ferita; l'ultima cosa di cui avevo bisogno era che i lupi venissero attratti dall'odore del mio sangue. La coprii con un pezzo di nastro adesivo.

Ora mi servono dei vestiti.

Chiaramente non ne avrei trovati lì.

Afferrai due strumenti affilati dal vassoio e mi avvicinai alla porta. Feci un respiro profondo. *Ora o mai più, Kat.*

Aprii la porta e subito un allarme rimbombò nel corridoio, facendomi trasalire.

Fantastico. Doveva esserci un qualche codice per uscire senza farlo sapere a tutto l'edificio.

Almeno non erano ancora arrivate le guardie.

Mi lanciai lungo il corridoio proprio mentre due maschi in camice bianco giravano l'angolo. Non ci riflettei nemmeno per un istante. Agii e basta.

Squarciai loro la gola col bisturi. Si premettero subito le mani sulle ferite, vacillando. Non sarebbero morti, visto che sicuramente si trattava di lupi, ma il mio attacco li avrebbe rallentati.

Scattai attorno a loro, lasciandomeli alle spalle, e proseguii lungo un altro corridoio. Mi appoggiai alla parete. Quel posto era un labirinto. Non appena fossi riuscita a trovare l'uscita e vedere il cielo, sarei stata a posto. Avrei potuto farmi guidare dalle montagne. Perché la cupola era tutta di vetro. Beh, non vero e proprio vetro, quanto una qualche lega potenziata che teneva al sicuro i lupi, pur permettendo loro di ammirare il paesaggio.

Ricchi bastardi.

Sbirciai dietro l'angolo. Non c'era nessuno, così feci un passo. Ma il rumore di stivali che si abbattevano sul cemento mi spinse a cercare rifugio nella stanza più vicina.

Il loro udito e il loro olfatto soprannaturali avrebbero presto rivelato la mia posizione.

Avevo sì e no una ventina di secondi.

Scandagliai l'ambulatorio e trovai soltanto altri strumenti chirurgici. Afferrai un altro bisturi e quella che sembrava una specie di sega; poi mi accucciai dietro il lettino e aspettai.

I due mutaforma irruppero nella stanza. I loro ringhi non fecero che alimentare la mia determinazione. *Non oggi.* Il mio unico punto di forza erano i pregiudizi sul mio fisico; tutti mi sottovalutavano.

Proprio come quei due. Non appena mi individuarono, si scambiarono un'occhiata sconcertata.

Quello che, come tutti, non avevano capito, era che le mie dimensioni contenute mi permettevano di essere agile e veloce. Mi lanciai tra i due, in scivolata sul pavimento, stringendo le mie armi improvvisate. La sega ghermì i legamenti della caviglia di uno, mentre il bisturi lacerò il retro del ginocchio dell'altro.

Caddero a terra entrambi. Li pugnalai più volte al petto col bisturi, poi mi avviai verso la porta.

Veloce ed efficiente.

L'adrenalina mi scorreva nelle vene, spingendomi a proseguire, finché una fitta all'addome non mi fece bloccare sui miei passi. Fu un crampo talmente forte che mi portai istintivamente la mano sulla pancia e mi accasciai contro il muro.

Un gemito mi sfuggì dalle labbra. Mi ritrovai piegata in due dal dolore. Esaminai il mio ventre alla ricerca dei segni di una puntura o di una ferita, ma non trovai nulla. «Che diavolo...?» ansimai, trasalendo quando il dolore si fece ancora più intenso.

Forse una specie di veleno nell'aria?

Devo continuare a muovermi, mi dissi, costringendomi a proseguire. *Ignoralo. Respira. Corri.*

Perché l'allarme stava ancora rimbombando nei corridoi, e non avevo dubbi che sarebbero arrivate altre guardie.

Quella era la mia unica possibilità.

A ripensarci, avevo agito troppo presto. Col senno di poi, sarei dovuta rimanere nell'ambulatorio, per farmi un'idea più chiara di dove mi trovassi.

Troppo tardi.

Dovevo andare avanti. *Ora o mai più*, ripetei tra me e me.

L'allarme si zittì all'improvviso. Esitai. *Non sono stata io a farlo scattare?*, mi domandai, osservando il corridoio. *No. Le coincidenze non esistono.*

Quindi qualcuno doveva aver disattivato l'allarme.

Perché?

Proseguii lentamente, con i sensi all'erta. Un'altra fitta mi squarciò le viscere, facendomi quasi crollare sul pavimento.

Cosa mi sta succedendo?

Le gambe minacciarono di cedere. Mi piegai in due con un rantolo.

Non può… Ho bisogno…

Puntini neri cominciarono a danzarmi davanti agli occhi. Il mondo divenne soltanto una serie di macchie colorate.

«*Cazzo*» boccheggiai, tremante, sforzandomi di fare un altro passo. Ma mi ritrovai di nuovo contro il muro. «*Cosa cazzo mi sta succedendo?*».

«Stai attraversando il cambiamento» mi informò una voce tranquilla. Il suo tono profondo fu come una coltre di gelo sulle mie membra. «Saresti dovuta rimanere nella tua stanza. La flebo avrebbe reso tutto più facile».

Rabbrividii e alzai lo sguardo, trovandomi davanti il maschio che aveva parlato. Riuscii a stento a metterlo a fuoco. Il suo corpo massiccio era appoggiato alla parete di fronte. Non lo avevo nemmeno sentito arrivare.

È sicuramente un alfa.

E non un alfa qualsiasi, ma uno particolarmente spietato, stando al gelido bagliore dei suoi occhi dorati.

Mi si rovesciò lo stomaco e il mio sguardo cadde di nuovo sul pavimento. Cercai di mantenere l'equilibrio, riuscendoci a malapena. La fuga non era più un'opzione, non nelle mie condizioni. Non con quel predatore...

Delle dita si insinuarono tra i miei capelli. Il maschio si era avvicinato senza che me ne accorgessi. Il calore del suo corpo mi avvolse, il suo respiro fu come una carezza ardente sul collo.

Alzai di scatto la mano che stringeva ancora il bisturi, ma lui riuscì a catturare il mio polso con facilità. Sospirò e mi costrinse a lasciar cadere a terra l'arma. «Oh, te ne pentirai, piccola».

Me ne stavo già pentendo.

Intrappolata tra il suo corpo e il muro, rimasi lì, divorata da una serie di spasmi che mi fecero imprecare. E chiedergli: «*Perché?*». Aveva detto che stavo attraversando il cambiamento. Cosa cazzo significava?

Non potevano aver...

Collassai sul pavimento con un urlo agonizzante. Le mie viscere erano in tumulto.

Dei ringhi riecheggiarono nel corridoio, una minaccia a cui il maschio davanti a me replicò con altrettanta ferocia. Si scatenò l'inferno.

Sangue.

Grida.

Ululati.

Caos.

Piagnucolai, rannicchiandomi in una palla, sola e terrorizzata. Faceva *male*. Come se ghiaccio e sangue si stessero accoppiando nel mio sangue, destando un vortice di sensazioni nel mio ventre.

Debole.

Distrutta.

Non riesco a respirare.

Ebbi l'impressione di essere sul punto di morire.

Avevo sperimentato il dolore un milione di volte, ma non avevo mai sofferto così. La mia anima si stava letteralmente staccando dal mio corpo, dando alla luce una nuova creatura. Solo che rimasi umana per tutto il tempo, tremando violentemente.

Il calore mi inghiottì, ma continuavo a battere i denti.

Sentii delle vibrazioni sulla schiena.

Dell'aria sotto di me.

Capii che qualcuno mi stava trasportando, ma era tutto così scuro.

Delle parole fluttuarono sopra la mia testa.

Ordini.

Una generale atmosfera di incredulità.

Tentai di concentrarmi, di *ascoltare*, ma la mia mente non riusciva a focalizzarsi su niente. Era tutto così *sbagliato*. *Cosa c'era in quelle siringhe?*, mi domandai, ormai delirante.

Attraversando il cambiamento…

Stavo diventando un lupo?

O forse mi avevano infettata?

La mia testa trovò un petto mascolino, caldo e massiccio.

L'alfa?

Perché?

Cercai di sbattere le palpebre, mettere a fuoco… avevo bisogno di vedere. Ma rimasi in un mare di inchiostro, e tutto attorno a me diventava sempre più silenzioso.

Finché tutto ciò che udii non fu il battito del mio cuore.

Tum, tum.

Tum, tum.

Tum, tum.

Tummm…

ANDER

Mmm. Premetti il naso sul collo delicato della femmina, inspirando profondamente. *Pura perfezione.*

Era talmente esausta che non ebbe alcuna reazione. Per sopravvivere alla trasformazione che stava avvenendo nel suo sangue, il suo corpo aveva bisogno di forza e di nutrimento costante. Nonostante possedesse la prima, si era privata della seconda nel momento in cui si era tolta la flebo dal braccio.

A dirla tutta, era fortunata a essere ancora viva.

Mi ero aspettato di vederla morire nel corridoio.

Finché il suo odore non aveva cominciato a evolvere.

Nel giro di un attimo, il suo aroma naturale era mutato da un qualcosa di ordinario a un profumo meravigliosamente unico, che su di me ebbe l'effetto di un pugno nello stomaco. Beh, non solo su di me. Il suo sangue aveva cominciato ad attirare tutti i maschi presenti nel laboratorio sotterraneo come il canto di una sirena.

Se non fossi stato lì, sarebbe stata una catastrofe.

I lupi si sarebbero fatti a pezzi a vicenda per reclamarla.

Una rara omega priva di compagno.

Osservai meravigliato il dono che tenevo tra le braccia. La sua presenza era un miracolo che non avrei mai creduto possibile. Di solito, le umane che trasformavamo con l'aiuto di sostanze chimiche diventavano beta. Era parte del motivo per cui lo facevamo così raramente. A che scopo? Avevamo già un sacco di beta.

In qualche modo, però, questa femmina aveva sfidato la scienza, diventando un piccolo tesoro.

Le sfiorai ancora una volta il collo col naso, crogiolandomi nella meraviglia della sua esistenza. Vedendola soffrire, il mio istinto si era ribellato e aveva costretto il mio lupo interiore ad agire. La femmina aveva bisogno di conforto, così glielo diedi; il rombo rilassante che si irradiava dal mio petto era l'unica ragione per cui dormiva profondamente tra le mie braccia.

Aveva ancora bisogno di trasformarsi, di accettare la sua lupa, ma il peggio era passato.

Non appena si fosse svegliata, sarebbe stata una nuova versione di se stessa.

Una mutaforma.

La mia futura compagna.

Sentii l'aria agitarsi alle mie spalle. Una presenza si stava avvicinando, facendomi rizzare i peli sulle braccia. «Sei venuto a sfidarmi?» chiesi mentre sistemavo l'omega nel mio letto, immergendola di proposito nel mio odore.

La mia domanda non ricevette alcuna risposta. Elias si fermò sulla soglia della mia stanza.

Non serviva saper leggere nel pensiero per capire cosa gli frullava nella mente.

«So che sei stato tu a trovarla» dissi. Rimboccai le lenzuola sotto il mento della femmina in questione, poi mi voltai verso Elias. «Ma è mia».

Un muscolo si contrasse nella sua mascella, segno del dibattito interiore che si rifletteva anche nei suoi occhi scuri.

Era il mio più vecchio amico. Il mio *migliore* amico. Il

mio braccio destro. Ma era anche un alfa, proprio come me. E l'omega che giaceva sul mio letto era pronta per essere reclamata.

Mi scrocchiai il collo, preparandomi a fare ciò che dovevo.

Quella femmina mi apparteneva. Il mio lupo l'aveva deciso nel momento in cui il suo nuovo odore mi aveva accarezzato i sensi.

Lo sguardo di Elias si indurì, ma alla fine il mio amico alzò le mani e fece due passi indietro. Poi altri due. Finché non si ritrovò nel corridoio che conduceva nel mio soggiorno.

«Hai preso la decisione giusta» gli dissi, andando verso di lui. Ma mi fermai sulla soglia, incapace di allontanarmi ulteriormente da lei. «Come si chiama?». Nella fretta di portarla al sicuro, non ero riuscito a recuperare nessuno dei suoi documenti.

«Kat» rispose Elias. Si portò una mano alla nuca e iniziò a camminare nervosamente avanti e indietro. «Cazzo. *Lo sapevo* che c'era qualcosa di speciale in lei. Pensavo fosse stata solo la sua determinazione a suscitare il mio interesse». Si fermò sui suoi passi e mi guardò con la ferocia tipica di un maschio alfa. «E se ce ne fossero altre, Ander? Se potessimo trasformarne ancora?».

«Sai bene quanto me che tutto questo è estremamente raro» risposi, incrociando le braccia. «Su quante umane ci abbiamo provato, nel corso degli anni? Tutte beta. E la maggior parte è morta per via delle razioni». Non potevamo nutrirle tutte, non con l'aspettativa di vita della nostra specie e tutti i problemi causati dagli Infetti. «In più, non è che al mondo siano rimasti tanti umani».

«Non diresti così se fossi stato io a reclamarla per primo» ribatté. Il suo tono era come un ringhio. «Staresti perlustrando la costa, cercandone un'altra che corrisponda ai nostri criteri».

Aveva ragione, quindi rimasi in silenzio.

«Ceres ha già domandato dei campioni» continuò Elias. «L'intero consiglio vorrà farla geneticamente a pezzi per vedere come crearne delle altre. Soprattutto Enzo e Artur».

Un ringhio vibrò nel mio petto in risposta alla minaccia che aleggiava nell'aria. «Quei due vecchi bastardi possono anche baciarmi il culo. Non toccheranno ciò che è mio». E se volevano sfidarmi di nuovo, scatenando una rivoluzione, li avrei annientati. Esattamente come avevo fatto l'ultima volta.

Elias sospirò e si passò una mano sul viso. «Cazzo, Ander. *Cazzo*». Scosse la testa e ricominciò a camminare avanti e indietro. «Enzo e Artur non appoggeranno mai un accordo con i lupi Ash. Preferirebbero di gran lunga continuare con i test sugli umani. E penso che troveranno molto supporto».

Ecco perché l'avevo voluto come mio secondo: mi sbatteva sempre in faccia la dura realtà. In questo caso, però, mi rifiutai di cedere. «Mi occuperò io di loro».

«Ah sì?» rispose con una risata priva di allegria. «Quando? Perché avrai il tuo bel daffare con quella lì». Indicò la femmina alle mie spalle con un cenno del mento. «Ha messo al tappeto due ricercatori e due guardie».

Avendo assistito a tutto quanto sui monitor della sorveglianza, non commentai.

«Merda». Elias diede un pugno al muro, imprecando di nuovo. Poi ripeté il gesto con ancora più forza.

«Va' a farti un giro» gli dissi.

Mi fece il medio, ma obbedì. Uscì rapidamente dalla mia suite, sbattendosi la porta alle spalle con una violenza tale da far vibrare le pareti.

Le sue parole si rincorsero nei miei pensieri. Ognuna delle sue affermazioni racchiudeva una dolorosa verità.

A nessuno piaceva l'accordo proposto ai lupi Ash, nonostante il nostro disperato bisogno di omega. Molto probabilmente le femmine non erano compatibili. Non appartenevano nemmeno alla nostra specie.

Lo scopo della vita di un'omega era procreare con un alfa. Non potevamo accoppiarci con le beta; non riuscivano a reggere i nostri nodi. Se le lupe Ash si fossero rivelate geneticamente troppo diverse da noi, l'affare sarebbe andato a monte.

E ora avevamo un'altra opzione.

Lanciai un'occhiata dietro di me, verso la femmina addormentata sul mio letto. I suoi folti capelli ramati erano sparsi sui cuscini.

«Ce ne sono altre come te?» le chiesi, pur sapendo che non avrebbe potuto rispondere. Mi avvicinai a lei. «Altre umane predisposte a sottomettersi e accoppiarsi?».

Dal mio polso provenne un ronzio. Il nome di Ceres comparve nell'aria in un'ondata di elettricità.

Lo ignorai. Tutta la mia attenzione era rivolta alla mia futura compagna. Le si erano disegnate delle piccole rughe sulla fronte, ma scomparvero non appena ricominciai a emettere il suono di prima. Era un po' come un basso ringhio; essenzialmente, si trattava dell'equivalente lupesco del fare le fusa. Come previsto, il suo volto si rasserenò immediatamente.

Sorrisi. *Mmm, il suo corpo sta già abbracciando il suo destino.*

Ma educare la sua mente sarebbe stato tutto un altro paio di maniche.

«Ti opporrai a me» riconobbi con un mormorio sommesso, scostandole una ciocca di capelli dal viso. «Ma alla fine vincerò io». Mi chinai e le posai un bacio sulla tempia, per poi avvicinarmi al suo orecchio. «Mi divertirò a spezzarti, piccola».

Le posai un bacio sul collo, nel punto in cui potevo sentire il suo battito pulsare. Le mie zanne fremevano dal desiderio di incontrare la sua carne. Sarebbe stato così facile prenderla, proprio lì, in quel momento. Ma volevo sentirla implorare.

E l'avrebbe fatto.

Lo facevano sempre.

«Alla fine ti sottometterai a me» le giurai. «Perché sei già mia».

PERMETTERE a un altro maschio di toccare la mia omega si rivelò la sfida più grande che avessi mai affrontato. Il fatto che Ceres fosse un beta fu probabilmente il motivo per cui gli concessi di continuare a respirare.

Elias era in corridoio, appena oltre la soglia, in attesa del verdetto.

Non osava avvicinarsi. Non con l'agitazione che traspariva dalla mia postura. Avevo permesso questa pagliacciata solo per tranquillizzare Enzo. Quel dannato alfa si sarebbe presto guadagnato l'esilio, se avesse continuato a sfidarmi. Era riuscito a ottenere la maggioranza dei voti, costringendomi a sottoporre la mia futura compagna a quegli stupidi test.

Ringhiai, non per la prima volta, irritato dalla mancanza di rispetto dimostrata dal mio consiglio. Un altro problema da affrontare, non appena avessi risolto la situazione con l'omega.

Ceres prelevò un altro campione di sangue, riuscendo in qualche modo a rimanere calmo e professionale.

Soffocai l'ennesimo ringhio, infastidito dall'idea che qualcuno facesse dei test sui geni della mia futura compagna. Ma quell'irritazione era frutto della possessività del mio lupo.

Il leader che c'era in me aveva capito che poteva essere un momento di svolta nelle nostre ricerche. Se quell'umana era diventata un'omega X-Clan, quante altre ne avremmo potuto trasformare?

Dovevamo saperne di più su di lei.

Era proprio per questo che avrei autorizzato Elias a compiere un'incursione a casa sua. Se aveva delle sorelle o dei fratelli, li volevo. Per quanto riguardava chiunque altro vivesse nella stessa caverna, beh, mi sarei fidato del giudizio del mio braccio destro. Non mi aveva mai deluso, e dubitavo che avrebbe iniziato a farlo proprio in quel momento.

Gli rivolsi un sottile cenno d'assenso, dandogli il permesso di procedere. «Ma ho comunque intenzione di proseguire con l'accordo con i lupi Ash. Almeno la prima parte». Dušan non era stato felice della mia controfferta. Poi, però, la ragione e il bisogno avevano prevalso sull'orgoglio, e l'alfa aveva ceduto. «La ragazza arriverà la prossima settimana».

Gli occhi scuri di Elias irradiavano approvazione. «Stai prendendo tutte le precauzioni del caso. Come sempre».

«Il giorno in cui smetterò di farlo, potrai sfidarmi per avere la mia posizione».

Sbuffò. «Come se la volessi».

Lanciai un'occhiata alla bellezza avvolta nelle mie lenzuola e sorrisi. «Beh, ci sono anche dei lati positivi legati al mio ruolo».

«Ce ne sono anche nel mio» rispose con uno sguardo d'intesa.

La lupa Ash in arrivo sarebbe appartenuta a lui.

Ammesso che soddisfacesse i nostri requisiti. Abbassai il mento in un gesto di conferma.

Elias sorrise e aggiunse: «Raccoglierò tutte le informazioni possibili sulla tua nuova compagna».

La guardai, incuriosito dalla giovane di nome Kat che si era dimostrata così abile col bisturi. «Perfetto». Poi rivolsi la mia attenzione al dottore. «E voglio un rapporto completo sul suo sangue entro sera». Era incosciente da dodici ore. Il suo malessere era stato causato dalla rimozione della flebo. Se fosse stata una semplice beta, l'avremmo lasciata a cavarsela da sola.

Ma non avrei mai potuto fare una cosa del genere a un'omega.

Così avevamo sfruttato tutta la tecnologia e le medicine a nostra disposizione per assicurarci che sopravvivesse alla trasformazione. Certo, quando si fosse svegliata, l'avrei punita per il suo comportamento. Poi avremmo proceduto da lì.

Doveva ancora attraversare il cambiamento finale da umana a lupa.

Dopodiché, avrei potuto indurle l'estro.

Il solo pensiero me lo fece venire duro. Non avevo mai provato un'omega, ma sapevo cos'erano in grado di sopportare. Sapevo cosa *lei* sarebbe stata in grado di sopportare.

Il futuro non mi era mai sembrato così luminoso.

Determineremo i tuoi limiti, piccola. E poi te li farò superare tutti. Le accarezzai la guancia e sorrisi. *Benvenuta nel settore Andorra.*

KAT

ALLUNGAI LE BRACCIA sopra la testa. Le articolazioni delle spalle schioccarono così forte da farmi trasalire, riportandomi alla realtà.

Ero immersa nel bianco. Mi fece pensare a una nuvola. Non poteva essere neve; mi sentivo avvolta da un dolce tepore. Eppure, un vago accenno di pino mi solleticava il naso.

Inspirai profondamente.

Pino. E qualcosa di molto maschile.

Qualcosa di *buono*.

Rotolai nel bianco, alla ricerca di quell'allettante fragranza. Ne desideravo di più. Per fortuna era ovunque, soprattutto sulle lenzuola stropicciate. *Mmm*. Mi strusciai sul tessuto e me lo feci scivolare addosso, crogiolandomi in quel meraviglioso profumo. Volevo tingermi la pelle con il paradiso di cui era impregnato il letto, imprimerlo nel mio stesso essere.

Emisi un sospiro felice e rivolsi un sorriso al soffitto, notando le travi d'argento e il tetto di vetro. Dall'altra parte, c'era una struttura trasparente che sfumava nel cielo azzurro. Sui lati potevo scorgere le montagne, coperte dal nevischio e da chiazze di abeti.

Che spettacolo.

Non mi ero mai sentita così viva. Un netto contrasto con...

Mi alzai a sedere con un sussulto.

Un attimo...

Mi guardai attorno, osservando la stanza troppo moderna. Gli ultimi strascichi del mio stato onirico mi stavano abbandonando, sostituiti da una realtà che faticavo a ricordare.

Il camion.

Maxim.

Essere circondata dai lupi.

Svegliarmi nel laboratorio.

Un dolore lancinante.

Mi controllai il ventre alla ricerca di qualche ferita, ma trovai soltanto la mia pelle. Il mio camice da ospedale era sparito. Non avevo nulla addosso, se non le lenzuola di cotone.

Dove sono?, mi domandai, frugando nella memoria.

Dei gelidi occhi dorati apparvero nella mia mente, facendomi trasalire. Arretrai sul materasso, andando a sbattere sulla testiera del letto.

No.

No, no, no.

Perché avrebbe dovuto portarmi qui?

Scrutai di nuovo il paesaggio esterno. Ci trovavamo nella stanza più alta della torre che dominava la cupola.

Ander Cain.

Quella camera doveva appartenere a lui. Tutto il fottuto settore gli apparteneva, ma quel posto in particolare... «Oh...». Deglutii a fatica e mi avvolsi nelle lenzuola come in un vestito improvvisato. Poi tentai di alzarmi.

Solo per inciampare e andare a sbattere contro la finestra più vicina.

Le mie gambe protestarono e il mio corpo si afflosciò su se stesso, pur iniziando a tremare violentemente. *Adesso cado*, pensai, proprio mentre le mie ginocchia colpivano il tappeto con un tonfo sordo.

Mi rannicchiai in una palla, lasciandomi sfuggire un gemito dolorante.

Un suono roboante mi trafisse le orecchie, seguito da un intenso odore mascolino che mi fece contorcere le viscere. *Voglio... oh... lo voglio.*

Strinsi le mani a pugno, ringhiando a quella voce sconosciuta che si era impossessata della mia testa e a quelle strane sensazioni che mi tormentavano. Lingue di fuoco mi lambivano le vene, risvegliando un calore nel mio basso ventre che si riversò tra le mie cosce.

Bagnata...

«Cosa mi sta succedendo?» ringhiai. Tremavo. Per la confusione, ma anche per qualcos'altro... qualcosa di *bollente.*

«La tua lupa vuole uscire a giocare» rispose una voce profonda, il cui tono mi accarezzò i sensi.

Mi sporsi verso di lui senza pensarci. Il mio corpo si stava già sottomettendo all'oscuro potere che impregnava l'aria. Ne trovai la fonte e non riuscii a soffocare un gemito. La seta dei suoi pantaloni eleganti mi stuzzicò le dita, celando ciò di cui avevo disperatamente bisogno.

Il mugolio che mi stava risalendo la gola si impigliò tra i miei denti; la ragione cercava di riprendere il sopravvento.

Cosa sto facendo?

Mi costrinsi ad alzare la testa. E incontrai un paio di occhi dorati dallo sguardo divertito. «Mi stai già implorando?» domandò, inarcando un sopracciglio scuro. «Ero convinto che avresti rappresentato una bella sfida».

Il fuoco che mi ardeva dentro fu sostituito dal gelo. Indietreggiai finché la mia schiena non colpì una delle finestre. «Cosa... cosa mi hai fatto?». Lo chiesi con una voce roca, così diversa dal ringhio di prima.

Per quanti giorni sono rimasta incosciente?

Perché è tutto così luminoso?

Perché ha un odore così buono?

Ander si accovacciò davanti a me. Aveva le maniche della camicia arrotolate fino al gomito. «Hai fame, Katriana?».

«Uhm...». Fui travolta da uno spasmo che mi lasciò sconvolta e tremante. Un gemito abbandonò le mie labbra, un gemito che non fece altro che rendere ancora più intenso il calore che mi si agitava nel ventre.

Sì. Ero affamata.

Ma non di cibo.

Chiusi gli occhi, lottando con tutte le mie forze contro la bramosia risvegliata senza il mio permesso. Tutta colpa del suo *odore*.

No, della sua vicinanza.

Delle sue dimensioni.

Di quegli occhi penetranti.

Dei folti capelli neri.

Delle spalle ampie.

Della vita stretta.

Oh, lo volevo nudo. A contorcersi. A gridare il mio nome.

Aggrottai la fronte. *Il mio nome.* Conosceva il mio nome. «Come?» domandai. Ero senza fiato. «Come fai a sapere come mi chiamo?». Nessuno mi aveva mai chiamata Katriana, a parte mia madre. Tutti gli altri sapevano che preferivo Kat.

«Ho avuto tre giorni interi per scoprire tutto di te, Katriana Cardona» mormorò. Le sue dita aleggiarono sul mio viso, posandosi sul mento e alzandolo. Fui costretta a guardarlo negli occhi. Uno sguardo da predatore gli dilatava le pupille. Un brivido mi corse lungo la schiena. «Ventun anni. Nata in una caverna, come tutti gli umani presenti nella mia regione. Ma ho sentito che sei abile con arco e frecce. Mi piacerebbe confermarlo di persona».

«C... come?» chiesi per l'ennesima volta. Anche se la mia voce sembrava priva della forza che volevo imprimervi. Il tono roco con cui continuavo a parlare mi era completamente estraneo, esattamente come le sensazioni che si agitavano dentro di me.

«Elias aveva bisogno di una distrazione. E anche molti dei miei uomini. Li ho mandati a investigare a casa tua».

Mi raddrizzai e mi divincolai dalla sua presa. «No». Scossi la testa. «No. Non c'entrano niente col piano di Maxim. Giuro, nessuno di noi sapeva cos'avesse in mente». Se quel cretino non fosse già stato ucciso, l'avrei fatto io stessa.

I lupi avevano preso di mira le nostre famiglie per colpa sua.

I membri della mia erano già tutti morti, ma gli altri... Mi afflosciai su me stessa con una smorfia. Non avrebbero avuto nessuna possibilità contro un branco di lupi furibondi.

E io non li avevo protetti. Perché stavo *dormendo*.

Ander mi posò una mano sulla guancia e mi costrinse di nuovo a guardarlo negli occhi. «Lo sai che noi lupi sappiamo fiutare una bugia?».

«Allora sai che ti sto dicendo la verità».

«Sì, e lo sapeva anche Elias, quando ti ha interrogata dopo l'attacco».

Ah, ecco come si chiama l'alfa con gli occhi scuri. Elias.

Dev'essere il vice di Ander, ipotizzai, anche sulla base del potere travolgente che avevo percepito nella foresta. Quasi rivaleggiava con quello emanato da Ander, ma non del tutto. Loro due insieme, d'altro canto, sarebbero stati inarrestabili.

Cerca di evitare di trovarti davanti a entrambi, annotai mentalmente.

Ander inclinò il capo di lato. I suoi occhi dorati vedevano troppo e non rivelavano nulla. «Da quello che ho capito, sei figlia unica».

Il suo repentino cambio d'argomento mi fece aggrottare la fronte. «Già, i miei genitori non erano molto propensi a condannare altri figli a questo inferno». Non che conoscessi mio padre. Mia madre ne parlava raramente, con uno sguardo malinconico, per poi riportare in fretta il discorso sul mio allenamento. Voleva che avessi tutti gli strumenti necessari per sopravvivere alla crudeltà che ci circondava. Sosteneva che era quello lo scopo della sua vita, in quanto madre.

Diceva spesso che, avendomi messa al mondo, il minimo che potesse fare era insegnarmi a sopravvivere.

Per un essere umano, nascere era un po' come ritrovarsi in purgatorio.

Si veniva torturati fin da piccoli, ed era raro riuscire ad arrivare all'età adulta.

La maggior parte dei miei amici era morta durante l'adolescenza. Ed era raro che gli adulti raggiungessero la quarantina. Morendo a quarantotto anni, mia madre era vissuta molto più a lungo della media. Era diventata una sorta di matriarca.

Il palmo di Ander scivolò sulla mia nuca. «Vieni. Hai bisogno di mangiare». Mi strattonò in avanti e poi mi tirò in piedi, senza darmi nemmeno la possibilità di obbedire.

Vacillai. Avevo la vista offuscata da una miriade di

puntini neri. *Troppo veloce. Ooh…* Scossi la testa, cercando di schiarirmi la mente, e mi aggrappai alla camicia di Ander per tenermi in equilibrio.

Il calore emanato dal suo corpo mi avvolse come un abbraccio, spingendomi a rannicchiarmi addosso a lui con un sospiro. *Forte… potente*, pensai, premendo il naso sul suo petto. Era molto più grosso di me; tra le sue braccia, mi sentivo piccola e protetta.

Finché non mi sollevò in aria e iniziò a camminare.

«Ehi!» protestai, cercando di divincolarmi dalla sua presa.

E… cazzo, sono nuda.

Allungai inutilmente le braccia, come se in qualche modo potessi raggiungere le lenzuola cadute sul pavimento. Cosa diavolo mi era preso? La sua presenza riusciva a sopraffare la mia lucidità, suscitando strane voglie e sensazioni che non avevo mai provato prima.

«Cosa mi hai fatto?» gli chiesi. La mia voce era finalmente riuscita a ritrovare un po' di determinazione. «E mettimi giù!».

Un sorrisetto divertito gli balenò sulle labbra carnose. «Me lo stai facendo venire duro, tesoro. Ti consiglio di smetterla, altrimenti ti darò da mangiare il mio sperma, invece del cibo che c'è nell'altra stanza».

Trasalii. Chi direbbe una cosa del genere a qualcuno che non conosce nemmeno? Che rozzo. Che squallido. «*Non pensarci neanche*». Il tono con cui lo dissi mi stupì. Era praticamente un ringhio. *È davvero la mia voce?*

«Vedrai» rispose con un'intensità che mi fece stringere le cosce. «E sono sicuro che ti piacerà».

Un borbottio incomprensibile lasciò le mie labbra, perché non avevo idea di cos'altro dire se non un furibondo: «No», condito da un fiume di parolacce.

Che vada tutto a farsi fottere.

No, che *lui* vada a farsi fottere.

Al solo pensiero, una moltitudine di immagini mi esplose davanti agli occhi, facendomi sussultare per un motivo completamente diverso. Quel maschio sarebbe stato così vigoroso, così tenace, così... oh...

Bleah!

Avevo davvero bisogno che il mio inguine smettesse di formicolare.

Non so che incantesimo avesse scagliato sul mio corpo, ma stava facendo impazzire le mie parti intime. Non avrei *mai* dovuto essere attratta da Ander Cain. La sua spietatezza e la sua superiorità erano leggendarie. E non in senso buono.

Mi lasciò cadere su una sedia, in quella che doveva essere la sala da pranzo, e disse: «Mangia».

Sul tavolo davanti a me c'erano un piatto e una tazza fumante, colma di qualcosa di marrone.

Annusai il contenuto di entrambi, pronta a rifiutare, più per principio che altro. Ma il mio stomaco la pensava diversamente e me lo fece sapere mettendosi a brontolare.

La parte più ribelle di me voleva disobbedire ed esigere almeno una maglietta. Quella più intelligente, d'altro canto, riconobbe il valore di un pasto caldo. Non avevo idea di quanto fosse passato dall'ultima volta in cui mi ero nutrita, ma stavo morendo di fame.

Al punto che mi misi a mangiare, nuda, sotto lo sguardo insondabile dell'alfa. La sua espressione era altrettanto impenetrabile, tanto che le sue labbra carnose e la linea della mascella sembravano scolpite nella pietra. Si limitò a stare seduto a capotavola, in silenzio, con le dita intrecciate sul legno lucido.

Quando non riuscii più a ingoiare un altro boccone, spinsi via il piatto e incrociai le braccia sul petto per coprirmi il seno. Non era il primo maschio ad avermi vista nuda. Nei mesi estivi, era normale che ci facessimo il bagno tutti insieme; stare in gruppo era più sicuro.

Ma non ero mai stata *sola* con un maschio in quel modo.

Né ero mai stata esaminata così a fondo. Avevo l'impressione che stesse memorizzando ogni centimetro di me, incluso ciò che era nascosto dal tavolo. E odiavo come ciò mi lasciasse una sensazione di calore sulla pelle, invece del gelo che avrei dovuto provare.

«Perché?» chiesi infine. «Perché sono qui?».

Piegò la testa di lato. «Perché ti ho portata qui».

Mi sforzai di non alzare gli occhi al cielo. Il suo atteggiamento mi dava sui nervi. «*Perché* mi hai portata qui?».

«Perché sei mia».

Le mie sopracciglia schizzarono in alto. «*Cosa*?». Certo, tecnicamente tutti quelli che si trovavano sotto la cupola gli appartenevano, in qualche modo, ma quello che aveva detto sul darmi da bere il suo… uhm…

Mi sentii avvampare.

Non pensarci. Non finire la frase.

No.

Non farlo.

E non ero nemmeno d'accordo sull'essere *sua*, almeno non come temevo intendesse.

«Sto iniziando a dubitare della tua intelligenza» disse lentamente. «O forse del tuo udito. Ti farò dare un'altra controllata da Ceres». Si alzò e mi tese la sua mano enorme. «Vieni, piccola. Hai bisogno di riposarti ancora, prima di poter iniziare con il nostro accoppiamento».

Aprii la bocca, poi la richiusi, poi la aprii di nuovo.

Lui inarcò un sopracciglio, e la sua espressione si tinse di impazienza. «*Adesso*, Katriana».

«Non puoi dire una cosa del genere e aspettarti che

obbedisca» sbottai, saltando giù dalla sedia sul lato opposto a quello in cui stava lui.

Mi fulminò con lo sguardo. «Vivendo così vicino al settore Andorra, dovresti saperne qualcosa sulla gerarchia dei lupi».

«Oh, so bene quale posizione ricopri, *Ander Cain*». Attesi qualche istante, ma non ebbe alcuna reazione. Così aggiunsi: «Ma ciò non significa che io la rispetti». La voce di mia madre mi rimbombò nella mente, rimproverandomi per la mia sfrontatezza e ricordandomi i suoi insegnamenti. Ma non mi importava. Non mi sarei mai... *accoppiata* con quello stronzo.

Fece un passo verso di me.

Così io ne feci uno indietro.

Mi sentivo molto meglio dopo aver mangiato. A dirla tutta, mi sentivo benissimo.

«Attenta, omega» mi avvertì. Il suo tono letale mi fece venire la pelle d'oca. «Stai stuzzicando il mio istinto predatorio».

«Sei un mutaforma. Quell'istinto ce l'hai sempre» ribattei. E per di più era un alfa. Da quello che sapevo, quelli come lui non desideravano altro che scopare, mutilare o uccidere.

L'occhiata che mi rivolse confermò la mia valutazione. Avrei dovuto esserne terrorizzata, e invece un piccolo barlume di speranza si accese dentro di me.

Mi avrebbe sottovalutata anche lui, come facevano tutti i maschi. E avrei sfruttato la nudità a mio vantaggio, usando il mio corpo per distrarlo.

Camminai attorno al tavolo. L'alfa osservò i miei movimenti con le narici che fremevano. «È così che ringrazi il tuo protettore e futuro compagno? Sfidandolo?».

«Protettore?» ripetei, rifiutandomi di pronunciare il resto. Non volevo neanche pensarci. «Intendi *rapitore*, giusto? Non ricordo di aver mai chiesto la tua protezione, né di essere portata qui».

«No, eri troppo impegnata a *morire*» replicò.

«Morire?». Non ricordavo quella parte. Solo un dolore lancinante all'addome, un dolore diverso da qualsiasi altro avessi mai provato.

E poi l'arrivo di Ander. Mi disse che ero nel bel mezzo del...

Spalancai gli occhi. «Mi hai trasformato» conclusi con un grido strozzato. Oppure non era così? Abbassai lo sguardo sulle mie mani e...

La mia schiena colpì la parete. Strillai e affondai le unghie nella mano che mi stringeva la gola. I miei piedi sfioravano a malapena il pavimento, ma mi misi comunque a scalciare.

Iridi dorate catturarono le mie. Le fiamme che vi si agitavano all'interno mi lasciarono senza fiato. «Non è così che...».

Il mio ginocchio trovò il suo inguine. L'alfa soffocò un'imprecazione e allentò la presa, dandomi così l'opportunità perfetta per fuggire. Mi divincolai dalla sua stretta e mi lanciai verso la porta.

Che purtroppo mi condusse in un'altra camera da letto.

Merda!

Feci un mezzo giro su me stessa alla ricerca di una via d'uscita, ma andai a sbattere contro il petto di Ander. Mi afferrò per i fianchi e mi gettò sul letto, per poi chiudersi la porta alle spalle con un calcio.

«Va bene, omega. Ho provato a essere gentile. Ma vedo che con te non funziona». Iniziò a sbottonarsi la camicia. «Dovrò tentare un'altra via».

Indietreggiai fino ad andare a sbattere contro la testiera del letto. «Aspetta...».

«Considerala una lezione sul tuo posto in società». La sua camicia cadde sul pavimento, rivelando un torso muscoloso. Poi le sue mani scesero sulla fibbia della cintura. «Adesso spalanca le gambe come una brava piccola omega e forse ci andrò piano con te».

ANDER

Katriana si bloccò. Le sue piccole mani delicate artigliarono il piumino. «Ander, ti prego…».

«Oh, il momento delle suppliche è passato da un pezzo» dissi, sfilandomi la cintura. «Apri le gambe, omega».

Non lo fece. L'istinto di ribellarsi era troppo forte.

Ci sarebbe voluto del tempo per toglierle quella brutta abitudine.

Fortunatamente per entrambi, ero molto paziente.

Lasciai cadere la cintura sul pavimento e mi sbottonai i pantaloni. «Scoprirai presto che non amo ripetermi, Katriana». Abbassai la cerniera dei pantaloni. I suoi occhi seguivano ogni mio gesto. «E anche cosa succede quando un'omega si comporta male».

C'era un motivo se i lupi avevano una gerarchia ben stabilita. Con gli alfa in cima, i beta in mezzo e le omega in fondo. Nonostante fossero dei tesori preziosi, posseduti e protetti dai loro compagni alfa.

Katriana era mia.

Da punire.

Da scopare.

Da ingravidare.

Da proteggere.

Non sarebbe stato facile, perché era determinata a ignorare i miei ordini.

Calciai via gli stivali e mi sfilai calzini e pantaloni. Rimasi soltanto con un paio di boxer, troppo stretti per la mia crescente erezione.

Katriana spalancò gli occhi. «*No*» boccheggiò.

«Ci starà» le promisi. Nonostante le loro forme minute, le omega erano fatte apposta per accogliere i cazzi degli alfa.

Ma lei scosse il capo furiosamente e si strinse le ginocchia al petto. «*No*» ripeté con un ringhio.

Sorrisi.

Non era l'unica in grado di emettere quei suoni.

Ricambiai il suo ringhio con uno dei miei. Con la differenza che il ringhio di un alfa aveva delle proprietà speciali. Era una specie di richiamo che un'omega non poteva ignorare.

E infatti Katriana fu colta da una serie di spasmi violenti. «*Oddio*».

«Ander» la corressi, posando un ginocchio sul materasso. «E questo è solo l'inizio». Ringhiai di nuovo. La sua improvvisa eccitazione impregnò l'aria di un profumo irresistibile.

Strinse le cosce e gemette. «Co... cosa...? Come?».

«Sei un'omega» mormorai avvicinandomi a lei. «La *mia* Omega. Il tuo corpo risponderà sempre al mio richiamo». Le afferrai le ginocchia. «E adesso *apri*».

Le sue gambe si spalancarono senza opporre resistenza. La sua splendida carne rosata era già umida. La mia erezione pulsò, esigendo che la prendessi.

Non ancora.

Ero orgoglioso del mio autocontrollo. E per quanto volessi insegnare una bella lezione alla mia gattina, sapevo che in quelle condizioni non sarebbe stata in grado di reggere il mio assalto. Prima aveva bisogno di sperimentare completamente la trasformazione, diventando una lupa X-Clan a tutti gli effetti. Solo allora sarebbe stata pronta.

«N... no» mugolò, cercando di allontanarsi senza troppa convinzione. La sua testa continuava a ondeggiare come se stesse cercando di schiarirsi le idee. «Basta».

«Sei mia, Katriana». Le afferrai le cosce e la trascinai verso di me. La mia bocca cercò subito il suo sesso. Inalai il suo dolce profumo. «Mmm... non ho mai assaggiato un'omega. Potrei restare quaggiù per un po'».

Si irrigidì.

Ringhiai di nuovo, a un respiro dal suo clitoride.

Katriana si inarcò sul materasso con un grido.

«Non lottare, gattina» le dissi dolcemente, sfiorando con le labbra i riccioli che le coprivano l'inguine. «Il tuo corpo è fatto apposta per il mio. Lascia che ti mostri».

C'erano punizioni ben peggiori che avrei potuto...

Delle dita sottili si insinuarono tra i miei capelli e mi strattonarono la testa di lato. Il movimento mi colse di sorpresa, permettendo a Katriana di sottrarsi alla mia presa.

Non riuscì ad allontanarsi di molto; la afferrai di nuovo e la trascinai sotto di me, bloccandole i polsi sopra la testa. Ci ritrovammo faccia a faccia. Sistemai il bacino tra le sue cosce fradice.

«Continua a sfidarmi, piccola. Voglio proprio vedere...».

Mi sputò in faccia.

La fulminai con lo sguardo. «Leccalo via».

«Fottiti» ringhiò, riprendendo a dimenarsi sotto di me.

«No, tesoro. Sarà *te* che fotterò». Tenendole i polsi bloccati con una mano sola, le avvolsi quella libera attorno alla gola. «Invece di spiegarti la gerarchia del branco, te la mostrerò».

E finalmente un accenno di paura pervase l'atmosfera. Mescolata alla sua eccitazione, creava una fragranza irresistibile. Perché per quanto ci provasse, non poteva negare di essere attratta da me. La genetica ci aveva reso compatibili. La sua lupa bramava il mio, e viceversa.

Aprì la bocca, probabilmente per mettersi a discutere, e io la misi a tacere con un bacio.

Non uno dolce, piacevole, no. Fu un bacio dominante e violento, che esigeva la sua sottomissione. Le sue proteste si sciolsero in un gemito che piacque immensamente alla mia bestia interiore.

Così, gattina. Accettami.

La sua lingua sfiorò timidamente la mia, in una carezza dolce e femminile. Esplorò. Cercò. Glielo permisi, dandole da assaggiare quella piccola parte di me. Poi avrei preso il sopravvento, imponendole il ritmo che preferivo.

Si bagnò ancora di più, infradiciando i miei boxer e tormentando il mio cazzo.

Ebbi l'impressione di essere consumato dalle fiamme, alimentate dal bisogno di reclamarla.

Quella femmina era *mia*.

Volevo morderla.

Impalarla.

Creare un nido con lei.

Volevo farla a pezzi e rimetterla di nuovo insieme.

Spinsi la mia erezione tra le sue cosce spalancate. Maledissi il tessuto che ci separava, ero tentato di strapparmelo di dosso.

Adoravo la sensazione dei suoi seni premuti sul mio petto. I suoi piccoli capezzoli duri imploravano la mia bocca, la mia lingua, i miei *denti*. Cedetti all'istinto, trascinando le labbra lungo il suo collo, imprimendo la sua pelle morbida nella mente.

Così colorata, pensai, notando tutti i disegni intricati che la decoravano.

Prima o poi, le avrei chiesto di raccontarmi la storia dietro ciascun tatuaggio.

Ma non in quel momento, in cui volevo solo esplorare con la lingua ogni centimetro di lei.

Catturai un capezzolo tra le labbra, sfiorandolo appena con i denti, e la sentii rabbrividire. Le lasciai andare la gola e le mani e la osservai con attenzione, alla ricerca di un segno di ribellione. Ma si limitò a gemere e a muovere la testa avanti e indietro, preda della lotta interiore tra la sua mente e il corpo.

Sapevo già chi avrebbe vinto.

Dopotutto, eravamo animali.

Erano i nostri lupi a guidarci, non l'inclinazione umana a pensare troppo.

Strinse, anzi, praticamente stritolò i cuscini che aveva sotto la testa, emettendo un gemito strozzato. Oh, la mia omega aveva proprio un bel caratterino. Stava tentando di ribellarsi anche in un momento del genere.

«Non riuscirai a vincere» la avvertii e scesi di nuovo verso il basso, verso il vero premio. «Sei diventata mia nel momento in cui ti sei avvicinata a quel camion, gattina. Sei nel mio territorio. Dovrai sottostare alle mie regole. E ti voglio, quindi ti avrò. In qualsiasi modo desideri».

Chiusi la bocca intorno al suo piccolo bocciolo sensibile, e lei si inarcò con un grido che mi colpì dritto all'inguine.

«Mmm... così» la incoraggiai dolcemente. Le mie parole si infransero sulla sua carne bagnata. «Ascolta il tuo corpo. Limitati a *sentire*».

Mugolò qualcosa, dimenandosi sotto di me e

inarcandosi al ritmo dei miei morsi e delle mie leccate. Un'adorabile sfumatura rosata le colorò il viso. Il suo piacere stava sbocciando e crescendo davanti ai miei occhi.

Deliziosa.

Nel corso della mia vita, che ormai aveva quasi raggiunto il secolo, avevo ammirato un'infinità di donne in preda alla passione. Ma Katriana le batteva tutte. Godeva in modo selvaggio, pur mantenendo un'aura di stupore e innocenza che me la faceva piacere ancora di più.

Le omega erano fatte per il sesso.

Ne ebbi la prova qualche istante più tardi, quando si sciolse sotto di me. La sua estasi era un afrodisiaco che avvolse la stanza nella lussuria.

Gridò, ancora e ancora, tremando, col petto che si alzava e si abbassava affannosamente. D'un tratto l'aria si caricò di elettricità. Sembrava provenire da lei.

Indietreggiai di colpo, colto alla sprovvista.

Si raggomitolò su un fianco, e i suoi gemiti di piacere divennero dei lamenti sofferenti. Si stava trasformando. Le sue membra si stavano fratturando per effetto del cambiamento, e la stanza si riempì dell'odore acre del terrore.

Mi inginocchiai accanto al letto, cercando di guardarla negli occhi. «Lo stai forzando» ringhiai, senza preoccuparmi di celare l'irritazione.

Aveva invocato la sua lupa. E sospettavo che l'avesse fatto di proposito, per smorzare la tensione sessuale che stava crescendo tra di noi.

Maledetta testarda.

Avrei potuto costringerla a tornare in forma umana, e la sua lupa avrebbe obbedito. Ignorare l'ordine di un alfa, un ordine *vero*, non un semplice comando verbale, andava contro la nostra natura.

Ma le avrebbe fatto veramente male. Certo, l'agonia sarebbe stata un castigo adatto alla sua insolenza…

No. Si stava già punendo da sola.

«Come preferisci» dissi con un sospiro, allontanandomi dal letto. «Ma non starò qui a tenerti la mano».

Lasciai la porta aperta e andai in cucina, dove mi versai un bicchiere di brandy. Lo finii in due sorsate. Ne avevo proprio bisogno.

I lamenti provenienti dalla camera da letto mi fecero scuotere la testa. «Te la sei voluta tu» commentai, riempiendomi di nuovo il bicchiere.

Si diceva che trasformarsi per la prima volta da adulti fosse estremamente doloroso. Dopo averlo fatto un po' di volte, si sarebbe abituata. Avrei potuto aiutarla a sopportare il dolore anche in quel momento, ma non se lo meritava.

Così rimasi in cucina e aspettai, ascoltando le sue grida e il suo ansimare. Seppur infastidito dalla sua sfrontatezza, non volevo causarle troppa sofferenza. Era per questo che le avevo permesso di progredire nel cambiamento. Costringerla a trasformarsi di nuovo in essere umano le avrebbe provocato un dolore indescrivibile.

Quello che stava provando in quel momento era tutta opera sua.

Posai il bicchiere nell'acquaio e premetti un pulsante sul mio orologio, facendo apparire nell'aria uno schermo luminoso. Oh, come si era sviluppata la tecnologia nell'ultimo secolo.

Il settore Andorra ospitava alcuni tra i migliori ricercatori al mondo già da prima che il virus infettasse la popolazione umana. La nostra abilità nel settore tecnologico era motivo di vanto tra i lupi X-Clan. La cupola ne era un esempio lampante, così come i nostri sistemi di trasporto. Per non parlare del mio preferito: i dispositivi intelligenti, come quello che avevo al polso.

Cliccando su un paio di opzioni, richiamai lo schermo del mio computer, quello che tenevo in ufficio, e iniziai a scorrere i messaggi.

Dušan aveva fissato un orario di consegna. Bene.

Saltai direttamente ai risultati delle analisi sul sangue di Katriana che mi aveva mandato Ceres. Man mano che leggevo, le mie sopracciglia si sollevarono sempre di più.

Ma non riuscii a finire, perché fui interrotto da un latrato furibondo.

Spostai lo sguardo dallo schermo, posandolo sulla splendida lupa dal pelo rossastro che ringhiava sulla soglia della cucina.

«Sì?» domandai, sapendo che poteva capirmi perfettamente, nonostante fosse coperta di pelo. «Vuoi uno specchio per ammirare la tua nuova forma?». Era particolarmente bella, con quella pelliccia ramata. Nonostante in quel momento fosse ritta, in chiaro atteggiamento di sfida.

Fece un passo avanti. Le sue intenzioni erano palesi.

Scrollai il polso e lo schermo sparì.

Voleva la mia attenzione? Ce l'aveva.

Mi misi davanti a lei, scoprendo i denti. «Oggi hai già commesso una montagna di errori, omega. Ti consiglio caldamente di non continuare».

La sua coda fremette, l'aggressività riempì l'aria.

«Provaci» la sfidai.

Sarà anche stata agguerrita, ma non aveva alcuna possibilità contro di me, nemmeno in forma di lupo. Non solo era inesperta, ma era anche minuta. E un mio ringhio l'avrebbe fatta ritrarre in un angolo a guaire disperata.

Ma l'avrei lasciata tentare.

Schivai il suo primo affondo.

Poi saltai sull'isola della cucina, atterrando in piedi sul ripiano di marmo senza vacillare. La guardai sbattere contro il mobile sottostante. «Ti farai male».

Ovviamente mi ignorò e cercò di nuovo di raggiungermi con un balzo. Fallendo miseramente.

«Sei un lupo, non un gatto» le ricordai.

Mi rispose con un ringhio e tentò ancora una volta, cadendo sulla groppa.

Mi accovacciai e la guardai negli occhi. «Hai finito?». Non potevo permettere che la sua sfida non avesse alcuna ripercussione. Nessuno poteva attaccare un alfa e uscirne indenne. Soprattutto se quell'alfa ero io. C'era un motivo se governavo tutta quella dannata cupola.

Mi mostrò le zanne, strappandomi un sorrisetto.

«Oh, Katriana. Hai così tanto da imparare».

Reagì con l'ennesimo ringhio e si lanciò in salotto, dove iniziò a fare a pezzi tutta la mobilia. Scesi dall'isola con un salto e la osservai a braccia conserte mentre si dedicava all'equivalente lupesco di una scenata.

Aveva chiaramente voglia di morire.

Andò avanti e indietro per l'attico, esaminando ogni stanza, ogni porta e ogni finestra, alla ricerca di una via di fuga. Come se le avessi mai permesso di andarsene. Non sarebbe riuscita ad allontanarsi dall'edificio nemmeno di un paio di metri senza che ogni singolo alfa del branco cercasse di montarla.

Non l'avevo ancora reclamata.

Ciò la rendeva fertile e disponibile. Una combinazione letale per un'omega.

Il mio polso vibrò. C'era una chiamata in arrivo. La accettai, e davanti a me ricomparve lo schermo di prima. «Sono abbastanza occupato al momento, Elias».

Con perfetto tempismo, una sedia imbottita si schiantò

sul pavimento del soggiorno, seguita da una lupa furibonda con i brandelli del cuscino tra le fauci.

Girai lo schermo per rendere partecipe anche Elias, che per tutta risposta fischiò.

«Costringila a tornare in forma umana» disse poi.

«Ci ho pensato» ammisi. Ma nonostante il suo atteggiamento disobbediente, non volevo farle del male. Non così, se non altro. «Si tratta di qualcosa di urgente, o può anche aspettare?».

«Volevo solo darti un rapido aggiornamento. Delle tre candidate, solo una è sopravvissuta alla trasformazione».

«E?».

«Beta».

Annuii. «Non mi sorprende». Soprattutto dopo quello che avevo letto nelle analisi del sangue di Katriana. La mia lupacchiotta mi doveva delle spiegazioni.

«Ho avuto la stessa reazione» rispose Elias. «Ma gli altri vogliono continuare a cercare».

Sapevo che con "altri" intendeva Enzo e la sua piccola banda di idioti.

«Cerca di prendere tempo». Avevo bisogno di qualche giorno per elaborare quello che avevo scoperto grazie ai test di Ceres, prima di poter parlare al consiglio degli alfa. «Tienili occupati con i preparativi per l'accordo con il settore Shadowlands. Voglio che la cupola sia rinforzata e pronta per il loro arrivo».

«Va bene». Ridacchiò alla vista di Katriana, che nel frattempo si era spostata in sala da pranzo e stava facendo cadere piatti e bicchieri sul pavimento. «Le farai il culo quando avrà finito, vero?».

«Oh, come minimo» risposi, fulminando con lo sguardo la belva scatenata che mi stava distruggendo l'attico.

«Buona fortuna».

«Non ne avrò bisogno». L'avrei lasciata sfogarsi. Poi mi sarei assicurato che non accadesse mai più.

Riattaccai, sapendo che Elias non aveva nient'altro di utile da aggiungere, e mi appoggiai all'isola.

La scenata di Katriana durò un'altra ventina di minuti. Ne fui colpito, considerando quanto fosse sfiancante la trasformazione. Ma poi iniziò a rallentare. I suoi movimenti erano sempre più goffi, la sua testa dondolava come se si sentisse frastornata.

I suoi luminosi occhi azzurri mi cercavano continuamente, con un pizzico di preoccupazione che le dilatava le pupille. Sapeva di essere nei guai. Era perfettamente in grado di percepire che il mio lupo era in attesa che crollasse.

Una decina di minuti più tardi, le sue zampe cedettero per la stanchezza. Emise un verso penetrante che riecheggiò in tutto l'appartamento. Si raggomitolò su se stessa sul pavimento di marmo, e subito piombò nel sonno.

Mi avvicinai a lei con un sospiro frustrato. Aveva cominciato a tornare in forma umana mentre dormiva.

Lunghe ciocche ramate erano sparse sul mio tappeto, e la sua pelle decorata dai tatuaggi ricomparve lentamente sotto la pelliccia. La trasformazione fu molto più rapida, perché la sua mente non stava più funzionando. Solo il suo corpo. Era un bene, perché significava che non stava nemmeno soffrendo.

Non appena ebbe terminato di mutare, la presi tra le braccia e la strinsi al petto. Si accoccolò a me, come cercando il mio calore. Sorrisi. «Oh, adesso che sei svenuta ti piaccio, eh?» mormorai, dirigendomi verso la camera da letto. «Ma domani mi odierai».

Perché non le avrei permesso di ripetere quel folle spettacolino.

«Che compagna problematica» sussurrai. La posai sul materasso e recuperai delle lenzuola pulite dal guardaroba.

Gliele avvolsi attorno al corpo nudo e le baciai la tempia. «Dormi bene, Katriana. Con quello che ho in serbo per te, avrai bisogno di essere riposata».

La sua rivolta stava per giungere al termine.

«Buonanotte, piccola». Spensi la luce. «Ci vediamo domani mattina».

KAT

Silenzio.

Un concetto bizzarro che non avevo mai sperimentato. Sopravvivere richiedeva viaggiare e dormire in gruppo. Ma mi svegliai da sola, in una stanza fin troppo tranquilla.

Il mio senso dell'olfatto, acuito dalla trasformazione, mi disse che Ander era ancora nei paraggi. Il suo inconfondibile aroma, che mi ricordava il profumo della foresta, aleggiava nell'aria. Ma, per chissà quale motivo, mi aveva concesso un po' di solitudine.

Non ci rimuginai sopra, preferendo sfruttare quel piccolo regalo per trovare qualcosa da indossare.

Almeno a prima vista, la sua stanza era priva di armadi. Nei due comodini c'erano soltanto degli oggetti. Niente vestiti. Doveva conservarli da qualche altra parte.

Mi diressi verso il bagno alla ricerca di un guardaroba.

E colsi il mio riflesso nello specchio.

«Santo cielo» ansimai. Avevo i capelli ridotti a una massa informe e le braccia coperte di sangue secco. Ricordai con una smorfia come mi graffiai, in forma di lupo, dando in escandescenze nel soggiorno di Ander. Il mio scopo era soffocare le pulsioni che mi stava suscitando, e aveva funzionato. Più o meno. Una parte di me ancora lo desiderava. Il suo odore era stato sufficiente a risvegliare l'ennesima ondata di bisogno, che mi bagnò le cosce. Ma almeno la mia mente era tornata abbastanza lucida. Decisi di prenderla come una vittoria, alla faccia del mio corpo traditore.

Arrendermi alla sua bocca era stato l'apice della mia esistenza, nonché il momento più basso.

Nessun maschio mi aveva mai toccata *lì*, e mi era piaciuto più di quanto volessi ammettere.

Che poi era anche il motivo per cui odiavo anche solo pensarci.

Aveva usato i suoi feromoni per sedurmi. Anzi, aveva *ringhiato*, chiamando il mio animale a uscire allo scoperto.

Non avrei mai permesso che succedesse di nuovo.

La mente vince sulla materia, mi dissi, lanciando un'altra occhiata al mio riflesso. *Sì, okay. Prima un bagno, poi i vestiti.*

Solo che… non avevo idea di come aprire l'acqua.

Mi morsi il labbro inferiore. *Dai, quanto può essere difficile?*

Avevo visto foto di docce nelle riviste, e avevo riconosciuto in quella mostruosità di marmo nell'angolo il luogo dove sciacquarsi. I flaconi lì accanto dovevano contenere saponi o profumi con cui lavarsi.

Ce la posso fare.

Quanto mi sbagliavo.

L'acqua era troppo calda, poi troppo fredda, poi iniziò a schizzare ovunque. Alla fine, doveva essermi rimasto sicuramente del sapone tra i capelli, perché li sentivo ancora tutti appiccicosi. Ma almeno il riflesso nello specchio mi confermò che avevo un aspetto più presentabile.

Sgocciolando ovunque, afferrai un piccolo asciugamano appeso accanto al lavandino e iniziai ad asciugarmi. I cassetti erano pieni di oggetti sconosciuti,

così provai ad aprire l'armadietto sulla sinistra.«Ooh…».
Mi appropriai di un telo molto più grande e me lo avvolsi
attorno al corpo.

Il tepore che regalò alla mia pelle mi strappò un
piccolo sospiro felice. Avrei potuto abituarmi a vivere così.
Solo che sarei dovuta rimanere lì. E non ci pensavo
nemmeno.

Vestiti, ricordai a me stessa, aprendo una porta che mi
condusse finalmente dove volevo.

Abiti eleganti.

Jeans.

Camicie.

Cappotti.

Stivali.

Tutti da uomo. E, stando all'odore, tutti appartenenti
ad Ander. Oh, il suo odore… Strinsi le cosce, e il mio
stomaco fece una capriola.

Quelle reazioni dovevano finire. E c'era solo un modo
per ottenerlo: scappare. Cosa che non potevo fare con
addosso soltanto un asciugamano. Usare i suoi vestiti mi
avrebbe permesso di avere addosso il suo odore, forse
avrebbe perfino coperto il mio. Quello sì che sarebbe stato
utile. E se ne avessi indossato almeno qualche strato, sarei
anche sembrata più grossa.

Passai in rassegna quello che c'era, catalogando
mentalmente ciò che mi sarebbe servito. Le scarpe erano
fuori questione, però avrei potuto correre con addosso dei
calzini spessi.

Funzionerà. Ora devo solo trovare un modo per uscire di qui.

Sostituii l'asciugamano con una camicia che mi
arrivava fino alle ginocchia, poi mi diedi una pettinata.
Avevo avuto un aspetto migliore. Ma anche peggiore. Non
volendo sembrare ancora più attraente ai suoi occhi, decisi

che quel look andava bene. Mi diressi verso il soggiorno, che, con mio sommo stupore, non solo era pulito, ma anche arredato con mobili nuovi.

Dannazione, quanto a lungo ho dormito? Seriamente, avevo dormito di più in quell'appartamento di quanto avessi fatto nell'ultimo mese. Almeno mi sentivo riposata. No, mi sentivo *viva*. Addirittura potente.

Perché mi avevano trasformata in una lupa X-Clan.

Una mutaforma.

Una...

«Omega». La voce profonda di Ander riecheggiò nella stanza. Era seduto in poltrona, in un angolo del salotto, e sembrava un re sul trono. Aveva le gambe aperte e gli avambracci muscolosi appoggiati alle cosce. La sua espressione era illeggibile, ma riuscii facilmente a percepire la sua aggressività. La sua rabbia. La sua profonda delusione.

Rabbrividii, col cuore in gola.

L'avevo fatto veramente incazzare. Certo, era quello che speravo di ottenere. Ma ora me ne stavo pentendo.

D'altro canto, era stato lui a insistere. A ringhiare. A *leccarmi*. Il mio corpo mi aveva privata della possibilità di scegliere, costringendomi a sopportare le azioni di Ander e addirittura goderne, il tutto mentre la mia mente continuava a protestare.

Non avevo mai permesso a un maschio di toccarmi, figuriamoci di scoparmi. E nonostante fosse convinto di starci, là sotto, sapevo che non era così. Non dopo aver visto la sua erezione tendergli i boxer, un'immagine che sarebbe rimasta impressa a fuoco nei miei ricordi in eterno. Perché *wow*...

Rabbrividii e rimproverai me stessa per quei pensieri. Non volevo essere attratta da lui. Non volevo essere la sua compagna. Non volevo essere lì.

Eppure nessuno mi aveva concesso la possibilità di scegliere, e il mio corpo sembrava determinato a costringermi a restare. Anche in quel momento, non volevo far altro che inginocchiarmi, strisciare verso di lui e implorare il suo perdono. Mi ci volle uno sforzo non indifferente per restare in piedi e reggere il suo sguardo.

«Sfidarmi è un errore, piccola».

«No. Catturarmi è stato un errore. Non sono il tipo di donna che si sottomette, nemmeno a te». Incrociai le braccia, tentando di sembrare sicura di me, mentre le mie viscere si stavano sgretolando sotto il peso del suo sguardo. Era un maschio così potente, dominante. La sua autorità impregnava l'aria, quasi al punto di soffocarmi. Ma non potevo permettere che la situazione si evolvesse secondo i suoi piani. Doveva capire che non mi sarei mai piegata a lui, a prescindere dall'effetto che il suo ringhio e la sua lingua avevano avuto su di me.

Si alzò dalla poltrona. In piedi era ancora più minaccioso, superando di almeno trenta centimetri il mio metro e sessanta scarso. Per non parlare dell'ampiezza delle sue spalle. Non aveva un filo di grasso addosso; era tutto muscoli tonici e virili. Ma fu con una certa grazia che venne verso di me, con un passo felpato che non emise alcun suono.

«C'è una questione che richiede la mia attenzione» disse, afferrandomi il mento. «Al mio ritorno discuteremo di come funziona la gerarchia del branco. Una conversazione in cui sarai nuda, e in cui il mio palmo farà conoscenza con il tuo sedere. Quando avremo finito, sarai al corrente di ciò che tollero e ciò che *non* tollero».

Lo incenerii con lo sguardo. O almeno ci provai. Se pensava davvero che mi sarei fatta…

Sussultai. Mi aveva strizzato il sedere. «La risposta che stai cercando è: "Sì, mio signore"».

«Vaffanculo» dissi invece.

Serrò la presa sul mio mento. «Sei fortunata che ho una riunione, altrimenti avrei già iniziato a sculacciarti».

«Non sono una bambina» scattai.

«Il tuo comportamento dice tutto il contrario» ribatté, lasciandomi andare. Poi mi fece voltare verso il divano e mi spinse sullo schienale. Alzò la camicia che avevo addosso, mettendo in mostra il mio fondoschiena.

«Smettila! Non puoi farmi questo!». Mi dimenai furiosamente, ma mi tenne ferma con una mano sulla schiena, sfruttando anche le cosce massicce per bloccare le mie gambe contro lo schienale del divano. «Lasciami andare!».

Improvvisamente, un dolore acuto mi trafisse la carne esposta. Mi irrigidii.

Che diavolo…?

Era stata opera di qualcosa di sottile e rapido, quindi probabilmente non si trattava di un morso.

Un ago, capii, ricordandomi la sensazione delle punture subite nel laboratorio. «Cosa mi hai fatto?» gli chiesi. Qualsiasi cosa avesse usato, era già sparita: era arretrato di qualche passo da me e aveva le mani affondate nelle tasche dell'abito elegante.

«Considerala un'introduzione al tuo destino» rispose criptico, dirigendosi verso la porta. «Riley sta venendo a tenerti d'occhio. Comportati bene con lei, o lascerò che sia Jonas a occuparsi di te».

E con quello se ne andò.

Lo seguii, arrivando giusto in tempo per vedere la porta chiudersi alle sue spalle con un tonfo.

Niente serratura.

Niente codice.

Solo un normale punto di uscita.

Non poteva essere così facile.

Dopo aver contato lentamente fino a cinquecento, abbassai la maniglia. Al di là dell'atrio, c'era una specie di grossa porta metallica.

Beh, meglio che trovarci Ander.

La varcai cautamente ed esaminai quella che mi sembrava l'unica via d'uscita. Niente maniglie. Sembrava si aprisse scorrendo. *Un ascensore*, intuii. Avevo letto di quelle cose, ma non ne avevo mai visto uno.

Come funziona?

Sul lato destro c'era un pannello coperto di pulsanti. Li studiai. Scegliere quello con la freccia verso il basso sarebbe stato troppo ovvio. Doveva esserci un altro modo di scendere, un modo che mi permettesse di fuggire senza dare troppo nell'occhio. Forse delle scale.

D'un tratto una luce iniziò a lampeggiare sopra i pannelli metallici, seguita dal suono di un campanello. L'ascensore cominciò ad aprirsi.

Dannazione! Mi lanciai di nuovo verso l'attico di Ander, ma non fui abbastanza veloce.

«Tu devi essere Katriana» mormorò una voce femminile. Il dolce profumo della nuova arrivata riempì l'atrio e mi fece ritrarre le labbra in un ringhio, prima ancora che avessi avuto il tempo di girarmi verso di lei. «Io sono Riley» aggiunse.

Bassa.

Capelli di un azzurro molto intenso, quasi blu.

Pallida.

Formosa.

Sorridente.

Un gesto che non ricambiai. «Non ho bisogno di una babysitter».

Scoppiò a ridere. Un suono decisamente troppo allegro per la situazione. «Allora è un bene che non abbia voglia di farlo. Cosa ne dici di parlare un po', invece? Scoprirai che abbiamo molto in comune».

Osservai l'abito che le sfiorava i polpacci e le scarpe eleganti che portava ai piedi. «Ne dubito».

«Spesso l'apparenza inganna».

«Non me lo dire». Mi voltai e tornai nell'attico. Ander se n'era andato; dovevo cogliere al volo quell'opportunità. Non avrei avuto problemi a liberarmi di quella donna, ma forse sarebbe stato meglio ingannarla e convincerla a darmi qualche indicazione su come fuggire. Sicuramente conosceva anche i codici di attivazione dell'ascensore, visto che l'aveva appena usato.

Rapidamente, un piano prese forma nella mia testa. Non era perfetto, ma non avevo tempo di occuparmi delle sottigliezze.

Al suo ritorno, Ander voleva darmi una lezione. E io non avevo nessuna intenzione di farmi trovare lì. Né volevo un'altra puntura.

Tra l'altro, che diavolo era?, mi domandai per l'ennesima volta, sfregando il punto in cui la siringa era penetrata nella mia pelle. Mi aveva fatto male, ma, a parte quello, non sembravano esserci state altre conseguenze. Non mi sentivo per nulla diversa.

Ci avrei pensato più tardi.

Al momento, l'unica priorità era la fuga.

Mi impegnai a fare quattro chiacchiere con la tizia che si era messa a suo agio in casa di Ander. La mia lupa avrebbe voluto ringhiarle contro per la familiarità che dimostrava di avere con l'alfa, ma soffocai quell'istinto. A chi importava se si scopava altre donne? Non volevo essere sua, non volevo nemmeno essere lì. Poteva fare quello che gli pareva.

«Tieni» disse Riley, passandomi una tazza. «Preparo

qualcosa da mettere in forno, poi possiamo parlare di cose più serie».

Per quanto non vedessi l'ora di andarmene, un po' di cibo non sarebbe stato male. Dopo un'intera notte di riposo e un pasto decente, avrei potuto correre più in fretta e più lontano. E forse sarei anche riuscita a ottenere qualche informazione da Riley, mentre giocava a fare la massaia.

«Okay». Mi sedetti su uno degli sgabelli accanto al bancone che dava sulla sala da pranzo.

Lei si mise a frugare nel congelatore, un altro oggetto che fino a quel momento avevo visto soltanto sui libri, e ne tirò fuori diversi cubetti di carne.

Rimasi di sasso.

«E quelli cosa sono?» chiesi, già con l'acquolina in bocca.

«Bistecche di manzo. Più o meno. Di solito sono lunghe e spesse, non bocconcini». Le appoggiò sul bancone e tornò verso il congelatore. «Ander si rifornisce solo con i migliori prodotti provenienti dalle regioni agricole. Diamo loro in cambio medicine e dispositivi tecnologici». Posò sul bancone anche delle verdure, che sembravano infinitamente più commestibili di quelle a cui ero abituata.

A ogni aggiunta, i miei occhi si spalancavano sempre di più. Nonostante mi fossi concessa il pasto che mi aveva offerto Ander, non mi ero resa conto di quanto fosse saporito. Ma ora che mi sentivo meglio, almeno fisicamente, era tutta un'altra storia.

«Wow» dissi, meravigliata.

Riley alzò lo sguardo su di me. I suoi occhi di un azzurro intenso e profondo richiamavano il colore dei capelli. «Ci sono anche dei lati positivi nell'essere la compagna di Ander».

E in un battito di ciglia il mio appetito era svanito.

Forse c'erano davvero dei lati positivi, chissà... ma non sarei rimasta a godermeli.

Presi la tazza e andai in soggiorno, mettendo fine alla nostra conversazione. Oh, avrei mangiato qualsiasi cosa mi avesse dato. Ma poi me ne sarei andata. Con o senza il suo aiuto.

ANDER

«Quanto tempo ci vorrà perché faccia effetto?» domandai, lasciando cadere la siringa vuota sulla scrivania di Ceres.

Lui la prese e la gettò in una scatola rossa. «Considerando i suoi attuali livelli ormonali, direi cinque o sei ore al massimo».

«Allora è meglio che questa riunione si concluda in meno di tre ore» dissi a Elias, che mi stava aspettando in corridoio.

«Se dai al consiglio quello che vogliono, non dovrebbe essere un problema».

Sbuffai e lo superai, facendo strada verso il luogo dell'incontro. «Enzo e i suoi stupidi cagnolini vogliono catturare un gruppo di umane, scoparle e vedere cosa succede con i figli. Hai idea di quante risorse sprecherebbe un piano del genere?».

Ci sarebbero voluti tra i diciotto e i vent'anni per tentare la trasformazione. E la maggior parte delle femmine, se non tutte, sarebbero diventate delle beta.

Elias mi afferrò il braccio, bloccandomi prima che entrassi nell'ascensore che ci avrebbe portato nella sala conferenze. «Sono disperati, Ander». Un sussurro destinato soltanto alle mie orecchie. Nemmeno con l'udito di un mutaforma sarebbe stato possibile sentire la sua affermazione.

«Lo so. E la mia potenziale soluzione è molto più rapida» gli ricordai con lo stesso tono.

La maggior parte degli alfa era già d'accordo. Solo Enzo e Artur si lamentavano che le lupe Ash non erano delle sostitute accettabili. Ai loro occhi, solo delle omega X-Clan erano degne di diventare le loro compagne. Preferivano il vecchio mondo, prima degli Infetti, e si rifiutavano di aprirsi al cambiamento.

Prima o poi sarebbe stata la loro fine.

Probabilmente per mano mia.

Elias annuì. «Se gliela proponi così, forse saranno più disponibili. Ma preparati a scendere a compromessi».

Lo sapevo già. Conoscevo bene come operava il consiglio, e c'era un motivo se ero il loro leader. «So cosa devo fare». Si trattava di dimostrare che l'opposizione aveva torto, e avevo un suggerimento che nessuno di loro sarebbe stato in grado di confutare. A meno che Enzo e Artur non volessero rinnegare la loro posizione. In tal caso, avrebbero perso il rispetto dei loro tirapiedi.

Scacco matto, pensai, sorridendo tra me e me.

Elias mi lasciò andare e abbassò il capo per mostrarmi la sua fiducia. «Allora andiamo. Hai una compagna da reclamare che ti aspetta».

«Ammesso che il siero funzioni» borbottai, digitando il codice per il piano terra. Le abitudini umane di Katriana stavano prevalendo sul buon senso della sua lupa. Una volta accettata la sua posizione nel branco, sarebbe stata molto più disponibile.

Le omega erano apprezzate e venerate. Erano le protettrici dei nostri figli e le uniche in grado di accoppiarsi sul serio con gli alfa. Opporsi alla chimica che ci legava era inutile. E l'iniezione che le avevo fatto prima di andarmene l'avrebbe aiutata a comprenderlo.

Finita la riunione, sarei tornato, le avrei spiegato come stavano le cose e avrei atteso che l'estro prendesse il sopravvento. Sculacciarla sarebbe stato un piacevole preludio, poi i nostri istinti avrebbero fatto il resto. Si sarebbe goduta ogni momento.

Ero stato indulgente con lei, visto che proveniva da uno stile di vita completamente diverso. Da un mondo completamente diverso. Ma prima avesse permesso alla sua vera natura di prendere il sopravvento, prima avremmo potuto dedicarci al nostro inevitabile accoppiamento.

E poi, avevo bisogno di reclamarla.

Anche per evitare che qualche membro del consiglio mi sfidasse per averla. Giravano già delle voci al riguardo, e i risultati dei suoi esami del sangue avevano peggiorato le cose.

Katriana non era diventata un lupo solo grazie alla scienza. I marcatori della licantropia erano già presenti nel suo sangue. Era nata con una genetica da omega che il nostro siero aveva rafforzato durante la trasformazione. Ciò la rendeva ancora più degna di essere la mia compagna, perché significava che uno dei suoi genitori era un lupo.

Purtroppo, questa scoperta la rendeva ancora più appetibile anche per tutti gli altri alfa.

Nonostante le lupe Ash fossero anche loro delle omega, non erano delle omega X-Clan.

Katriana invece sì.

E ciò la poneva al di sopra di tutte, rendendola il premio più ambito.

Mia, pensai, uscendo dall'ascensore e dirigendomi verso la sala riunioni. *Katriana Cardona è mia.*

KAT

«VIVEVO CON GLI UMANI» disse Riley. Avevamo appena finito di mangiare. «Prima dell'Infezione, intendo». Le sue labbra si piegarono all'ingiù. «Quindi capisco come ti senti. Quanto tutto questo sia difficile da accettare. Non è stato semplice nemmeno per me, e io sono cresciuta sapendo di essere un'omega».

«Sei un'omega?».

«Non lo senti?» rispose lei, inarcando un sopracciglio. «Jonas dice che gli ricordo una pesca della Georgia. Penso sia un gioco di parole su come ci siamo conosciuti».

«Cos'è una pesca della Georgia?».

«Un frutto delizioso» spiegò con un sorriso. «Jonas è islandese, non ha mai assaggiato una pesca della Georgia. Quando ci siamo conosciuti, non ne erano rimaste più. E in ogni caso io ero troppo impegnata a cercare una cura, per preoccuparmi di fargliene assaggiare una». Il suo sorriso svanì. «Erano tempi difficili. Ma alla fine ci hanno condotti qui».

«Jonas è un alfa?» domandai.

Riley annuì, arrossendo appena. «Sì. È il mio compagno».

«Per scelta?» mormorai senza nemmeno rendermene conto. Scossi subito la testa. «Scusami. Volevo dire…».

«No, no, tranquilla. Lo capisco. Come ti dicevo, vivevo con gli umani. E il motivo era molto semplice: non volevo diventare la compagna di un alfa». Lasciò che la sua affermazione indugiasse tra di noi per qualche istante, probabilmente per assicurarsi di avere la mia attenzione.

«È normale?» le chiesi infatti.

Scoppiò a ridere. «No. Beh, se non altro non nel mio clan precedente. All'epoca, alle femmine era permesso andare all'università, ma solo perché gli alfa erano convinti che fosse utile per l'educazione dei figli. Per farla breve, studiai medicina e mi iscrissi a una scuola di specializzazione. Al termine degli studi, tutti si aspettavano che tornassi. Ma non lo feci. E quando scoprirono che stavo usando le mie conoscenze mediche per sopprimere il mio estro, il branco mi ripudiò».

«Estro?» ripetei, frugando tra i ricordi delle letture imposte da mia madre. «Riguarda la fertilità?».

Annuì. «Le omega ci vanno regolarmente. E in quel periodo abbiamo… ehm… bisogno di un alfa».

Le mie sopracciglia schizzarono in aria. «*Cosa*?».

«Non è brutto come sembra. Anzi, con l'alfa giusto può anche essere piacevole». Avvampò di nuovo. «Ma quello che sto cercando di dirti è che un tempo rifiutavo quella parte di me. Andai a lavorare per l'organo nazionale che si occupava del controllo e della prevenzione delle malattie, specializzandomi nelle malattie infettive. È così che sono rimasta coinvolta nella crisi degli zombie. Il mio team stava cercando una cura». Strinse le labbra. «Non ci siamo mai riusciti».

Chiaramente.

«Jonas lavorava con l'Unità di risposta alle crisi islandese, che era affiliata alle forze armate globali. All'epoca, era stato assegnato alla mia postazione, ad Atlanta. I miei soppressori coprivano il mio odore naturale, facendolo sembrare quello di una beta. Non si accorse di ciò che sono finché non ci ritrovammo in una situazione compromettente. E... beh, andai in estro e mi reclamò».

Trasalii. «Contro la tua volontà?».

«Non esattamente». Cambiò posizione sulla sedia, vagamente nervosa. «Voglio dire, l'attrazione c'era sempre stata. È naturale, tra alfa e omega. Però... sì, all'inizio non l'ho presa bene».

«Si è scusato?».

Ridacchiò. «Jonas che si scusa per aver ceduto ai suoi istinti? No. Mi disse di farmene una ragione».

«Mi ricorda Ander» borbottai. Non aveva usato le stesse parole, ma sembrava determinato a farmi accettare il mio destino. E a farmi accettare di essere di sua proprietà.

«Gli alfa sono fatti così, tesoro» commentò Riley. «Prendono una decisione e si aspettano che tutti si mettano in riga».

«E tu l'hai fatto? Voglio dire, ovviamente sì. Ma...?». *Hai cercato di lottare?*, era quello che avrei voluto chiederle sul serio. Solo che non sapevo come formulare la domanda senza farle capire le mie reali intenzioni.

«Sì e no». Fece una piccola smorfia. «Inizialmente ho provato a fuggire, ma alla fine mi ha catturata. Lo fanno sempre». E dall'occhiata che mi rivolse, mi fu chiaro che aveva già capito tutto.

Non dissi niente.

Non sbattei nemmeno le palpebre.

Ma la sua espressione non lasciava spazio a dubbi. Sapeva cosa avevo intenzione di fare. Il che non lasciava presagire nulla di buono per il mio piano.

«Cos'è successo quando ti ha catturata?» chiesi.

«Mi ha trascinata in Europa, da Ander, e ci siamo trasferiti qui. Tra tutti i settori abitati dai lupi X-Clan, l'Andorra è sempre stato quello più orientato verso la tecnologia e la ricerca. Il mio background mi rendeva una candidata perfetta per lavorare nei loro laboratori».

«Ed è finita così?». *Hai semplicemente accettato il tuo destino?*

Riley si strinse nelle spalle. «Ho continuato per un po' a cercare di trovare una cura, ma i miei sforzi sono diventati sempre più inutili. Con più del novanta per cento degli umani morti o contagiati, mi sono concentrata a tenere in vita quelli rimasti. Continuo ad aiutare anche oggi, con grande disappunto di Jonas».

Aggrottai la fronte. «Non vuole che lavori?».

«Più che altro, non vuole che abbia a che fare con altri maschi». Alzò gli occhi al cielo. «È sempre preoccupato per la mia sicurezza, anche all'interno della cupola».

«Non ti dà fastidio?» insistetti. Mi sembrava una situazione soffocante.

«La maggior parte delle omega sono tenute nei nidi a riprodursi, a occuparsi dei piccoli, cose così. Io e Jonas abbiamo trovato un accordo: io ho bisogno della mia indipendenza, lui brama la mia sottomissione. È un compromesso continuo, ma per noi funziona». Parlando, le si illuminarono gli occhi. Era ovvio quanto tenesse al suo compagno.

Ma mi domandai quanto ciò fosse dovuto ai suoi ormoni, e non realmente a *lei*. Se la mia permanenza lì mi aveva insegnato qualcosa, era che non potevo fidarmi del mio corpo. Non quando dovevo prendere delle decisioni su Ander. O mi sarei trovata a gambe aperte ogni volta che varcava la soglia.

«Beh, per oggi ho invaso abbastanza il tuo spazio». Si sporse verso di me. «So quanto può essere territoriale un'omega, quando si tratta dell'alloggio del suo alfa». Mi fece l'occhiolino e raccolse i piatti, per poi appoggiarli nell'acquaio.

Corrugai la fronte e le dissi: «Oh, io non sono territoriale».

«Quando sono arrivata, mi hai ringhiato contro» ribatté. «Per quanto la tua mente umana possa non esserlo, la tua lupa voleva farmi a pezzi. Ma non preoccuparti, non mi sono offesa. E Ander sarà felicissimo di saperlo».

Lo scorrere dell'acqua coprì il mio gemito infastidito.

Beh, poteva raccontare all'alfa quello che voleva, tanto al suo ritorno non sarei stata lì.

Solo che avevo appena sprecato un sacco di tempo a sentirla parlare di sé e dell'estro.

Quello sarà un bel problema, pensai con un brivido.

Stando a quello che aveva detto, avrei completamente perso il controllo durante il calore.

Sperai con tutto il cuore che succedesse il più tardi possibile. Prima dovevo riuscire a fuggire.

«Okay, se vuoi che ci vediamo di nuovo, fallo sapere ad Ander. Sono sicura che non gli dispiacerà se diventiamo amiche. E ti renderai conto che ti capisco meglio di quanto pensi».

Questo è ancora tutto da vedere, pensai tra me e me. Per poi risponderle con un sorriso: «Mi piacerebbe molto. Ti accompagno fuori?». Stavo improvvisando. Avevo bisogno di esaminare di nuovo l'atrio, per vedere se ci fosse traccia di una rampa di scale o qualsiasi altra via d'uscita. Forse i suoi movimenti mi avrebbero rivelato qualcosa.

«Certo» disse con un sorrisetto. «Ander si è trovato una bella gatta da pelare».

«Non so a cosa tu ti riferisca» replicai.

La sua occhiata mi disse che sapeva *esattamente* cos'avessi in mente. E le sue parole lo confermarono. «Ti troverà».

«Pensi che voglia fuggire».

«Non è così?» domandò, aprendo la porta. «È quello

che farei io». Premette il pulsante dell'ascensore con la freccia rivolta verso il basso, poi si voltò verso di me. «Te lo sconsiglio, Katriana. Sei priva di un compagno e in procinto di andare in calore. Se lasci l'edificio, il tuo odore farà andare fuori di testa tutti i lupi del circondario. So che qui non ti senti al sicuro, ma lo sei».

«Grazie dell'interessamento» dissi, sforzandomi di sorridere. «Starò bene».

Sospirò. «Sei proprio come me a ventun anni».

Le porte di metallo si aprirono.

«Buona fortuna, Katriana». Premette qualcosa sul pannello interno. Sulle sue labbra si disegnò un sorriso triste. «Fa' un favore a entrambe e resta qui».

«È stato bello conoscerti, Riley» risposi. La salutai con un cenno della mano.

Scosse la testa mentre le porte si chiudevano, ma riuscii a cogliere un barlume di rispetto nella sua espressione. Forse non sarebbe corsa subito da Ander per informarlo del mio piano. Ma ne dubitavo.

Quindi dovevo darmi una mossa.

Corsi verso il guardaroba dell'alfa e afferrai i vestiti di cui avevo preso nota mentalmente prima dell'arrivo di Riley.

I suoi pantaloncini mi arrivavano alle caviglie.

Due paia di calzini erano praticamente un paio di stivali.

E il suo giubbotto era dotato di un cappuccio perfetto per nascondere i miei capelli.

Non era l'abbigliamento più discreto che avessi mai indossato, ma almeno avrebbe coperto il mio odore. Avrei dovuto chiedere a Riley di portarmi dei soppressori, ma non c'era tempo.

Attraversai l'appartamento in un lampo e aprii la

porta. Premetti lo stesso pulsante che aveva schiacciato Riley.

Ti prego, fa' che non ci sia nessuno. Ti prego. Ti prego. Ti prego.

Din don.

Vuoto.

Sospirai di sollievo ed entrai. Osservai il pannello posizionato su una delle pareti interne dell'ascensore. «Uhm...». Era una tastiera standard che arrivava fino al numero nove. Dal momento che l'attico si trovava sicuramente più in alto del nono piano, almeno stando alla visuale che avevo scorto dalla finestra, i numeri dovevano significare qualcos'altro.

Un codice.

Mi mordicchiai il labbro inferiore e provai a digitare gli ultimi tre numeri, sperando mi conducessero al seminterrato o al piano terra.

E invece mi ritrovai nell'atrio di uno dei piani superiori, come determinai sporgendomi dall'ascensore e vedendo una fila di finestre luminose.

Okay.

Premetti soltanto due pulsanti.

Niente.

Provai con quattro, e l'ascensore si aprì su un corridoio di cemento che mi ricordò la mia prima notte sotto la cupola. Tentai con un'altra sequenza di numeri.

L'ascensore tornò verso l'alto, nella direzione sbagliata, per poi dirigersi di nuovo verso il basso, seguendo le indicazioni dei miei codici improvvisati. A un certo punto, ebbi l'impressione che ci stessimo muovendo anche di lato, come se l'ascensore potesse spostarsi anche in orizzontale.

Sì, è esattamente quello che sta succedendo, pensai, rendendomi conto che stavamo andando a destra.

Ah. Tecnologia all'avanguardia. Tutto quello che avevo letto al riguardo parlava di ascensori che potevano muoversi solo verso l'alto o verso il basso.

Quando le porte si aprirono su due uomini in giacca e cravatta in attesa di entrare, mi lanciai fuori senza esitare. Restare in uno spazio angusto con due lupi sarebbe stata una pessima idea.

Avrei proprio dovuto prendere qualche coltello, prima di andarmene. Certo, non avevo idea di dove li tenesse Ander. E sospettavo anche che li avesse nascosti, visto che la carne era già a bocconcini e Riley mi aveva dato soltanto una forchetta.

In ogni caso, avrei dovuto procurarmi un'arma e pianificare qualcosa di diverso dall'intrappolarmi da sola in una gabbia di metallo.

Rimproverai me stessa con un ringhio e mi diressi lungo un corridoio costellato di porte che terminava con l'ennesima porta chiusa. Girai la maniglia, ma non si aprì. Andai nella direzione opposta, provando un po' di maniglie lungo la strada.

L'ultima porta si aprì su un pianerottolo.

Sì! Iniziai a scendere saltando i gradini a due a due.

Superai un numero infinito di piani, cogliendo brandelli di conversazioni ogni volta che mi avvicinavo a un'uscita.

Man mano che scendevo, un brivido freddo lambì la mia schiena. Non sapevo se fosse reale o soltanto frutto della mia immaginazione. Ma quando arrivai al termine delle scale, un refolo d'aria gelida mi fece battere i denti.

Finalmente avevo trovato la porta che conduceva all'esterno.

La aprii e inspirai profondamente, godendomi l'aria fresca per mezzo secondo... finché un allarme non iniziò a suonare.

Merda!

Girai attorno all'edificio, scrutando l'orizzonte alla ricerca delle montagne che conoscevo e amavo. Non appena avessi individuato le creste che mi erano familiari, avrei potuto stabilire una traiettoria e…

Un maschio si parò davanti a me, bloccandomi la strada. Inclinò il capo di lato con un atteggiamento lupesco che mi gelò il sangue nelle vene. *Ecco perché avrei dovuto portarmi dietro un coltello.*

Sul momento indietreggiai, ma poi gli sfrecciai attorno.

Mi gridò qualcosa che non sentii. Alla faccia della fuga in sordina. Beh, non che mi aspettassi di riuscirci davvero.

Con le ali ai piedi, attraversai una strada dopo l'altra, un palazzo dopo l'altro, lasciandomi alle spalle quelle poche persone che incrociai nella mia corsa. Qualcuno ringhiò, spingendomi a muovermi ancora più in fretta. Il cuore mi martellava nelle orecchie. Dopo un po', sentii una fitta al ventre. La ignorai, rifiutandomi di rallentare.

Non potevo lasciare che mi catturassero.

Non potevo permettere che Ander mi trovasse.

Non potevo…

Le mie viscere si contrassero con violenza, facendomi andare a sbattere contro qualcosa di duro. Era un po' come l'ultima volta che avevo tentato di fuggire. *Che mi stia trasformando?*, ipotizzai. *No. Questo… questo è…* Scossi la testa, cercando di schiarirmi le idee, di esortare il mio corpo a procedere, ma una mano mi catturò la spalla e mi trascinò all'indietro.

Strillai, poi diedi un pugno al maschio che aveva osato toccarmi.

Anche lui gridò qualcosa, tentando di afferrarmi un fianco con l'altra mano.

No, quella mano non apparteneva a lui. C'era un altro maschio alle mie spalle. Gli sferrai una gomitata in faccia e mi divincolai dalla loro presa. Ricominciai a correre, solo per essere catturata da un terzo uomo, molto più grosso degli altri due. Mi sollevò e mi gettò verso qualcosa di duro. Per qualche istante la mia vista si offuscò, ma poi misi a fuoco il volto arrabbiato che incombeva su di me. In qualche modo ero finita a terra, e la neve stava penetrando attraverso i miei vestiti.

«Bene, bene, bene. Cosa abbiamo qui?» disse una voce profonda.

«Non ne ho idea, ma ha un odore meraviglioso».

«Eccitato».

«Omega?».

Le parole iniziarono a mescolarsi insieme, il mio ventre si contrasse fino a farmi male. C'era qualcosa che non andava, e non aveva nulla a che fare con la botta che avevo preso finendo a terra.

Ma al momento avevo un problema ancora più grande: quello che stava succedendo aveva attirato l'attenzione anche di altri lupi. C'erano cinque, no, *sei* paia di occhi affamati che mi osservavano.

E nessuno di loro apparteneva ad Ander Cain.

ANDER

«La ucciderò!» ringhiai.

Il rapporto di Riley, unito al suono penetrante dell'allarme, mi rivelò esattamente cosa stesse combinando la mia futura compagna. Lasciai la sala conferenze in preda alla rabbia. Il bisogno di arrivare per primo da Katriana mi infiammò il sangue.

Se un altro alfa l'avesse presa in quello stato, avrei perso ogni diritto su di lei.

Enzo e Artur stavano già ficcando il naso; se avessero scoperto che era fuggita in procinto di andare in calore, si sarebbe scatenata una guerra.

Una guerra che avrei vinto, su questo non c'erano dubbi. Ma avrei perso un maschio valido. Perché non ci sarebbe stata altra scelta che combattere fino alla morte. Un'omega in calore faceva perdere il lume della ragione anche al più forte degli alfa, soprattutto quando c'era di mezzo la violenza.

Avrei dovuto chiuderla a chiave in camera. Ma non mi ero aspettato che facesse qualcosa di così stupido.

Riley sembrava pensarla diversamente. Mi ricordò che Katriana non era una tipica omega.

Che novità.

«Distraili» ordinai, riferendomi alla stanza piena di

membri del consiglio che mi osservavano con malcelata curiosità.

«Certo» disse Elias, per poi dirigersi verso la piccola folla.

Mi avrebbe dato almeno qualche minuto di vantaggio.

Per il resto, però, avrei dovuto contare solo su me stesso.

Controllai sull'orologio da dove provenisse l'allarme e corsi verso le scale. Seguii l'odore della mia omega, mescolato al mio, fino alla porta che aveva spalancato solo qualche minuto prima.

Seguii le sue piccole impronte sulla neve, annusando l'aria, finché non trovai un gruppo di maschi beta palesemente inquieti.

Un'omega in calore era un richiamo in carne e ossa per tutti i lupi privi di una compagna, un richiamo che li implorava di procreare.

Il mio ringhio spinse la folla a dividersi. La mia autorità era innegabile.

Molti corsero via, preferendo non mettere alla prova la rivendicazione di un alfa.

Altri rimasero lì, probabilmente desiderosi di assistere a un piccolo show.

La maggior parte degli alfa non riusciva a controllarsi, quando era vicino a un'omega nelle condizioni di Katriana. Fortunatamente per lei, sapevo come tenere a bada le mie pulsioni.

Mi accovacciai accanto a lei. Spalancò gli occhi.

Sembrava che l'iniezione avesse funzionato più in fretta di quanto avesse previsto Ceres. Era già alle soglie dell'estro. Aveva le pupille dilatate, e piccoli gemiti le sfuggivano dalle labbra. Si rannicchiò su un fianco. Dopo qualche istante, l'odore della sua eccitazione cominciò a permeare l'aria.

Dovevo portarla via di lì. E in fretta.

Ma prima doveva capire in che situazione si era cacciata, e c'era solo un modo per farlo.

«Stai andando in calore, omega» la informai. «In un'ora, o forse anche meno, sarai sopraffatta dal bisogno di scopare».

Trasalì. «Ander...».

«Questi beta faranno del loro meglio» continuai, indicando con un cenno il gruppetto con la bava alla bocca. «E tu apprezzerai i loro sforzi, ma non sarà mai abbastanza. Perché hai bisogno del nodo di un alfa. Solo che non hai ancora un compagno, quindi il tuo bisogno farà impazzire tutti gli alfa qui attorno. Dal momento che sei una lupa, dovresti riuscire a sopravvivere alla loro frenesia. Dopotutto, le omega sono fatte apposta per sopportare i nostri assalti. Ma non sarà piacevole».

Tenni le mani abbandonate lungo i fianchi, nonostante l'aggressività sembrasse infiammare l'aria dietro di me. Non era ancora ingestibile, ma lo sarebbe stata presto.

«Hai una scelta da compiere, Katriana. Puoi seguirmi, e lasciare che mi prenda cura di te, o affrontare da sola il tuo destino. Che consisterà nell'essere reclamata e scopata da chiunque sia abbastanza svelto da montarti prima degli altri».

Mi guardò con sospetto. «Destino...». La consapevolezza balenò nelle sue profondità azzurre. «Ecco cosa c'era nella siringa. Mi... mi hai fatto qualcosa».

Non mi sarei scusato per aver innescato un processo che sarebbe accaduto a prescindere in un paio di giorni. Né l'avrei ammesso.

Non era il momento di stare lì a discutere.

Aveva una scelta da compiere. E doveva farlo finché potevo ancora aiutarla.

Un ringhio risuonò in lontananza. Un alfa che aveva

percepito il bisogno di un'omega. E neanche a farlo apposta l'omega gemette, stringendosi le braccia attorno al ventre, rannicchiandosi ancora di più su se stessa.

«So come farti stare meglio» le assicurai. «Ma non ti aiuterò finché non sarai tu a chiedermelo».

Era stata lei a creare quella situazione con il suo sciocco tentativo di fuga. Se voleva il mio aiuto, avrebbe dovuto ammetterlo.

Incrociai le braccia sul petto e attesi. I ringhi erano sempre più vicini. Se ci avessero raggiunti, avrei dovuto combattere. Anche se Katriana non voleva accettarmi come suo compagno, io l'avevo scelta. Nonostante se lo meritasse, lasciarla in balia di altri lupi non era mai stata davvero un'opzione.

«Ander» mugolò. L'odore del suo desiderio diventava sempre più intenso.

«Mi sbagliavo. A quanto pare, ti resta solo qualche minuto prima di iniziare con le suppliche. Ti consiglio di decidere in fretta, omega. Prima che sia qualcun altro a farlo per te». Se mi avesse costretto a combattere per lei, dopo l'avrei scopata contro il muro. Solo per chiarire le cose con chiunque vivesse sotto la cupola.

Nessuno poteva mettere in discussione la mia autorità, e di certo non la mia futura compagna.

«Smettila di pensare come un'umana e lascia che sia la tua lupa a guidarti» suggerii. «L'omega che c'è dentro di te sa come sopravvivere. La tua umanità sarà la tua rovina».

Uno spasmo attraversò il suo corpo. L'odore degli alfa in avvicinamento stava saturando l'aria.

Il suo istinto da omega l'avrebbe spinta a scegliere il potenziale compagno più forte, cioè me, e mi avrebbe implorato di prenderla. Era solo una questione di tempo.

«Scegli, Katriana» ringhiai, poco propenso a causare uno spargimento di sangue. «*Adesso*».

«Voglio te!» gridò, contorcendosi sotto la montagna di vestiti che aveva indossato per quell'uscita insensata.

«Ottima scelta» dissi. La mia voce era bassa e profonda, il tono un chiaro avvertimento per i presenti. La presi tra le braccia e mi avviai a passo spedito verso il mio palazzo, ringhiando a chiunque osasse mettersi sulla mia strada.

Tra cui anche due membri del consiglio. Avevano le narici dilatate, e l'ostilità li avvolgeva come un manto. Le loro spalle erano tese, in una posizione di sfida, ma nei loro sguardi aleggiava l'incertezza.

«Spostatevi» ordinai.

Darren e Tonic.

Due dei miei alfa più giovani che sostenevano Enzo.

Il loro autocontrollo non era neanche lontanamente forte quanto il mio, e lo dimostrarono facendo un passo avanti, non indietro.

I peli sulla mia nuca presero a danzare. Katriana gemette vogliosa tra le mie braccia; la presenza degli alfa stava rapidamente facendo uscire l'omega allo scoperto. Se glielo avessi permesso, si sarebbe spogliata e avrebbe accettato tutti e tre. Il suo impulso a procreare avrebbe avuto il sopravvento su qualsiasi ragionamento. Avere un trio di validi candidati a sua disposizione non faceva che intensificare il suo bisogno, sottomettendo la sua mente alla bestia interiore.

«Ander» ansimò, strusciando il viso sulla mia gola, trascinando le labbra lungo il mio collo. Esplorando. Cercando. Implorando di più.

«*Spostatevi*» dissi con più forza. Il mio tono aggressivo rese l'omega ancora più eccitata.

Il mio ordine fu accolto da un coro di ringhi; gli alfa erano ormai schiavi del loro istinto.

Elias uscì dall'edificio, con le pupille dilatate e il volto contorto in un'espressione furiosa. Ma non era a me che era diretta la sua ira. «*Sparite*» sibilò ai due maschi più deboli, spingendoli via. E permettendomi di passare. «Cazzo, Cain, portala dentro!».

In qualsiasi altro momento avrei avuto da ridire sul suo tono, ma meritava ampiamente il mio perdono. Soffocare il suo istinto doveva essere estremamente doloroso.

Mi lasciai alle spalle un concerto di suoni violenti, frutto dello scontro tra Darren, Tonic ed Elias. Che, fortunatamente, condivideva il mio livello di autocontrollo. Quella era l'unica ragione per cui Darren e Tonic sarebbero sopravvissuti. Ammesso che il mio braccio destro decidesse che erano degni di restare in vita.

«Grazie al cielo» borbottai non trovando nessuno nell'atrio.

Elias aveva sgomberato il piano, fornendomi un percorso privo di ostacoli fino all'ascensore. Praticamente vi saltai dentro. Digitai il codice che portava al mio attico. Non appena fossimo arrivati in cima, l'intero sistema si sarebbe bloccato, impedendo a chiunque di raggiungerci.

Mi appoggiai alla parete di metallo, stringendo la presa sulla piccola impertinente che tenevo tra le braccia. «Oh, piccola. Non hai idea di quello che hai combinato». E in quello stato non potevo nemmeno spiegarglielo.

Mi mordicchiò la mascella, emettendo dei piccoli gemiti che mi colpirono dritti tra le gambe.

«Ander» sussurrò, leccandomi il collo e cercando di muoversi.

«No». Serrai la presa su di lei.

In quello spazio minuscolo, il profumo del suo desiderio mi stava praticamente soffocando. Non appena arrivammo al piano, uscii in fretta dall'ascensore e mi precipitai nell'appartamento. La porta sbatté dietro di me.

Premetti un interruttore lì accanto, che fece scattare la serratura.

Arrivato in soggiorno, lasciai cadere l'omega sul divano senza troppi riguardi.

«Spogliati» le ordinai.

Doveva implorarmi di scoparla. Sarebbe stata un'ottima lezione sulla gerarchia: le omega avevano bisogno degli alfa tanto quanto gli alfa delle omega.

Mi aveva mancato di rispetto.

Ed era giunto il momento che imparasse cosa succede alle lupacchiotte disobbedienti.

KAT

TROPPI VESTITI.

Troppo caldo.

Ho bisogno di aria.

Ander…

Oh, la sua rabbia era come una frustata sulla pelle. Mi tolsi il suo giubbotto, la camicia e i pantaloncini. Mi sentivo al tempo stesso terrorizzata ed eccitata. Volevo nascondermi da lui, volevo saltargli addosso. Ero in conflitto, ero confusa. Ero nuda.

Ogni parte di me doleva.

Il mio cuore sembrava impazzito.

Le mie cosce erano fradice di un desiderio mai provato.

Avevo *bisogno* di lui. Del suo calore. Del suo tocco. Della sua lingua. Del suo *cazzo*.

Rabbrividii al pensiero. Non avevo mai bramato un uomo in quel modo, né mi ero mai sentita così indifesa.

Una voce in fondo alla mente cercò di essere ragionevole. L'istinto di combattere continuava a riaffiorare e svanire a ogni respiro.

Questa non sono io. Lotta! Resisti!

Oh, ma il suo odore… Quanto desideravo rotolarmi nel suo odore.

Ander mi si avvicinò con un bicchiere colmo fino

all'orlo di un liquido marrone. I suoi occhi accarezzarono ogni centimetro del mio corpo. «Mmm, penso che ti terrò nuda per giorni, omega».

Un suono che riconobbi a malapena mi sfuggì dalle labbra. Mi alzai e feci per andare verso di lui.

Ma mi bloccò con un cenno del capo. «Inginocchiati».

Le mie gambe vacillarono e cedettero nel giro di un istante, facendomi cadere a terra. Una parte di me voleva protestare, ma ad avere il sopravvento fu quella che desiderava soltanto obbedire.

«Perché?» sussurrai. «Come?».

Gli alfa all'esterno erano pronti a saltarmi addosso. Avevo percepito la loro bramosia come degli artigli che mi scavavano nella pelle. Ma Ander era rimasto perfettamente padrone di sé. Sicuro di sé.

Sexy da morire.

«Prendimi» boccheggiai. Quella vocetta fastidiosa che mi risuonava nella mente disse qualcosa su quanto fosse tutto sbagliato, su come non avrei dovuto cedere. Ma ero tutta bagnata. Ero pronta. «Toccami. Ti prego». Allungai una mano verso di lui, che però fece un passo indietro.

«Non meriti che ti tocchi».

Il mio sguardo si abbassò sull'erezione che gli tendeva i pantaloni. «*Vuoi* toccarmi». Proprio come tutti gli altri là fuori. Solo che lui non lo stava facendo.

«No, voglio scoparti» mi corresse. «E lo farò. Presto». Bevve una lunga sorsata del suo drink, poi lo mise da parte. «Ma prima devi capire un paio di cose. E accettarle».

Il suo autocontrollo non faceva che eccitarmi ancora di più. Fui travolta da pensieri lascivi, frutto del bisogno di farlo capitolare.

Perché ero scappata da lui?

Perché ero scappata da *tutto questo*?

Perché ti ha rubato la possibilità di scegliere!, mi ricordò la voce.

Beh, tecnicamente mi aveva dato la possibilità di farlo, e io avevo scelto l'alfa più forte. Avevo scelto *lui*.

Ma ho davvero scelto liberamente? In fondo è stato lui a mettermi in questa situazione assurda.

Mi accigliai. Era davvero così? O ero stata vittima delle circostanze?

Il suono del cuoio che scivolava nei passanti dei suoi pantaloni mi strappò dal mio dibattito interiore, esortandomi a concentrarmi sulla virile perfezione davanti a me.

«Stai lottando contro il tuo ciclo» mormorò, lasciando cadere la cintura sul pavimento. «Sono colpito, omega. E altrettanto furioso».

Mentre lo ascoltavo, la mia attenzione si focalizzò sul bottone che aveva appena aperto. Mi venne l'acquolina in bocca all'idea del premio che si nascondeva dietro il tessuto.

Strinsi le cosce.

Mille pensieri si rincorsero nella mia mente.

Era tutto così sbagliato, ma anche così giusto.

Gemetti, persa da qualche parte tra la ragione e i desideri osceni che si agitavano dentro di me. *Voglio di più...*

«Un'omega in calore ha bisogno di un compagno» riprese Ander, abbassando la cerniera dei pantaloni. «Senza, soffre. Te lo dimostrerò in un istante». Calciò via le scarpe e si avvicinò. Il suo calore mi attirò verso di lui. «Resta in ginocchio».

Un brivido di desiderio attraversò il mio corpo. La mia lupa reagì al tono dominante di Ander, sottomettendosi al suo volere.

È così strano, pensai. Avevo la pelle d'oca. Non mi ero

mai sentita così libera e selvaggia, come se potessi vivere spinta soltanto dalle mie pulsioni.

L'enorme erezione di Ander si liberò dalla sua gabbia di tessuto, strappandomi l'ennesimo gemito. La punta umida di eccitazione invocava la mia lingua. Non avevo mai assaggiato un uomo, ma ora volevo farlo disperatamente. Soprattutto perché si trattava di lui.

Quel desiderio estraneo mi colpì come un pugno allo stomaco. Sentivo il mio sesso pulsare di *bisogno*.

La prima volta che l'avevo visto, le sue dimensioni mi avevano intimorita. Ma adesso non vedevo l'ora che mi riempisse. Che mi scopasse. Che mi facesse vedere le stelle.

Vergine…

Un attimo, quello è importante. Quello…

«Succhiami il cazzo, omega».

«Oh, sì». Mi sporsi in avanti e lo leccai, gustando con gioia il suo sapore inebriante. Era ciò di cui avevo bisogno. Che desideravo. Che non vedevo l'ora di avere dentro di me. Ander. Il suo seme. La sua virilità. Il suo tutto.

Lo succhiai più a fondo, deliziata dal suo odore mascolino. Non mi riconoscevo più. E non mi interessava più provarci. Tutto ciò che importava era quel sesso pulsante nella mia bocca e l'essenza che soltanto lui poteva darmi.

Non mi toccò.

Ma il suo sguardo catturò il mio, incoraggiandomi ad accoglierlo più in profondità. Mi spinsi fino al limite, accettandolo nella mia gola e ingoiando la sua deliziosa eccitazione. Ogni succhiata mi lasciava sempre più smaniosa. Non era abbastanza. Non era neanche lontanamente abbastanza.

Volevo le sue mani su di me. Il suo cazzo dentro di me. Volevo sentire la sua bocca. La sua lingua. Tutto. Eppure lui continuava a tenermi in ostaggio. Il suo sguardo mi ordinava di proseguire. Il suo sapore stava creando una dipendenza impossibile da ignorare.

Forse farlo venire sarebbe bastato a soddisfare queste strane voglie. O quantomeno a placarle.

«Stai ancora lottando» sussurrò. Un barlume di rispetto gli illuminò lo sguardo. «Mi basterebbe un ringhio per fare di te il mio burattino. Ma voglio che sia tu stessa a superare quel limite. Ad arrenderti davvero».

Insinuò le dita tra i miei capelli, obbligandomi a prenderlo ancora più in profondità. I miei occhi si riempirono di lacrime; non riuscivo più a respirare.

«Completamente in mio potere» commentò con le pupille dilatate. «Senti il mio nodo pulsare sotto le tue labbra, piccola?». Affondò ulteriormente nella mia gola, al punto che mi sentii soffocare, e qualcosa di duro e, appunto, *pulsante* raggiunse la mia bocca. «Mmm, sì, lo senti. Quella è la parte di me che desideri davvero. Solo che ancora non lo sai».

Macchie nere popolarono la mia visuale, i miei polmoni bruciavano per la mancanza di ossigeno.

Allentò la presa, dandomi la possibilità di prendere una boccata d'aria, per poi impostare un ritmo che mi costringeva a inspirare in momenti ben precisi. Avrebbe dovuto infastidirmi, umiliarmi e farmi infuriare, ma in realtà stimolò la mia competitività.

Volevo spingerlo oltre il limite, rubargli il controllo, ingoiare altro liquido inebriante. Gemetti: «*Sì*». Sì, era quello che desideravo più di qualsiasi altra cosa.

Fui travolta da un'ondata di frenesia che prese il controllo di ogni mio gesto. Leccai, succhiai, mi impegnai con tutte le mie forze per farlo venire nella mia gola.

Lui era rimasto completamente padrone di sé. La sua presa sui miei capelli era più un guinzaglio che una carezza. Nel suo sguardo lampeggiava ancora la rabbia;

sapevo che era rivolta a me, ma non riuscivo a ricordare perché. Il mio unico scopo era farlo godere. Montarlo. Scoparlo. Gemere sotto di lui.

Di più.

Succhiai più forte.

Di più.

Trascinai le unghie lungo le sue cosce, per poi conficcarle nei suoi fianchi.

Di più.

Deglutii attorno alla punta, gemendo quando le prime tracce del suo piacere lambirono la mia lingua.

Di più.

Il suo ritmo divenne il mio, i miei movimenti erano guidati dal puro istinto. Di conseguenza, si ingrossò all'inverosimile. Quella sorta di bulbo che aveva alla base vibrava sotto la pelle e mi spingeva a proseguire. Lo volevo. Volevo tutto questo. Volevo che scatenasse il suo potere e *venisse.*

Piagnucolai.

Gridai.

Implorai.

Tutto con la mia lingua e i miei occhi. Ander serrò i denti, una vena gli pulsava sul collo. E poi esplose in un ringhio che mi fece colare tra le cosce un nuovo fiotto di desiderio.

Il seme che si riversava nella mia bocca non era neanche lontanamente sufficiente a placare il mio bisogno. Ingoiai tutto, gemendo, emettendo dei suoi sempre più simili ai versi di un animale. Quando finì, si trasformarono in guaiti. Il mio corpo non era soddisfatto. Soffriva. Aveva bisogno di qualcosa di diverso.

Piacere.

«Toccati» mi ordinò. «Toccati e fammi vedere come vieni».

Non pensai.

Obbedii e basta.

Ma per quanto mi avvicinassi, non riuscivo a raggiungere l'estasi. Era tutto sbagliato. Freddo. Insufficiente.

Le lacrime mi rigavano le guance, il mio corpo si contorceva sull'orlo di un orgasmo che si rifiutava di raggiungere il culmine.

Cercai di infilarmi dentro un dito, poi due, poi tre, ma fu tutto inutile. Singhiozzai, travolta dalla sofferenza. «*Ti prego*» sussurrai, afflosciandomi sul pavimento ai suoi piedi. Non avevo idea di cosa volessi, ma sapevo che lui poteva aiutarmi. «Ti prego, Ander».

Torreggiava su di me. Le sue dimensioni e la sua presenza erano così *perfette*.

I suoi pantaloni erano ancora lì, seppur sbottonati e con la cerniera abbassata.

Indossava ancora la camicia.

«Perché?» chiesi, rannicchiandomi su me stessa. Non riuscii a terminare la frase a voce, ma lo feci con lo sguardo. *Perché mi stai rifiutando?*

Perché era questo che era: un rifiuto. Il mio alfa non voleva prendermi, non voleva darmi il piacere che *entrambi* bramavamo. Aveva preferito usare la mia bocca come uno scadente rimpiazzo, riversando il suo seme nella mia gola, invece che nel mio ventre.

Oh, ero diventata una pozza di bisogno incessante. E se non mi avesse scopata, sarei morta.

Un dolore lancinante mi squarciò il torso. Avevo la mano ancora infilata tra le gambe, ma il mio tocco non sarebbe mai stato abbastanza. «*Ander*» piagnucolai.

«È per questo che hai bisogno di un alfa» disse infine, sempre con quell'atteggiamento impassibile. Si era perfino messo le mani in tasca. «Ora implorami di scoparti, omega».

Era quello che stavo facendo! Cos'altro avrei dovuto aggiungere? L'angoscia quasi mi spaccò in due. Allungai le mani verso le sue caviglie, trascinandomi verso di lui, sfregando il viso sulle sue gambe. «Ti prego, Ander. Scopami. Ti prego. Fa' sparire tutto questo dolore».

«Meglio» mormorò. «Dillo di nuovo».

«*Scopami*». Mi uscì con un ringhio strozzato.

Lingue di fuoco lambirono le mie viscere, incendiandomi e portandomi di nuovo sull'orlo dell'oblio. Ma tenendomi lì.

«Ti prego, Ander» aggiunsi, tremando violentemente. «Fa *male*».

«Se avessi permesso a quei beta di scoparti, sarebbe ancora peggio» disse. «In questo momento starebbero spargendo il loro seme dentro di te, portandomi continuamente fino a questo punto, ma senza darti alcuna soddisfazione. E quegli alfa giovani, quelli privi di autocontrollo, ti avrebbero fatta a pezzi solo per infilarsi dentro di te». Si chinò e mi prese tra le braccia.

Premetti il viso bagnato di lacrime sul suo collo, inspirando profondamente.

Oh... il suo odore...

La mia eccitazione raggiunse tutto un nuovo livello.

«Ti farò comunque male, ma ti piacerà». Mi scostò i capelli dal volto. «E sai perché, piccola?».

Non lo sapevo.

Ma se anche l'avessi saputo, ero troppo occupata a strusciarmi su di lui per essere in grado di rispondergli.

«Perché non sono un cucciolo consumato dal bisogno di scopare. E non sono nemmeno un alfa qualunque. Sono l'alfa di questo dannato settore». Mi gettò sul letto. «E tu, mia dolce omega, stai per scoprire cosa significa».

ANDER

Cazzo, aveva un profumo incredibile.

Mi ci volle uno sforzo sovrumano per non strapparmi i vestiti di dosso e montarla. Venirle in gola era stato un rimedio temporaneo; il bisogno di darle il mio nodo stava prendendo rapidamente il sopravvento.

I tentativi di Katriana di lottare contro l'estro erano stati utili, perché avevano diluito l'odore della sua eccitazione, permettendomi di restare concentrato. Ma adesso che stava precipitando nell'oblio del calore, mi sarebbe stato impossibile resisterle.

Mi sbottonai la camicia e la osservai dimenarsi sul letto, toccandosi nella sua disperata e vana ricerca di piacere. Era quello che doveva imparare: senza i loro alfa, le omega erano infelici e insoddisfatte.

Aveva scelto di fuggire, mettendo in pericolo se stessa e l'intero settore. Non potevo ignorarlo.

Per questo avevo concepito la punizione perfetta per lei.

Una lezione che non avrebbe mai scordato. Una lezione che l'avrebbe messa in ginocchio.

Quello che non sapeva era che andare fino in fondo sarebbe stato un tormento anche per me, ma la sua piccola bravata dimostrava quanto ne avesse bisogno.

Perciò le avrei fornito tutte le informazioni necessarie sulle nostre usanze. Tutto quello che faceva si rifletteva su di me, e io avevo bisogno di una compagna che rispettasse le nostre regole e agisse in modo responsabile nei confronti dei miei lupi.

Lei aveva fatto l'esatto opposto.

E per questo l'avrebbe pagata cara.

La mia camicia cadde sul pavimento, seguita da pantaloni, calzini e boxer. Ero anch'io completamente nudo. Ma invece di andare dalla donna che mi aspettava sul letto, la osservai accarezzandomi l'erezione.

«Ander» sussurrò, allungando le braccia verso di me. Il suo tono era intriso di sofferenza. «*Ti prego*».

«Vuoi il mio cazzo, gattina?» mormorai.

«Sì» rispose, colta da insopportabili spasmi di desiderio.

«Mostrami quanto lo vuoi. Allarga le gambe. Voglio vedere quanto sei bagnata».

Aprì le cosce con un gemito, e il profumo della sua eccitazione permeò l'aria. Una volta finito, le lenzuola sarebbero state fradice. Era esattamente ciò che volevo. Avrebbero stimolato il suo istinto a creare un nido, costringendola ad accettare il mio letto come se fosse suo.

E poi l'avrei rimossa da lì.

Mi rivolse un mugolio intelligibile, il cui tono angosciato fece presa sul mio istinto. Come suo alfa, era mio dovere prenderla. Riempirla col mio seme. Scoparla per tutta la durata del suo ciclo. Più a lungo mi trattenevo, più a lungo avrebbe sofferto. Un atteggiamento crudele, certo. Ma doveva capire quali fossero i nostri ruoli.

Il destino poteva essere spietato, ma era il modo in cui sopravvivevamo a definirci. E finora non ero rimasto molto colpito dalle sue scelte. Sarà anche stata forte, ma le sue decisioni, nell'ultimo paio di giorni, si erano rivelate a dir poco infantili. Avevo bisogno di una compagna degna del mio status. Non di un'omega che mi sfidasse in ogni occasione.

Anche se la sua ribellione mi eccitava.

Mi inginocchiai sul letto ed emisi un ringhio profondo, gutturale.

Lei gemette in risposta. La mia bestia interiore stava chiamando la sua, facendola impazzire.

«Adesso ti scopo, omega» la avvertii. Le afferrai le gambe e le spalancai, posizionandomi sopra di lei. «E ti farà male nel miglior modo possibile». Strinse furiosamente le lenzuola. Era pronta per me.

Se fosse stata ancora umana, la sua verginità si sarebbe rivelata un problema. Ma nelle sue condizioni, con l'immortalità che le scorreva nelle vene, non avrebbe sentito nulla, se non il bisogno di provare il mio nodo.

Mentre mi sistemavo tra le sue cosce, una sfumatura di paura tinse l'aria.

Da qualche parte, dentro di lei, la sua sensibilità umana stava facendo capolino.

Sapevo come rimediare al problema.

Con un altro ringhio, invitai la sua lupa a venire in superficie, scatenando le sue pulsioni. *Vieni a giocare con me, lupacchiotta.*

Katriana reagì avvolgendo le gambe attorno alla mia vita e premendo il suo calore sulla mia erezione in un chiaro invito.

Non ero il tipo di uomo che faceva le cose con calma. Quando volevo qualcosa, la perseguivo con tutto me stesso. Questa volta non sarebbe stato diverso.

«Afferra le mie spalle» le dissi.

Lo fece, conficcandomi le unghie nella pelle. «Prendimi» ansimò.

«Ah, omega. Per quanto sia arrabbiato con te, non

riesco più a trattenermi». Mi misi in posizione. Ci sarei entrato a malapena, ma le omega erano fatte apposta. Dovevo solo metterci un po' di impegno. «E adesso urla per me».

KAT

TROPPO GROSSO.

Troppo veloce.

Troppo duro.

Troppo perfetto.

Mi inarcai verso la bestia che mi stava penetrando, con il corpo in fiamme per il suo tocco. Era ciò di cui avevo bisogno, ciò che bramavo, ciò che detestavo, tutto racchiuso in un inferno emotivo che ardeva dentro di me.

Ander non era delicato.

Ma io non volevo che lo fosse.

Volevo che l'alfa perdesse il controllo. Ringhiò, facendomi bagnare ancora di più. Non era ancora completamente dentro. Ebbi l'impressione di essere spaccata a metà, una sensazione dolorosa ed eccitante al tempo stesso.

Mi ero completamente abbandonata a quell'insaziabile lussuria.

Dalla mia bocca uscirono parole mai pronunciate. Risuonarono tra urli, suppliche, gemiti e ringhi. Mi avvinghiai alle sue spalle, gridando quando entrò ancora una volta dentro di me.

Il suo potere, la sua forza, le sue dimensioni… avrebbero dovuto letteralmente spaccarmi in due. E invece no. Ma in compenso continuavano ad alimentare l'incendio che mi stava divampando nelle vene. Il mio piacere crebbe ancora di più, lasciandomi a danzare sull'orlo del baratro.

Ma mancava qualcosa.

Qualcosa che potesse spingermi oltre.

Quella mancanza mi strappò un lamento proveniente dalla mia stessa anima. Un lamento che si mescolò a un gemito sofferente, quando Ander mi riempì del tutto. Rabbrividii e lo graffiai. Non si fermò. Le sue labbra scesero sul mio collo, il suo ansimare mi marchiò la pelle. Mi strinse i fianchi, tenendomi leggermente inclinata per riceverlo meglio. Il mio sesso doleva e pulsava per lui, in un delizioso miscuglio apprezzato da una parte di me che non sapevo esistesse.

Volevo di più.

E glielo dissi.

Ripetei continuamente quelle parole, in una cantilena implorante inframmezzata dal suo nome.

Lui ringhiò qualcosa in risposta, ma fu coperto dalle urla suscitate dalle sue spinte brutali. Non riuscivo a pensare, a respirare. Potevo solo *sentire*.

«Cazzo» ansimò, trascinando i denti lungo il mio collo. Strinse la presa sui miei fianchi, lasciandomi sicuramente un livido. Ma non era nulla in confronto al terremoto che si stava scatenando dentro di me. Mi aspettavo un'esplosione così intensa da farmi perdere i sensi.

Pericolosa.

Violenta.

Entusiasmante.

Le sue spinte praticamente mi sollevarono dal materasso. «Ander!» gridai, avvolgendogli le braccia attorno al collo.

«Ssh» mi zittì lui. La sua bocca era posata sul mio orecchio. «Adesso ti darò il mio nodo, omega».

Oh, mi piaceva come suonava. Anche se non avevo idea di cosa...

Eruttò dentro di me con un ruggito che mi fece vibrare la spina dorsale, e precipitai con lui in un vortice di piacere. Il suo seme rovente mi marchiò a fuoco, gettandomi in un orgasmo che mi fece tremare da capo a piedi.

Un dolore bruciante mi sciolse le viscere. Il suo cazzo si era ancorato così profondamente dentro di me da togliermi il respiro.

No.

Non il suo cazzo.

Il suo *nodo*.

Era schizzato fuori con il suo sperma, arpionandosi alla mia carne e bloccandoci insieme in un'infinita vibrazione di piacere.

Piansi. Faceva male nel migliore dei modi possibili e mi forniva il sollievo di cui avevo bisogno, distruggendomi al tempo stesso.

Non sapevo che i lupi X-Clan scopassero in quel modo. Lo adoravo e lo odiavo. La mia mente si stava sciogliendo in una pozza di estatica confusione.

Sentii la lingua di Ander sulla guancia. Stava leccando via le mie lacrime. Poi ci fece rotolare sul letto in modo che mi trovassi a cavalcioni sopra di lui. I nostri corpi erano ancora incastrati l'uno nell'altro, impegnati in una danza selvaggia.

Fremetti, prigioniera di un mare di passione da cui non potevo fuggire. Non che volessi farlo. Non con l'estasi che stava sbocciando tra le mie gambe.

Ander continuò a zampillare dentro di me. Il suo nodo

vibrava, e io lo spremetti fino all'ultima goccia, serrandomi avidamente attorno a lui.

Non riuscivo a smettere.

Eppure mancava ancora qualcosa. Sotto il piacere indescrivibile c'era un vuoto che non riuscivo a comprendere. Ander mi abbracciò, tenendomi stretta al suo petto, baciandomi i capelli. Ma continuavo a sentirmi vuota.

Volevo di più.

Cercai di muovermi anch'io, inarcandomi verso di lui, per dimostrargli il mio bisogno. Ma il suo palmo scese sul mio fondoschiena e mi tenne ferma. «Non ancora».

«Ti prego».

«Non. Ancora».

Un'altra lacrima mi rigò la guancia. La mia estasi stava mutando in devastazione. Il mio sesso pulsava, le mie cosce si strinsero attorno a lui. «Ander...».

Mi diede uno schiaffo sul sedere che suscitò in me una nuova scarica di euforia. Gemetti, ne volevo un altro. E un altro ancora. Ma Ander tornò a stringermi tra le braccia e accarezzarmi i capelli. «Rilassati, omega. Mi prenderò cura di te».

Un brivido trepidante mi corse lungo la schiena.

Ondate di piacere continuavano a inghiottirci entrambi. Il suo nodo mi stava facendo provare delle sensazioni che non sapevo nemmeno esistessero. Ma desideravo una connessione più profonda. Qualcosa che ci unisse. Volevo che mi desse *tutto*.

Mi afferrò il mento e lo alzò. I suoi occhi d'oro brillavano di potere. «Quello era solo l'inizio, dolcezza. Ho intenzione di possederti in ogni modo. Tranne uno».

Non avevo idea di cosa intendesse, ma udii le mie labbra sussurrare: «Sì». Perché volevo che lo facesse. Che mi divorasse. Che mi prendesse ancora e ancora e ancora.

Dopo un po', la sua erezione cominciò a diminuire. La connessione tra noi si allentò, e il suo nodo si ritrasse da dentro di me. Un calore liquido si raccolse tra le mie cosce, bagnandoci entrambi con la combinazione dei nostri umori.

«Voglio che strisci giù e mi pulisci con la lingua, omega. Lecca via tutto, fino all'ultima goccia. E poi voglio che me lo succhi finché non sarà abbastanza duro da scoparti ancora». Uscì da dentro di me, lasciandomi ancora più vuota di prima. «Adesso».

Soffocai un lamento e scesi dove mi voleva, ma fui distratta immediatamente dal miscuglio dei nostri odori.

Oh…

Mi tremavano le gambe. Glielo presi in bocca, e un intenso desiderio crebbe di nuovo dentro di me.

Pura ambrosia.

Non avevo mai assaggiato o sperimentato nulla di simile. Il mio istinto mi imponeva di leccare ogni centimetro del suo corpo. La mia bocca si sigillò attorno al suo sesso, lavorando con impegno, spinta da un bisogno che aumentava di secondo in secondo.

Le sue dita danzavano tra i miei capelli, strattonando, guidando, stringendo.

Diventò duro di nuovo, esalando un gemito che mi colpì dritto al ventre. Un attimo dopo ero stesa sul letto, con lui dentro di me e la sua bocca che reclamava la mia.

Un'energia feroce si impadronì di noi, un bisogno animalesco prese il controllo dei nostri movimenti. Gemetti, urlai, lo implorai di non smettere più. Lui ringhiò in risposta, dandomi tutto ciò di cui avevo bisogno.

Per ore.

Giorni.

Ovunque.

Tutto.

Alternò le scopate più brutali a fugaci momenti di tenerezza, per poi girarmi e prendermi anche da dietro. Ululai per lui, esigendo che mi desse tutto. E lo fece. Avvolgendoci in un bozzolo di seme e di piacere, con le lenzuola fradice attorcigliate attorno ai nostri corpi sudati.

Le mie mani si misero all'opera senza che la mia mente se ne rendesse conto, persa com'era in una nube di beatitudine.

Ander mi fornì seta e cotone, ma il tessuto era troppo pulito. Così lo scopai sulle lenzuola fresche di bucato, impregnandole di noi, e le aggiunsi al nostro nido.

Lui sembrava compiaciuto. Era steso accanto a me e mi osservava.

Un maschio alfa forte e muscoloso.

Volevo ricominciare a leccarlo, ma mi posò una mano sulla nuca e mi guidò verso la sua bocca. Mi baciò appassionatamente e scivolò di nuovo dentro di me. Lo accolsi a gambe spalancate, abbandonandomi ai suoi movimenti lenti. Si prese il suo tempo, penetrandomi in profondità, costringendomi a sentirlo entrare a poco a poco, in uno splendido strazio pulsante.

Le mie cosce cullavano le sue, il cuore mi martellava nel petto.

Il tempo non esisteva più, c'era soltanto il nostro desiderio di accoppiarci.

«Sei bellissima così» mi sussurrò sul collo, trascinando le labbra fino al mio orecchio. «Adoro stare dentro di te». Il suo nodo fremeva, avvertendomi del suo imminente orgasmo appena prima che arrivasse.

Ansimai sotto di lui; la sua esplosione ne scatenò una anche a me.

Vidi le stelle. E poi precipitai in un oceano di inchiostro. Era stato lui a farmi questo. Ander. La mia bestia. Il mio alfa. Mi aveva strappato fino all'ultima goccia di piacere, scagliandomi nell'oblio e riportandomi indietro con un bacio.

Gemetti nella sua bocca, intrecciando la lingua con la sua in una danza peccaminosa. Le mie dita si infilarono tra i suoi capelli folti, le mie gambe si avvolsero attorno alla sua vita. Mi strinse a sé, continuando a venire.

Il suo bacio si addolcì. Piccoli morsi e leccate mi fecero sciogliere su di lui.

«Stai cominciando a uscire dall'euforia dell'accoppiamento» mormorò. «Sento il cambiamento che sta avvenendo in te. Così come sento la vita che abbiamo creato insieme». La sua mano scivolò dalla mia nuca, scendendo lungo la mia schiena. «Il mio seme sta crescendo dentro di te, omega».

Mi misi a sedere e mi sfiorai il ventre. Il suo nodo era ancora dentro di me e ci teneva connessi, mentre il suo orgasmo continuava a far godere anche me. Ma c'era qualcosa nelle sue parole che mi aveva messo a disagio.

Un bambino? Lanciai un'occhiata verso la mia pancia.

Non ne avevo mai voluto uno. Mai. Mettere al mondo un figlio in quell'inferno mi era sempre sembrato sbagliato. Ma la vedevo così quando ancora vivevo all'esterno, con la paura degli Infetti, dei lupi X-Clan e di tutte le altre creature soprannaturali.

Nel settore Andorra le cose stavano diversamente.

I bambini crescevano protetti dai lupi. Non morivano di fame. Non dovevano preoccuparsi di essere morsi dagli Infetti. Sopravvivevano.

Ander mi catturò il mento e lo alzò, per poi rivolgermi un'occhiata di avvertimento. «Scappa di nuovo e ti chiuderò in una fottuta gabbia finché non avrai partorito».

La violenza della sua affermazione mi fece trasalire. Il suo sesso era ancora eretto, il suo nodo era ancora dentro di me, eppure mi aveva parlato come se non fossimo stati nudi e connessi.

«Dico sul serio, omega» aggiunse. «Non tollererò un altro tentativo di fuga. E sarai tenuta continuamente sotto controllo, quando non sarò qui per farlo io stesso».

Perché stava dicendo questo? Dopo tutto quello che avevamo condiviso?

Perché anche dopo tutto il sesso, è ancora arrabbiato, capii. Ecco perché non aveva pronunciato nemmeno una volta il mio nome, chiamandomi sempre e solo "omega".

Feci per scostarmi da lui, incurante di quello che sarebbe successo là sotto, ma mi afferrò il fianco. «Non farlo. Te ne pentirai».

«C'è molto di cui mi sto pentendo in questo momento» replicai. Avevo la voce roca a causa dei giorni trascorsi a urlare. Ebbi l'impressione che fossimo andati avanti per una settimana, forse di più. Anche se non mi sembrava comunque abbastanza.

Eravamo circondati da seta e cotone, in un nido che avevo creato per noi. Tutto il calore che mi aveva suscitato era stato dissipato dalle sue parole e dalla consapevolezza che non era cambiato nulla.

Anzi, le cose erano addirittura peggiorate.

Perché era stato lui a mettermi in quella posizione.

Mi aveva iniettato qualcosa che aveva scatenato i miei ormoni, mi aveva convinta a scopare fino allo stremo, mi aveva messa incinta... e aveva il coraggio di minacciarmi?

Il mio sangue si incendiò per un motivo ben diverso dal desiderio. Strinsi le mani a pugno, pronta a fargli del male. Ma Ander mi catturò i polsi e li tenne bloccati sopra la mia testa.

Poi mi penetrò con violenza, facendomi sussultare. «Posso scoparti anche così, omega».

Strinsi i denti per il piacere evocato dal suo gesto.

Dannazione. Per quanto a lungo ancora mi sarei sentita così? Le mie cosce si bagnarono ancora una volta, il mio corpo accettò con facilità la sua spinta punitiva. Faceva male. Il suo nodo non si era ancora ritirato, e lo sentii pulsare, pronto per un altro round.

Un'intimità senza fine.

Ricoperta di sperma, sudore e sesso.

E per quanto agognassi la libertà, per quanto volessi fargli del male, i movimenti del suo bacino contro il mio mi riportarono nella nube inebriante dell'energia sessuale.

Lo baciai con ferocia, bramando al tempo stesso di punirlo e adorarlo. E il modo in cui la sua lingua lottava con la mia mi dimostrò che il sentimento era reciproco.

Non ci fu nulla di delicato.

La nuova scopata fu dura e brutale, e ci fece sanguinare entrambi.

Fu stupendo.

Orribile.

Volevo ricominciare da capo.

E piansi quando finì.

Mi tenne stretta a sé per quella che sembrò un'eternità, con la schiena premuta sul suo petto e una delle sue cosce enormi tra le mie. «Non doveva essere per forza così, omega» mi sussurrò all'orecchio. «Ti avrei reclamata come mia compagna. Ma tu hai voluto insistere. E non mi hai lasciato altra scelta».

Parole minacciose, che mi fecero annodare lo stomaco.

Cosa intendeva con "reclamarmi"? Cos'avevano rappresentato quelle giornate insieme? Aveva messo *un bambino* dentro di me. Non esisteva un legame più profondo di quello.

«Il nostro nido mi mancherà» continuò. «Ma ne creerai uno nuovo. Da sola».

Perché sembrava che mi stesse dicendo addio? Non poteva. Non dopo avermi messa incinta.

A meno che… Mi accigliai. Era così che funzionava tra i lupi X-Clan? Gli alfa usavano le omega per procreare e poi le lasciavano a crescere i figli da sole?

«Ander…».

Mi lasciò andare e si mise a sedere sul letto. «Stanotte puoi dormire qui, ma domani mattina ti trasferirai nella tua stanza».

Lo guardai a bocca aperta. «Cosa?». Il suo scopo non era sempre stato di avermi nel suo letto? E adesso voleva cacciarmi via?

«Non sei la mia compagna, omega» disse con un'espressione priva di emozioni.

Cercai di formulare una risposta, ma non sapevo cosa dire. Non ero la sua compagna? Com'era possibile? Perché? Cosa diavolo era stato tutto quel tempo passato insieme?

E perché saperlo mi faceva così male?

Ander non mi piaceva nemmeno. Non volevo avere nulla a che fare con il suo mondo o con quel posto. I suoi scienziati mi avevano trasformata in una lupa contro la mia volontà. E io volevo solo tornare a casa. Fuggire.

Ma poi Ander mi aveva provocato l'estro, ed era cambiato tutto. Mi aveva rubato l'innocenza e messo un bambino nel ventre, e per cosa?

«Perché mi hai fatto questo?» domandai. La mia voce era ridotta a un sussurro.

«Eri un'omega in calore, ho semplicemente fatto quello che dovevo. Ti ho dato il seme di cui il tuo corpo aveva bisogno, e adesso tu mi darai un figlio». Parole dure. Sguardo gelido. Espressione impassibile. «In quanto madre della mia futura prole, proteggerti è mio dovere. E lo farò, finché non avrai partorito».

«Ma che gentile» sibilai a denti stretti, livida.

Come aveva potuto farmi passare tutto questo per poi… per poi… rinchiudermi in camera mia!

Volevo prenderlo a pugni.

Volevo urlare, volevo sfogarmi.

Volevo distruggere di nuovo tutto il suo fottuto attico.

Ma le mie energie annegarono in un'ondata di disperazione mai provata prima.

Non mi vuole.

Non avevo idea del perché quel pensiero prevalesse sugli altri. Ma era quello che faceva più male.

Dopo tutto quello che mi aveva fatto passare negli ultimi giorni, non mi aveva scelta. Non mi aveva veramente reclamata. Ecco quello che mancava, il motivo per cui non ero riuscita a raggiungere una totale soddisfazione durante il calore.

Andavo bene per scopare, per ricevere il suo seme… ma non ero degna di essere la sua compagna.

Le mie spalle si afflosciarono, praticamente mi accartocciai su me stessa. La mia voglia di lottare era svanita.

Ander Cain mi aveva rifiutata. Nel suo stesso letto. Coperta dal suo sperma.

Era esattamente ciò che avrei dovuto desiderare: la possibilità di essere libera. Di allontanarmi dall'alfa.

Eppure provavo solo un senso di desolazione, una profonda solitudine. E un tepore che mi stava sbocciando nel ventre.

Forse quell'ultima parte era solo il frutto della mia immaginazione, ma mi ci aggrappai con tutte le mie forze. Perché tra tutti i pensieri che mi affollavano la mente, quello era l'unico a darmi un po' di conforto.

Un bambino, pensai, chiudendo gli occhi. *Un bambino*.

Era probabilmente l'unico momento di felicità che mi

sarebbe mai stato concesso. E mi diedi il permesso di provarlo.

Un piccolo barlume di speranza circondato da un'eternità nelle tenebre.

Il mio destino.

ANDER

«Non riesco a credere che tu non l'abbia reclamata» borbottò Elias, passandosi una mano sul viso. «E poi l'hai relegata in un'altra stanza?!».

«Non voglio parlarne». Avevamo cose più importanti di cui occuparci. Come ad esempio ricevere il primo carico dai lupi Ash. Sarebbero dovuti arrivare nel giro di dieci minuti. Avevo mandato il mio jet a prenderli. Se fossimo stati soddisfatti, avrei permesso all'alfa dei lupi Ash di tornare col mio jet e tenerselo.

Quello era l'accordo.

«Come pensi di gestire la sua presenza in mezzo ad altri alfa?» insistette Elias. «Non ha un compagno, Ander».

«Ma ha mio figlio che cresce dentro di lei» ringhiai. «Sarebbe una follia».

«Non è del tutto insolito reclamare una femmina incinta di un altro» ribatté. «Soprattutto nelle nostre circostanze».

Si riferiva al fatto che era una delle poche omega che vivevano sotto la cupola. Un altro alfa avrebbe potuto essere abbastanza pazzo da prenderla, incurante delle ripercussioni.

«Allora ucciderò qualunque stronzo pensi di potermi sfidare» risposi. «Problema risolto».

«Vuoi solo una rissa».

«No, voglio solo un po' di dannato silenzio sulla questione» tagliai corto.

Elias fischiò. «Una settimana a scopare la tua omega e sei ancora più scorbutico di prima. Normalmente darei la colpa alle sue abilità, ma sospetto che sia dovuto alla mancata rivendicazione».

«Chiudi quella bocca».

«Costringimi». Si mise in guardia.

Lo afferrai per il colletto della camicia e lo trascinai verso di me. «Stai cercando di spingermi a farti il culo?».

«No, ti sto solo dimostrando che hai un grosso problema» ribatté. Posò la mano sul mio polso e abbassò la voce in un tono udibile soltanto da me. «Siamo all'esterno, in attesa di una consegna, e sei pronto a fare a botte con me davanti a tutti. Solo per un paio di frasi. Questo non sei tu, Ander».

Lo lasciai andare con la stessa rapidità con cui l'avevo afferrato, furibondo per il fatto che mi avesse provocato di proposito. Non era stato facile non reclamare Katriana, ma era il modo migliore per farle capire le nostre dinamiche.

Dopo il suo tentativo di fuga, sapevo che forzare il legame avrebbe peggiorato la situazione e l'avrebbe spinta a opporsi a me ancora di più. Quando avesse compreso meglio come funzionavano le cose nella nostra società, avrebbe avuto un po' più di rispetto per ciò che avevo da offrirle.

«Datti una calmata» continuò Elias sottovoce. «Stai facendo innervosire gli altri».

Aveva ragione.

Cazzo, odiavo che avesse ragione.

Camminai in cerchio, con le mani sui fianchi, provando a reprimere le mie emozioni.

Non mordere Katriana era stato difficile sotto ogni punto di vista. Tenendo conto anche di tutte le scopate dell'ultima settimana, non c'era da stupirsi che fossi esausto.

«Quella donna sarà la mia fine» borbottai.

Elias mi lanciò un'occhiata stranita. «Continuo a non capire perché tu non l'abbia semplicemente reclamata, Cain».

«Per punirla».

«Sembra che sia una punizione più per te che per lei» fece notare Elias.

Sospirai. Non ne aveva idea. D'altro canto, la devastazione che le avevo letto in viso la notte prima non solo aveva confermato che la mia punizione aveva funzionato, ma anche che l'aveva quasi distrutta. Non aveva smesso di lottare da quando era arrivata, e mi aspettavo che continuasse a farlo. Invece, con mia grande sorpresa, si era rintanata nel suo nido senza dire una parola, a parte un commento sarcastico sulla mia gentilezza.

In mattinata, quando ero andato a controllarla, mi ero reso conto che non si era mossa.

Volevo dirle di portare via il culo dalla mia camera, ma non ci riuscii. Mi limitai a farmi una doccia, cambiarmi e venire direttamente ad assistere allo scambio con i lupi Ash.

Con il solo scopo di non pensare a Katriana. Ma Elias aveva rovinato tutto, prendendomi in giro e provocandomi perché non l'avevo rivendicata.

Come se avessi avuto bisogno che ci si mettesse anche lui.

«La situazione si risolverà da sé» lo rassicurai.

«Sarà meglio» rispose, inarcando un sopracciglio con

aria di sfida. Era il mio secondo per varie ragioni, incluso sapere quando c'era bisogno di mettermi davanti alle mie responsabilità. «Prova ad andare in palestra a sfogarti un po', dopo l'incontro».

Oh, avevo già pianificato come sfogarmi. Con Katriana. Ammesso che non fosse ancora rannicchiata nel mio letto.

Sospirai ancora una volta e controllai l'orologio. Il carico sarebbe dovuto essere lì a momenti. *Grazie al cielo.*

E infatti, neanche un secondo più tardi, il vetro in cima alla cupola iniziò ad aprirsi.

Elias inspirò profondamente per testare l'aria, e così fece il resto del nostro team. I nostri sensi potevano cogliere gli odori anche a chilometri di distanza. Ma sembrava tutto in ordine, a parte i gas di scarico. Il carburante dei jet si lasciava sempre dietro una puzza insopportabile.

I lupi erano fatti per correre, non per volare.

Ma non potevo negare l'utilità di alcuni mezzi di trasporto.

Come nel caso del nostro piccolo viaggio nel settore Shadowlands. Avevamo già consegnato in anticipo metà di ciò che avevano richiesto. Al ricevimento dell'omega avrebbero avuto il resto, incluso il jet.

Elias raddrizzò la sua postura.

«Abbiamo il pacco». La voce del pilota risuonò nell'auricolare. Yazek era uno dei nostri, e ci eravamo accordati su una frase in codice nel caso ci fosse stato qualche problema.

Dal momento che non la usò, annuii con un cenno del capo e risposi: «Bene. Procedi con l'atterraggio».

«Ricevuto» si congedò il beta.

Atterrò almeno una decina di minuti più tardi.

Osservai la procedura a braccia conserte, stampandomi in faccia un'espressione annoiata. Mad, il vice di Dušan, non aveva parlato molto nel corso delle trattative. Mi aveva dato l'impressione di essere un tipo riflessivo, con una mente calcolatrice. Qualcuno da non sottovalutare.

Una scaletta uscì da un lato del jet, dove qualche istante più tardi si aprì un portellone. Il primo a fare la sua comparsa fu un beta Ash, seguito da Jonas, che avevo incaricato di occuparsi della missione. Essendo un alfa già dotato di una compagna, sapevo di potermi fidare di lui per scortare l'omega. Mi rivolse un cenno del capo quasi impercettibile, a conferma che stava andando tutto bene.

Poi apparve Mad. Aveva un'espressione impassibile. La sua stazza rivaleggiava con quella di un alfa X-Clan, ma era il suo intelletto a renderlo letale. Mentre si avvicinava a noi, un lieve accenno di violenza aleggiava nei suoi occhi azzurro ghiaccio. Il suo abbigliamento informale, jeans e maglione, sembrava voler minimizzare quanto fosse realmente pericoloso. «Cain» disse a mo' di saluto.

«Mad» risposi senza distogliere lo sguardo dal suo.

Sarà anche stato un alfa potente nel settore Shadowlands, ma adesso era nel mio territorio, dove ero io a comandare. Mad dimostrò ancora una volta il suo buon senso, riconoscendo la mia autorità con un rispettoso cenno del capo. «Posso presentarvi Daciana?».

Elias si irrigidì accanto a me. Una femmina minuta con i capelli biondo cenere uscì sulla scaletta. Aveva le spalle incurvate, sembrava spaventata. Yazek le diede una spinta delicata per esortarla a procedere.

«Non mordono» le sussurrò il beta. Le sue parole furono trasportate dal vento.

Lei rabbrividì visibilmente e iniziò a scendere. Vacillava. I suoi stivali col tacco colpirono la scaletta con un suono metallico. Emanava un'ansia tale da farmi rizzare i peli sulle braccia. Stava praticamente implorando la protezione di un alfa. La sua innata sottomissione era evidente anche nella statura e nella gestualità.

Era così diversa dalla mia Katriana. Lei avrebbe sceso i gradini con aria di sfida, dimostrandosi perfettamente sicura di sé. E mi avrebbe guardato negli occhi mentre lo faceva.

Daciana si fermò accanto a Mad e piegò le ginocchia in un goffo inchino. «Salve» sussurrò. Le tremava il labbro inferiore.

«Ciao, Daciana» la salutai. Alzai il suo viso in modo che mi guardasse negli occhi. I suoi erano azzurro chiaro. «Benvenuta nel settore Andorra».

Una lacrima restò intrappolata tra le sue ciglia bionde. «Grazie» riuscì a dire dopo aver deglutito a fatica almeno un paio di volte. Aveva la voce roca. La sua angoscia intiepidiva l'aria ed era una sorta di afrodisiaco per gli alfa presenti.

Amavamo tutti una bella caccia, e lei era chiaramente pronta per fuggire.

Non somigliava per nulla a Katriana. Per quanto anche la mia omega desiderasse scappare, non emanava l'odore acre della paura. Le sue azioni erano intrise di determinazione, non di terrore.

«Il resto del carico è laggiù» dissi a Mad, pur continuando a osservare l'omega Ash. «Presumo che il tuo beta sia qui perché sa come pilotare un jet».

«Esatto» confermò Mad.

«Bene. Allora il nostro scambio iniziale è completo». Portai l'attenzione sul suo sguardo di ghiaccio. «Mi farò vivo con i risultati delle analisi».

«Dušan ne sarà contento».

«Lo so». Tornai a concentrarmi sull'omega. «Vieni,

Daciana. Ti presenteremo alla nostra équipe medica». Le misi un braccio attorno alle spalle, emanando anche una profonda vibrazione dal petto per confortarla. Ammesso che funzionasse su una lupa Ash.

Tremava ancora, ma le sue spalle si rilassarono un po'. Buon segno.

Elias fece strada verso la nostra auto e aprì la portiera per farla salire sul sedile posteriore. Jonas era già al posto di guida. Vederlo tranquillizzò ancora di più la femmina; o le aveva detto che aveva una compagna, oppure l'aveva percepito lei stessa. Considerato che Jonas era un tipo di poche parole, probabilmente era la seconda.

Quindi sapeva che io ed Elias non eravamo legati a nessuno.

Dopo che Daciana ebbe preso posto, mi rivolsi al mio amico. «Siediti dietro con lei».

Lui inarcò un sopracciglio. Aveva già la mano sulla portiera dal lato del passeggero. «Va bene» fu tutto quello che disse, e si sistemò accanto a lei. Io mi sedetti davanti e colsi la sua occhiata nello specchietto retrovisore.

Sì, okay, non erano questi i piani. Ma l'idea di sedermi vicino all'omega, lasciandole credere che fossi disponibile quando invece non lo ero, mi aveva messo a disagio. Come se in qualche modo stessi tradendo Katriana. Un pensiero ridicolo, vista la nostra situazione.

In ogni caso, era Elias ad avere la precedenza sulla femmina. Tanto valeva dargli l'opportunità di iniziare a prendere confidenza con lei.

L'avrei solo scortata fino ai laboratori, in modo che tutti capissero che era sotto la mia protezione. Dovevamo sapere se era una candidata idonea all'accoppiamento e alla procreazione. Se gli esami avessero avuto un esito positivo, avremmo potuto procedere con il mio accordo con i lupi Ash. Ma se le fosse successo qualcosa prima che potessimo testarla, saremmo stati completamente fottuti. Dušan non ci avrebbe mai mandato un'altra omega.

Era per quello che avevo incaricato Elias di occuparsi personalmente della sua sicurezza. Ci avrei pensato io, se non avessi avuto tra le mani un'aspirante fuggitiva. Ero sicuro che Katriana avrebbe ignorato i miei avvertimenti. Cercare di tranquillizzare un'omega Ash provando al tempo stesso ad addomesticare un'omega X-Clan sarebbe stato un incubo.

Per fortuna, Elias era ben contento di aiutarmi.

Durante il viaggio di ritorno nessuno disse una parola. La paura di Daciana permeava l'abitacolo. Ero sicuro che stesse facendo impazzire Elias. Jonas non aveva problemi a ignorare quel profumo inebriante; il suo legame con Riley era incredibilmente solido.

Per qualche motivo, però, nemmeno io lo trovavo particolarmente allettante.

Preferivo la fragranza della mia femmina ribelle.

Lanciai un'occhiata verso l'attico, chiedendomi cosa stesse facendo. Che avesse già abbandonato il nido? Che stesse pianificando un nuovo tentativo di fuga? Una parte di me sperava di avere un motivo per darle la caccia. Essendo incinta, non rappresentava davvero un rischio.

Almeno fino al secondo trimestre.

Ma ce ne saremmo occupati al momento opportuno.

Jonas parcheggiò e tutti e quattro uscimmo dall'auto.

Elias rimase appiccicato a Daciana, nel breve percorso che ci separava dall'edificio.

«Jonas» dissi, quando fummo all'interno. «Puoi chiedere a Riley di raggiungerci in laboratorio?». L'avevo incaricata di sorvegliare Katriana. Dato che non mi aveva contattato, immaginai che non fosse successo niente di rilevante. Probabilmente la mia omega stava ancora dormendo. Le avrei portato del cibo. Presto. Non appena avessi terminato di supervisionare il trasferimento di Daciana nel settore Andorra.

Come al solito, Jonas rispose con un cenno del capo.

Daciana lo guardò sparire con il panico negli occhi.

«Riley è la sua compagna» le spiegai dolcemente. «Sarà lei a occuparsi delle tue analisi».

La lupa Ash non disse nulla, ma il suo shock era palpabile.

«Sto iniziando a pensare che abbia sentito delle voci sui nostri nodi» commentò Elias. «Sembra terrorizzata».

La femmina in questione serrò appena la mascella. Le sue parole dovevano averla infastidita. Ma continuò a mantenere un atteggiamento sottomesso.

Lanciai un'occhiataccia al mio vice, intimandogli di darci un taglio. Mi rispose con un sorrisetto.

Fare battute era il suo modo di allentare la tensione.

Ma qualcosa mi diceva che alla fragile donna accanto a noi non sarebbe servito.

Le avvolsi di nuovo un braccio attorno alle spalle, emettendo un brusio rilassante, e la guidai verso l'ascensore. Non appena avesse incontrato Riley, le cose sarebbero migliorate.

Certo, ero convinto che sarebbe successo lo stesso anche con Katriana.

Dopo essere scesi nel seminterrato ed essere entrati nel laboratorio principale, lasciai andare Daciana e feci cenno a Elias di assumere il controllo della situazione. Là sotto non c'erano telecamere; nessun altro alfa avrebbe potuto sapere che gli avevo concesso la precedenza.

Pur fidandomi della maggior parte dei miei lupi, sapevo che non tutti sarebbero riusciti a controllarsi.

Com'era successo la settimana prima, quando Darren e Tonic avevano tentato di prendere la mia futura compagna. Per non parlare di Enzo e delle sue buffonate.

Era una situazione delicata, che poteva essere gestita solo dai più forti della nostra specie. E considerato il modo in cui Elias stava guardando Daciana, sapevo di aver fatto la scelta giusta.

Nonostante il suo commento volgare sui nostri nodi, sapevo che non le avrebbe fatto del male, né che l'avrebbe toccata in modo inappropriato.

Qualche istante più tardi, Riley e Jonas entrarono nel laboratorio. Si tenevano per mano, come sempre. Incontrai lo sguardo di lei con un'espressione interrogativa, aspettandomi che facesse rapporto.

«Si sta facendo la doccia» disse. «Ha bisogno di cibo, Ander».

L'ultima affermazione spinse Jonas a rivolgermi un'occhiata di scuse ed Elias a inarcare un sopracciglio.

Ma Riley non aveva ancora finito.

«Non so cosa tu le abbia fatto, ma è un disastro. Va' di sopra e trova una soluzione. Adesso. Mi occuperò io della nostra nuova omega. Tu prenditi cura di quella che hai distrutto».

Serrai la mascella. Non ero abituato a prendere ordini da qualcuno di così piccolo. E con una posizione inferiore alla mia. «Attenta a come parli, omega».

Riley non ebbe alcuna reazione. Il suo sguardo furioso mi ricordava delle fiamme bluastre. «Non è abituata alle nostre usanze, Ander. Non avrebbe dovuto tentare di fuggire, ma come puoi biasimarla? Fino a pochi giorni fa era un'umana. Non può adattarsi al nostro stile di vita da un giorno all'altro».

«Basta così, Riley» disse Jonas, stringendola a sé con fare protettivo.

Una mossa intelligente, visto che ero pronto a strangolarla per aver osato parlarmi in quel modo. Non avevo fatto niente di male. Quella donna non mi voleva nemmeno. Avrebbe dovuto essermi grata per non averle imposto un legame di accoppiamento.

Certo, avevo comunque intenzione di farlo.

Ma prima volevo che capisse come funzionavano le cose.

«Sto gestendo la situazione nel modo che ritengo più opportuno» informai Riley. «Non che ti debba delle spiegazioni».

Riley sbuffò. La sua irritazione era palese.

Guardai Jonas. «La tua omega ha bisogno di una bella lezione su come rivolgersi a un alfa in modo appropriato. Soprattutto se si tratta dell'alfa che governa il suo settore».

Lui cercò di reprimere un sorrisetto. «Penso che una lezione sia esattamente ciò che sta cercando».

Riley gli diede una gomitata nel fianco. Aveva un'espressione furiosa.

Jonas le afferrò la nuca e la strattonò verso di sé, con un movimento che avrebbe fatto inciampare una lupa meno agile di lei.

«Come non detto. Ha voglia di litigare» si corresse, guardandola negli occhi. «Ma ho l'impressione che si sia dimenticata che abbiamo ospiti».

L'omega studiò il suo compagno per un lungo istante, poi arricciò le labbra. «Va bene» disse, rispondendo a qualsiasi conversazione stessero avendo attraverso i loro sguardi.

Lui annuì. «Ottimo». Le diede un rapido bacio, poi la lasciò andare. Ma lei gli afferrò il colletto della camicia e gli catturò le labbra tra le sue. E lo morse. Forte.

Jonas ringhiò.

Riley sorrise.

Elias scosse la testa, e io feci un passo indietro.

Lo presi come il segnale che era giunto il momento di

andarsene. Assistere alle loro schermaglie mi faceva desiderare una battaglia tutta mia.

«Fatemi sapere cosa scoprite» dissi, poi lasciai il laboratorio senza aggiungere altro.

La mia omega aveva bisogno di cibo, quindi l'avrei nutrita.

E poi l'avrei scopata.

KAT

La mia prima esperienza con la doccia non mi era piaciuta per niente, ma dopo aver visto il mio riflesso nello specchio capii di non avere altra scelta che riprovarci. Ero coperta di fluidi, e i miei capelli si erano ridotti a una massa informe e appiccicosa.

Per fortuna, tra lo shampoo e la spazzola che avevo trovato nel bagno di Ander, fui in grado di districarli e pulirli. Ma la mia pelle aveva assunto un colorito rossastro, a chiazze, a causa dell'acqua bollente.

Almeno il seme di Ander era sparito giù per lo scarico.

Rabbrividii ripensando alla sensazione di sentirlo sgorgare tra le mie cosce. Poi ricordai quello che mi aveva detto prima di andarsene, il modo in cui mi aveva informata di quale fosse il mio ruolo nella sua vita. Un'incubatrice.

Anzi, neanche quello.

Mi aveva scopata perché ero in calore, una situazione che *lui* aveva creato, poi mi aveva detto che avremmo vissuto separati fino al parto.

E dopo cosa sarebbe successo? Si sarebbe preso il mio bambino, per poi consegnarmi a un altro alfa per ingravidarmi?

Strinsi i denti, mentre un ringhio si faceva strada nel mio petto. *Non accadrà.*

Se pensava che avrei accettato di buon grado quella follia, si sbagliava di grosso. Certo, stando a quello che era successo negli ultimi giorni, non aveva bisogno del mio consenso per essere accolto dal mio dannato corpo.

Una parte di me lo detestava, furiosa perché non mi aveva mai dato la possibilità di scegliere. Ma avevo imparato molto tempo prima che la giustizia non faceva parte del nostro mondo. Era il modo in cui sopravvivevamo che contava.

Potevo accettare che il mio corpo lo desiderasse.

Potevo persino accettare di desiderarlo io stessa.

Ma usarmi come un'incubatrice superava il limite.

Mi aveva chiamata più volte la sua futura compagna, ma poi si era rimangiato tutto con un paio di affermazioni crudeli. Era perché non lo avevo soddisfatto? Perché avevo cercato di fuggire? Cazzo, poteva biasimarmi?!

Nessuno mi aveva chiesto il permesso di farmi diventare una lupa X-Clan, tantomeno un'omega.

Mi avevano *rapita* mentre ero svenuta e mi avevano imbottita di sostanze per forzare la trasformazione. Poi Ander mi aveva rinchiusa nel suo attico, dichiarando che gli appartenevo.

Nessuno con un briciolo di coscienza avrebbe potuto rimproverarmi per essere scappata.

Ma Ander sì.

Okay, non era stata una grande idea, visto che mi ero ritrovata in calore in mezzo a dei lupi famelici. Ma era stato per colpa *sua* che il ciclo mi aveva colta prima del dovuto. La responsabilità di quello che era successo era tanto sua quanto mia. Forse addirittura più sua che mia.

E poi mi aveva rifiutata, dicendomi di andarmene dalla sua stanza e affermando che non ero la sua compagna.

«Stronzo» borbottai. Lasciai cadere l'asciugamano sul pavimento e mi diressi verso il guardaroba di Ander in cerca di vestiti. Non gli avrei permesso di distruggermi. Né tantomeno di portarmi via la mia creatura solo perché lui era un alfa.

Doveva esserci un modo per evitarlo.

Afferrai una camicia e la infilai. Poi mi premetti la mano sul ventre, riflettendo.

Sarebbe stato così facile fuggire di nuovo, ovviamente pianificandolo meglio. Ma adesso avevo un'altra vita da tenere in considerazione. Per quanto non avessi mai desiderato una gravidanza, non odiavo l'idea. Più che altro, non mi ero mai concessa di pensarci, perché non avevo nessuna intenzione di mettere al mondo un figlio nell'inferno in cui ero cresciuta.

Ma il settore Andorra era diverso.

Un mondo di lupi immuni al virus.

Solo che era anche un mondo regolato da leggi che non capivo, con un sistema gerarchico che mi aveva posta in fondo senza nessuna possibilità di scegliere.

Ander Cain poteva portarmi via mio figlio, e probabilmente lo avrebbe fatto.

Come lo fermo?, mi domandai, attraversando la sua stanza e andando verso la porta. Lungo il tragitto, non potei fare a meno di lanciare un'occhiata al nostro nido di lenzuola e coperte. Un promemoria del tempo che avevamo trascorso insieme, che a detta di Ander non era stato nient'altro che un obbligo.

Abbassai lo sguardo sul tappeto.

Odiavo l'effetto che avevano le sue parole su di me. Soprattutto odiavo che le avesse pronunciate. Com'era possibile che mi sentissi così legata a un uomo che conoscevo appena? Che avrei dovuto odiare?

La risposta era semplice: aveva risvegliato in me una passione incredibile, mai sperimentata.

Forse avrei avuto la stessa reazione con un altro alfa? Volevo davvero fare un tentativo?

Scossi la testa, poi andai in cucina. Mi brontolava lo stomaco.

Ander era in piedi accanto ai fornelli. Mi dava la schiena ed era concentrato su qualsiasi cosa stesse facendo. Mi concessi un istante per ammirarlo, indugiando sul modo in cui i jeans abbracciavano il suo sedere scolpito e la maglietta grigia si tendeva sulle sue spalle ampie.

Perché dev'essere così dannatamente…

Il mio naso si arricciò. Qualsiasi cosa avesse colto, mi strappò dalle mie fantasticherie. Uhm… aveva un odore strano. Troppo dolce. Per nulla mascolino. «Dove sei stato?» gli chiesi in tono severo. Non volevo che la mia voce suonasse così, ma quel nuovo odore non mi piaceva. Disturbava qualcosa nel profondo.

La mia lupa, capii.

La sentivo agitarsi sotto la pelle. Fremeva. Voleva uscire. Voleva scagliarsi contro l'alfa. Ma non riuscivo a capirne il motivo.

Ander mi ignorò, ordinandomi invece: «Siediti a tavola. Devi mangiare».

Lo fissai con uno sguardo diffidente. «Non finché non mi avrai detto perché hai addosso questo odore così strano». Dirlo a voce alta mi sembrò ridicolo, ma la mia lupa approvò. Così incrociai le braccia e aspettai.

E aspettai.

L'alfa non disse nulla. Preparò due ciotole colme di qualcosa di molto saporito. Non riuscii a identificarne gli ingredienti, nonostante i miei sensi acuiti dalla trasformazione. Mi erano completamente ignoti. Ma sapevano di carne.

Mmm… qualsiasi cosa fosse, la volevo assaggiare.

Ma poi Ander mi si avvicinò, e quel dolce aroma assaltò di nuovo il mio olfatto.

Aggrottai le sopracciglia. «Il tuo odore non mi piace».

Sbuffò e posò le ciotole sul tavolo. «Non mi sembrava ti stessi lamentando, quando eravamo nel nostro nido».

L'accenno al nostro nido mi fece rizzare i peli sulla nuca, e un fiotto di acidità mi risalì la gola. Non volendo pensarci, e soprattutto non volendo pensare a com'era andata a finire, decisi di sedermi e concentrarmi sul cibo.

Pur apprezzando il sapore di quello che aveva preparato, non riuscivo a liberarmi dalla sensazione di fastidio provocata da quella fragranza estranea.

Finito di mangiare, spinsi via la ciotola e guardai Ander, seduto dall'altro lato del tavolo, con un'espressione omicida. «Dimmi perché hai un odore sbagliato».

Si mise in bocca un altro po' di cibo, poi alzò gli occhi su di me. «Questo sarebbe il tuo modo di ringraziarmi per averti nutrita? Darmi ordini?». Inarcò un sopracciglio. «Hai bisogno che ti spieghi di nuovo qual è il tuo posto, omega? Ne sarei felice».

Volevo prendere la ciotola e spaccargliela in testa.

Poi afferrare i frammenti appuntiti e usarli per accoltellarlo.

«Ieri sei stato chiaro quando mi hai detto che servo solo a sfornare bambini» risposi col cuore che batteva all'impazzata. «E anche quando mi hai detto che ero un'omega in calore e tu stavi solo facendo il tuo dovere. Quindi no, non ti ringrazierò per avermi dato da mangiare. Mi nutri soltanto perché porto in grembo tuo figlio». Man mano che parlavo, la mia voce si alzava, alimentata dalla rabbia che stava divampando dentro di me. «Ti prenderai cura di me fino al parto, no? Non è quello che hai detto?».

Mi alzai e mi allontanai dal tavolo, con una miriade di immagini e pensieri che mi turbinavano nella mente.

La trasformazione in lupo contro la mia volontà.

L'iniezione che mi aveva somministrato Ander, anche quella contro la mia volontà.

Il mio tentativo di fuga interrotto dall'arrivo del calore.

La settimana trascorsa a scopare.

La scoperta di quale fosse il mio posto nella vita e nel mondo di Ander.

Il suo ritorno a casa con l'odore di...

Spalancai gli occhi. La verità si abbatté su di me come una secchiata d'acqua gelida. «Un'altra omega» boccheggiai vacillando.

Non disse nulla, studiandomi come il soggetto di un esperimento. Come se la mia reazione in qualche modo lo incuriosisse, ma non abbastanza da commentare.

«*Di' qualcosa*» sibilai stringendo i pugni.

«Dominare dal basso non funzionerà mai con me, omega».

Omega.

Omega.

Omega.

Ringhiai. «Il mio nome è Kat». E se mi avesse chiamata "omega" un'altra volta, l'avrei preso a schiaffi.

«Il tuo nome non ha alcuna importanza. Esattamente come i tuoi ordini. Ti dirò quello che voglio condividere con te quando mi andrà di farlo. Fino ad allora, mi obbedirai. E adesso siediti, mentre ti riempio di nuovo la ciotola».

«Vaffanculo» ringhiai. «Non voglio più mangiare. Non voglio più niente di tutto questo. Non voglio più *te*».

Andai verso il corridoio, senza una reale direzione in mente, ma Ander si alzò e mi bloccò la strada.

Indietreggiai subito, nauseata dall'odore emanato dalla

sua camicia. Fremevo dalla voglia di strappargli di dosso il tessuto incriminato. Un'omega l'aveva toccato. E non si trattava di Riley.

Un'omega priva di un compagno, osservò una parte di me. Una parte con cui non avevo alcuna familiarità.

Sul mio viso comparve un'espressione sorpresa. Come facevo a saperlo? No, ancora più importante: «Perché eri con un'omega che non è ancora stata reclamata?».

«I miei affari non ti riguardano, *Katriana*» rispose a denti stretti.

Beh, sempre meglio di "omega". E mi piaceva il modo in cui pronunciava il mio nome. Come se stesse assaporando qualcosa di suo gradimento.

Fece un passo verso di me. La puzza dell'altra omega mi assalì ancora una volta. Gridai e gli afferrai la camicia, strappandogliela via in un impeto di rabbia. Non mi resi conto di quello che stavo facendo finché non ebbi finito, e la camicia era un cumulo di brandelli sul pavimento.

Ander mi rivolse un'occhiata sconcertata.

A cui risposi con altrettanto stupore.

Perché non avevo avuto nessuna intenzione di comportarmi così.

Tra l'altro, l'odore disgustoso era ancora lì!

«Lavati!» scattai. «Fallo sparire!». Ero sull'orlo di una crisi isterica. I miei pensieri oscillavano tra la voglia di ucciderlo e il bisogno di calmarmi.

Cerca di ricomporti.

Come osa tornare qui con addosso l'odore di una lupa disponibile?!

Cosa diavolo c'è che non va in te?

Lo ucciderò!

Ander mi prese per la gola e mi sbatté contro il muro della sala da pranzo. Gli conficcai le unghie nella mano, cercando di liberarmi. Ma lui mi sollevò in aria, e io presi a scalciare.

«Omega, datti una calmata».

Urlai il mio nome, che però uscì come un rantolo strozzato a causa della sua presa. Cercai di tirargli una ginocchiata all'inguine, ma lui riuscì a bloccarmi con una gamba, che poi insinuò tra le mie.

Rabbrividii per la sensazione di avere la sua coscia premuta sul mio sesso. Mi inarcai istintivamente verso di lui, mentre un nuovo desiderio si faceva strada dentro di me. Se non avesse lavato via l'odore dell'altra, l'avrei cancellato con il mio.

Le mie mani abbandonarono il suo polso e si avventarono sul suo collo. Strattonai il suo viso verso il mio, catturandogli la bocca in un bacio violento. Gli morsi il labbro inferiore fino a farlo sanguinare.

Ander si irrigidì, e la sua presa attorno alla mia gola si trasformò in pietra. Ma non riuscì a fermarmi dall'affondare la lingua nella sua bocca, marchiandola con il mio sapore.

Da quando ero arrivata, era sempre stato lui ad avere il controllo della situazione. Era lui a scegliere come ci baciavamo, come scopavamo, come ci toccavamo e quando. Beh, adesso toccava a me. Ora ero *io* a baciare *lui*.

Fu così stimolante.

Liberatorio.

Glorioso.

Inebriante.

Gli avvolsi le braccia attorno al collo, stringendolo con tutte le mie forze in un abbraccio, baciandolo fino a farmi mancare il respiro. Letteralmente, visto che non aveva ancora allentato la presa sulla mia gola.

Mi sarebbero rimasti i segni.

Così decisi di lasciargliene anch'io e gli graffiai la schiena nuda. Per poi morderlo di nuovo.

Reagì con un ringhio che mi fece bagnare. Indossavo soltanto una delle sue camicie. Nient'altro. I suoi jeans sfregavano sul mio sesso rovente. Cercai di ansimare, ma senza riuscirci.

Mi sentivo delirante e ubriaca di potere, nonostante i puntini neri che mi danzavano davanti agli occhi.

Ne è valsa la pena, pensai. Non sentivo più l'odore dell'altra femmina su di lui. La mia eccitazione gli aveva impregnato i pantaloni e anche quello che c'era sotto, marchiandolo in un punto che lei non aveva toccato, marchiandolo come mio.

L'oscurità incombeva.

L'oblio.

Avrei voluto sospirare, ma non ne ero in grado. Le mie braccia cominciarono a tremare, la mia presa venne meno.

«Ander» boccheggiai.

Mi mise a tacere sigillando la bocca sulla mia. Mi baciò e lasciò andare la mia gola dolorante, permettendomi finalmente di respirare.

La sua lingua calmò la mia. Le sue mani mi afferrarono i fianchi e mi sollevarono in aria. Gli avvolsi le gambe attorno alla vita, e subito il mio sesso trovò il suo, nonostante fosse ancora vestito. Il mio clitoride pulsava contro il tessuto ruvido. Faceva male, ma era un dolore incredibilmente piacevole.

Un altro fiotto di desiderio mi si riversò tra le cosce, preparandomi per lui.

Era tutto così irrazionale. Avrei dovuto odiarlo, ma ero stata io a scegliere quel momento. Volevo marchiarlo, reclamarlo, cancellare ogni traccia di quella maledetta omega.

E lui me lo lasciò fare. Le sue mani risalirono lungo i miei fianchi, sfilandomi la camicia.

Le mie, invece, si dedicarono ai suoi jeans. Li sbottonarono e abbassarono la cerniera e i boxer, liberando la parte di lui che bramavo.

Voleva usarmi per fare figli? Bene, io avrei usato lui per il mio piacere.

Folle.

Sbagliato.

Ma smise di importarmi nel momento in cui la punta del suo sesso sfiorò il mio.

Non gli diedi la possibilità di rifiutarmi o di provocarmi. Strinsi le cosce attorno al suo bacino e mi mossi in fretta, praticamente impalandomi sulla sua erezione. Ander inspirò rumorosamente e posò la fronte sulla mia.

Serrò la presa su di me, ma non abbastanza da impedirmi di sollevarmi appena e ridiscendere su di lui. Avvinghiata a lui, sfruttai la parete dietro di me come sostegno.

Non si trattava più di lui, ma di me.

Avevo bisogno di venire, di urlare, di impregnare la sua pelle con il mio odore e il mio piacere.

Un gemito mi sfuggì dalle labbra e la mia testa ricadde all'indietro, in preda all'estasi.

Ma non era ancora abbastanza.

Volevo che si muovesse.

Gli graffiai la schiena, scendendo verso il basso, per poi conficcargli le unghie nelle natiche, tentando di strattonarlo verso di me.

Ma quel dannato maschio non si mosse di un centimetro.

«Scopami» sussurrai, continuando a cavalcarlo a modo mio. «Dammi il tuo nodo».

La sua mano tornò verso la mia gola. «Vuoi che ti scopi, piccola?». Strinse la presa, ma non con la violenza di prima. Un incendio divampò nel suo sguardo, frutto di un'emozione che non capivo.

Fastidio?

Rabbia?

Lussuria?

Forse una combinazione di tutte e tre.

«Ti prego» aggiunsi, muovendo i fianchi per prenderlo ancora più a fondo.

Le sue narici si dilatarono.

Un mugolio lasciò le mie labbra, un suono svilente e frustrante al tempo stesso. Avevo bisogno di avere il controllo della situazione, e lui me lo stava negando. Si stava trattenendo. Lo odiavo da morire.

Voleva una femmina sottomessa. Un'omega. E rifiutava di accettare la donna che c'era dentro di me, la persona che era sopravvissuta a ventun anni di inferno.

Cominciai a sentire le lacrime pizzicarmi gli occhi. Il desiderio mi stava squarciando il ventre, lasciandomi senza fiato.

Sapevo cosa stava facendo. Voleva che ricordassi qual era il mio posto, che mi sottomettessi completamente a lui. Ma non volevo farlo. Mi rifiutavo di farlo. E glielo mostrai muovendo il bacino con rinnovata energia, determinata a ottenere il mio piacere a prescindere dalle sue azioni.

La sua mano scivolò verso la mia nuca, le sue dita si insinuarono tra i miei capelli. Mi aspettavo che mi strattonasse via, che mi gettasse a terra per ribadire la mia posizione di inferiorità. Invece mi sorprese, baciandomi con ferocia e iniziando finalmente a partecipare.

Gemetti nella sua bocca. La mia estasi cresceva a ogni spinta.

Questo. Questo era ciò di cui avevo bisogno. Ciò che desideravo.

Le lacrime mi bagnarono le guance. La mia estasi era radicata nel dolore provocato dal ritmo selvaggio assunto da Ander. Mi avvinghiai a lui, cominciando apertamente a piangere quando il suo nodo iniziò a pulsare.

Di più.

Di più.

Di più.

Avevo bisogno che l'aria fosse intrisa della nostra passione. Volevo che annunciasse al mondo che lo possedevo. Almeno in quel momento. Che nessun altro avrebbe mai potuto intromettersi. Di sicuro non l'altra omega, il cui odore disgustoso era svanito da tempo, sopraffatto dal potere del mio.

Sono al comando.

Questo è il mio alfa.

Non lo condividerò con nessuno.

Oh, ma non era davvero mio. Me l'aveva detto: non ero la sua compagna. La mia lupa si ribellò. Voleva farlo a pezzi per quelle parole crudeli. Lasciai che si sfogasse, intervallando ringhi furiosi a gemiti di beatitudine.

Sì, sì. Così.

Il suo nodo era mio. Crebbe, si mosse ed esplose dentro di me, trascinandomi oltre il limite. Gridai il suo nome, graffiandolo, scossa da uno spasmo violento dopo l'altro, avvinghiandomi a lui come se ne andasse della mia vita.

Brutale.

Selvaggio.

Meraviglioso.

Cazzo.

Stava sanguinando. Ne sentii il sapore ferroso sulla lingua.

Anch'io stavo sanguinando. Tra le cosce.

Ma stavo anche piangendo, euforica, contorcendomi per l'orgasmo che aveva travolto entrambi.

Mi accorsi a malapena che, nel frattempo, mi aveva portata nella stanza dove mi aveva inizialmente assaggiata. Ma l'odore sbagliato mi fece tornare presto in me, costringendomi a riemergere dal mio oceano di beatitudine. Arricciai il naso. Le lenzuola erano troppo pulite.

Non è il mio nido.

Non è la stanza di Ander.

È tutto sbagliato.

Si stese sul letto, sempre tenendomi stretta a sé, continuando a venire dentro di me.

Non scambiammo nemmeno una parola.

Non era necessario.

Era semplicemente un altro rifiuto, il suo modo di ricordarmi che non stavamo insieme.

Fu come una pugnalata al cuore. Forse per qualche minuto ero riuscita a possederlo davvero, ma non avevo nessun diritto su di lui. Anche se le tracce dei miei graffi erano ancora ben visibili sulla sua pelle.

Fui travolta da un impeto di rabbia. Aveva preso la mia splendida esperienza e l'aveva distrutta con la sua crudeltà. Ricordandomi che per quanto avessi scelto di scoparlo, lui aveva scelto di non reclamarmi. Era ancora libero di accoppiarsi con un'altra.

Inclusa quella stronza che aveva lasciato il suo odore sulla sua camicia.

Strinsi i denti fino a farmi male. *Non accadrà.*

Mi accarezzò i capelli in un patetico tentativo di calmarmi. Non volevo più stare lì con lui. Presi a dimenarmi, cercando di staccarmi da lui, ma fui interrotta dal brontolio che gli riecheggiò nel petto.

Non era un ringhio. Era qualcosa di diverso, simile a delle fusa.

Lo guardai con un'espressione sorpresa, per poi bloccarmi quando lo fece di nuovo. Più forte.

Continuò ad accarezzarmi i capelli con quel suono ipnotico che vibrava sotto di me. Mi accoccolai a lui, desiderosa del conforto suscitato da quell'intenso brusio. Mi rilassò, cullandomi in uno stato completamente diverso da quello di pochi istanti prima.

Sospirai, contenta, e sbadigliai.

Mmm, sì, mi piaceva proprio. Strusciai il viso sul petto di Ander, alla ricerca del punto perfetto dove posare la testa.

La sua mano si spostò verso la mia schiena, accarezzandola dolcemente.

Un gesto così affettuoso.

Mi sentivo protetta.

Finalmente sembrava tutto a posto.

Almeno in quel momento.

Ne accettai con un sorriso la transitorietà e chiusi gli occhi.

Quando li riaprii di nuovo, alcuni minuti più tardi, o forse alcune ore, mi ritrovai da sola. In un letto privo del calore e dell'odore di Ander.

La mia nuova stanza.

Senza un compagno.

KAT

A{\small VEVAMO CREATO UNA NOSTRA ROUTINE.}

Ander se ne andava, lasciandomi a vagare nel suo attico. Quando tornava, con addosso l'odore di un'omega disponibile, scopavamo. Poi mi calmava con quella specie di fusa, e io mi svegliavo da sola.

Ogni. Singolo. Giorno.

Per settimane.

Ogni volta giuravo che non sarebbe successo di nuovo. E ogni volta infrangevo quel giuramento. Ma non me ne pentivo, non quando mi concedeva quei pochi preziosi momenti di controllo. Ero sempre io a iniziare, e lui non mi puniva per le mie sfuriate e per tutti i vestiti strappati. Era arrivato addirittura al punto di lasciare che fossi io a impostare il ritmo, aspettando che lo implorassi prima di prendere le redini.

Era diventata la nostra dinamica, il nostro modo di coesistere.

Ma quel giorno c'era qualcosa di diverso.

Il dolce profumo che aleggiava nella stanza era privo di quella nota offensiva che mi faceva scattare. Sembrava meno minaccioso.

Lo annusai come sempre, e come sempre lui restò immobile.

Ogni tanto, prima mangiavamo.

La maggior parte delle volte, però, ero talmente furibonda che gli strappavo di dosso i vestiti, per poi inginocchiarmi e controllare che portasse ancora il mio odore nel punto più importante.

Sapeva sempre di omega, ma solo sul torso. Mai tra le gambe.

Inclinai la testa di lato e lo scrutai con un'espressione diffidente. «Cos'è cambiato?».

La mia domanda cadde come sempre nel vuoto.

Non mi rispondeva mai. Non mi diceva mai chi fosse l'omega né perché avesse il suo odore addosso. Si limitava a venire, nutrirmi, scoparmi, mettermi a letto e andarsene di nuovo.

Odiavo la nostra routine, ma ci facevo anche affidamento.

Di conseguenza, quella differenza non mi piacque per nulla. Ero confusa e incerta su come procedere. Non provavo il solito impulso di cancellare l'odore estraneo, sostituendolo col mio, ma solo una genuina curiosità su chi...

Spalancai gli occhi. «Aspetta...». Lo annusai di nuovo. «Mi ricorda...». Premetti il naso sulla sua camicia, inalando profondamente. «Quell'omega». *Riley*. Non la vedevo dal mio patetico tentativo di fuga. «L'omega che ha un compagno. Oh...». Qualcuno aveva reclamato la femmina. Ecco perché non percepivo più nessuna minaccia.

Perché non era stato Ander ad accoppiarsi con lei.

Caddi in ginocchio e strusciai il viso sulle sue cosce muscolose, sopraffatta dal sollievo. *Non l'aveva reclamata. Non l'aveva scelta. Era tornato a casa da me.*

Ogni pensiero logico mi abbandonò, sostituito

dall'istinto. Gli sbottonai i jeans e gli abbassai i boxer, e in un attimo avevo in bocca la sua erezione.

Volevo ringraziarlo.

Mostrargli quanto fossi contenta che fosse tornato da me.

Mio, pensai, succhiando a fondo.

Mi osservò con le pupille dilatate, nelle cui profondità divampava una di quelle emozioni che non riuscivo a comprendere. Non mi afferrò la testa, permettendomi di prenderlo come volevo, senza nessuna interferenza da parte sua.

Avere il controllo della situazione mi incoraggiò. Sarebbe dovuta essere una posizione sottomessa, ma il suo orgasmo dipendeva solo e soltanto da me.

Il suo piacere sarebbe stato mio, perché sarei stata *io* a decidere quando sarebbe venuto.

Si morse il labbro inferiore ed emise un basso ringhio che mi fece bagnare. Ancora una volta, indossavo soltanto una delle sue camicie. Era diventata anche quella un'abitudine: frugavo nel suo guardaroba in cerca di qualcosa da mettere, che poi aggiungevo al mio nido. Insieme ai suoi pantaloni.

L'avrei fatto anche con i jeans che aveva addosso in quel momento, non appena avessimo finito. Erano una sorta di trofeo con cui profumavo le mie lenzuola.

Chi sono?, mi domandavo spesso. Soprattutto quando ero seduta in soggiorno e osservavo le montagne fuori dalla finestra.

Fuggire sembrava un concetto effimero, banale. Ma bramavo una boccata d'aria fresca. Desideravo esplorare. Volevo essere uno dei tanti lupi che vedevo passeggiare lungo la strada sottostante. Eppure, non avevo mai chiesto di poterlo fare. Non sapevo come.

Tutte le mie azioni erano orchestrate dalla lupa che si

annidava sotto la mia pelle. Il nostro legame si stava rafforzando di giorno in giorno. Mi aveva insegnato come esistere in quel mondo tutto nuovo, come permettere all'istinto di prevalere sulla ragione.

Sto diventando un animale.

Sono già un animale, mi corresse una parte di me.

Ander gemette, attirando di nuovo la mia attenzione sul suo sesso che mi pulsava in bocca.

Era prossimo all'orgasmo, eppure mi stava ancora permettendo di condurre il gioco. Lo vidi stringere i pugni. In qualche modo, sapeva che quello che stavo facendo era più per me che per lui. Lo ringraziai danzando con la lingua sulla punta, un gesto che lo gettò oltre il limite.

Venne sbattendo una mano contro il muro, tentando di controllarsi. Me ne accorsi vedendo quanto fossero tesi i suoi muscoli. Voleva assumere il comando, lo capii dal ritmo violento con cui spingeva nella mia bocca. Ma non mi toccò. Lasciò cadere la testa all'indietro e ululò, un suono che mi ridusse in poltiglia le viscere.

«Cazzo, Katriana» ansimò. Le sue nocche mi sfiorarono la guancia, poi le sue dita affondarono tra i miei capelli, tenendomi stretta a sé mentre bevevo fino all'ultima goccia del suo seme. Gli abbassai i jeans e i boxer fino alle caviglie. Lui calciò via le scarpe e si liberò del resto. Sapeva cosa volevo.

Il suo nodo pulsò alla base; significava che desiderava di più. Come al solito. Nessuno dei due era mai pienamente soddisfatto, se Ander non veniva tra le mie cosce. In quel momento, però, lo scopo non era il piacere reciproco. Volevo ringraziarlo.

Una parte di me si rendeva conto di quanto fosse profondamente sbagliato ringraziarlo per non essersi preso un'altra compagna. Continuavo comunque a odiarlo. Odiavo che mi costringesse a dormire da sola ogni notte.

Odiavo che non mi avesse reclamata. Odiavo che mi tenesse lì solo per scoparmi.

Pensandoci, gli occhi mi si riempirono di lacrime. Finii di ingoiare e lo lasciai andare.

È il modo in cui sopravviviamo che definisce chi siamo, pensai, alzandomi in piedi. *Faccio quello che devo per restare in vita.*

Ma stavo davvero vivendo?

Era ancora tutto da vedere.

Senza degnarlo di uno sguardo, andai nella mia stanza e aggiunsi i suoi jeans al nido. Mi ci volle qualche minuto per trovare il punto più adatto. L'istinto di rintanarmi in un mucchio di vestiti e lenzuola era una novità, ma mi faceva sentire al sicuro. Ero sul punto di rifugiarmi lì dentro anche in quel momento, ma sentii un'ondata di calore provenire da dietro di me. Lanciai un'occhiata alle mie spalle.

Ander era sulla soglia, nudo. Mi tese la mano, e capii immediatamente cosa volesse.

Era così che comunicavamo.

Non con le nostre voci, ma con i nostri corpi.

Mi mordicchiai l'interno della guancia e scrutai l'intricata opera di tessuto che troneggiava sul mio letto; ero alla ricerca di qualcosa da potergli ridare. C'erano così tante paia di pantaloni che ormai doveva esserne a corto, nonostante il suo guardaroba dicesse il contrario.

Certo, forse quelli erano i suoi preferiti.

Frugai tra vestiti e lenzuola e afferrai uno dei jeans più vecchi; ormai sapevano più di me che di lui. Glieli portai. Li prese con un'espressione impassibile, poi sparì, lasciandomi di nuovo sola.

Sempre sola.

Il mio labbro inferiore iniziò a tremare, ma non avevo nessuna intenzione di piangere. Mi posai la mano sul ventre, concentrandomi sull'unica piccola gioia che la vita mi aveva concesso.

«Parlami dei tuoi tatuaggi» disse Ander, facendomi trasalire.

Non lo avevo sentito tornare. Lo guardai con la fronte aggrottata. «I miei tatuaggi?».

Entrò nella stanza, ancora nudo, ma senza i pantaloni che gli avevo dato. «Sì. Voglio sapere cosa significano». Si fermò davanti a me e trascinò le nocche sul mio braccio. «Puoi dirmelo?». Una richiesta, non un ordine. Non era da lui.

Provai un miscuglio di diffidenza e curiosità.

Avevamo trascorso l'ultimo mese, forse anche un po' di più, a lasciare che fossero i nostri corpi a parlare per noi. Era l'odio, intriso di lussuria e bisogno, a definire la nostra relazione.

Ma questo... questo era diverso.

Voleva parlare.

E mi ritrovai a volergli rispondere.

«Rappresentano dei ricordi» sussurrai. «Sono il mio modo di onorare i morti».

Allungò le mani per sbottonarmi la camicia. Di solito, me la strappava di dosso. Ma sembrava stranamente gentile, come se stesse cercando di mostrarmi un po' di rispetto.

Il tessuto si aprì sul mio busto pallido. I tatuaggi erano principalmente sul braccio, con l'eccezione del nome che decorava la clavicola, sormontato da un fiore. Ander seguì le lettere col dito. «E questo? Cosa rappresenta?».

«Mia madre». Deglutii. «È il cognome della sua famiglia, con sopra un disegno che, a detta sua, mi raffigura».

«Davvero?».

Annuii. Avevo la bocca secca. «Un fiore i cui petali

diventano degli artigli. Diceva che ero bella ma letale». Certo, in quel momento non mi sentivo minimamente letale. Ero più sottomessa che altro. Un guscio vuoto, l'ombra di ciò che ero. «Ma con gli artigli aveva colto nel segno» aggiunsi, pensando alla mia lupa.

Le sue dita vagarono verso l'alto, seguendo i contorni degli artigli in questione. «In realtà, penso che ti rappresenti perfettamente. Bella, delicata, tagliente». Il suo tocco scivolò lungo la mia mascella. «Devi solo sbocciare, Katriana». Mi posò la mano sulla guancia e mi tirò verso di sé. «Dimmi degli altri. I colori».

Sapevo a cosa si riferiva: alle macchie di colore sull'avambraccio, che conducevano all'uccello disegnato sul dorso della mia mano. «Perdita» risposi con voce roca. «Ogni chiazza rappresenta una persona che ho perso a causa di questo mondo crudele».

«E il cardinale?».

«Il padre che non ho mai conosciuto». Mi schiarii la voce. L'emozione mi aveva fatto venire un groppo alla gola. «Mia madre diceva che i nostri parenti ci fanno visita sotto forma di cardinale, una vecchia superstizione trasmessa dai suoi genitori. In realtà non ne ho mai visto uno, se non nei libri e in qualche vecchia fotografia. Così me ne sono fatto dipingere uno sulla pelle, per ricordarmi che, anche se non lo vedrò mai, sarà sempre parte di me».

Il sogno di una bambina.

Ander mi fece scivolare la camicia giù dalle spalle. Ora ero nuda anch'io. Il suo sguardo vagò sui vari disegni colorati, lasciandosi dietro una sensazione di calore che mi avvolse tutto il corpo. «A parte il fiore e il nome, ti sei tatuata soltanto sul braccio e sulla mano» mormorò. «Perché solo lì?».

Mi leccai le labbra e alzai le spalle. «Mi sembrava sbagliato permettere a qualcun altro di condividere lo stesso spazio con mia madre. Tutto il resto è un omaggio ai defunti, un modo per onorare il passato, pur tenendolo a distanza». Detto ad alta voce, suonava ridicolo. Ma era così che elaboravo le perdite. «Se lo lasciassi avvicinare, sarei costretta a provare qualcosa».

I suoi occhi dorati catturarono i miei. «Come fate a tatuarvi, sulle montagne?».

«Inchiostro, aghi, fuoco» spiegai. «È incredibile quello che offre la natura, in termini di colore».

Le sue nocche mi sfiorarono di nuovo il braccio. «Sembra doloroso».

«Lo è» ammisi. «Ma sovrasta il dolore della perdita».

«Nelle grotte doveva esserci una famiglia esperta di tatuaggi» aggiunse.

«Sì. I Dunkin». Jim Dunkin aveva iniziato a tatuarmi il giorno del mio dodicesimo compleanno. Sosteneva che mi avrebbe temprato.

Aveva ragione.

Ander mi posò una mano sul fianco e l'altra sulla nuca. «Portami nel tuo nido, Katriana. Voglio tenerti stretta per un po'».

«P... perché?».

«Un alfa non ha bisogno di un motivo». Mi fece camminare all'indietro finché le mie caviglie non colpirono il bordo del letto. «Dimmi dove sdraiarmi in modo da non rovinare la tua opera».

Di solito sceglieva lui dove mettersi, a prescindere da quello che avevo costruito. Si preoccupava soltanto di tenerci uniti, non del mio benessere.

Non avevo idea di cosa gli fosse successo quel giorno, ma mi piaceva. Certo, non ero così stupida da pensare che le cose sarebbero cambiate.

No. Avevamo la nostra routine.

Solo che l'altra omega era stata reclamata.

Significava che…

«Katriana» mormorò, premendo dolcemente le labbra sulle mie. «Smettila di pensare e invitami nel tuo nido».

Annuii e mi sciolsi dalla sua presa. Mi misi a cercare il posto giusto sul letto, poi mi ci infilai. Ander si unì subito a me. Il suo calore e il suo odore erano i benvenuti nel mio bozzolo. Mi raggomitolai accanto a lui, che nel frattempo mi aveva avvolto un braccio attorno alle spalle, e lasciai che mi tenesse stretta a sé. Solo quello.

Niente sesso.

Niente furia.

Niente violenza.

Solo calore.

«I tuoi tatuaggi mi piacciono molto» ammise dolcemente. «Mi fanno capire chi sei».

«Chi ero» lo corressi. «Non sono più quella donna». E non avrei mai potuto tornare indietro. Era stato lui ad assicurarsene, quando aveva messo nelle mie mani la vita di un'altra persona.

Il nostro bambino.

«Forse no, ma tutti cambiamo e ci evolviamo. La tua sofferenza e la forza che ne è derivata sono la base di ciò che sei oggi, che tu lo senta o meno». Mi accarezzò il braccio. «Questa è una nuova fase della tua vita, e per quanto non sia ciò che speravi, resta comunque il tuo destino».

«Lo so».

Si mosse per tirarmi sotto di sé. «Lo accetti?».

«C'è un'alternativa?» replicai.

«No».

«Allora non ho altra scelta che accettarlo».

Mi posò un bacio sul naso. Il calore della sua bocca mi stuzzicava i sensi.

Pino. Maschio. Spezie. Sospirai, contenta di come mi

facevano sentire quegli odori. Essere avvolta da Ander mi lasciava sempre quella sensazione di appagamento. Purché mettessi a tacere i pensieri.

«Vuoi poter scegliere?» chiese sulle mie labbra. «È di questo che hai bisogno?».

«Non ho nessuna possibilità di scegliere» sussurrai.

«Non è quello che ti ho chiesto. Hai bisogno di poter scegliere per accettare il tuo destino?».

Aggrottai le sopracciglia, scrutando nei suoi occhi d'oro. Non lasciavano trasparire nulla. Come sempre. «Non so come rispondere».

«Non pensare. Rispondi e basta. Vorresti che ti avessi dato la possibilità di scegliere?».

«Mi sembra ovvio» risposi. Un incendio divampò dentro di me. «Chi non lo vorrebbe?». Ma ormai era troppo tardi, quindi perché rimuginarci sopra?

Mi osservò in silenzio per qualche istante. «Non sono mai stato umano, Katriana. Sono sempre stato un alfa. E gli alfa sono abituati a prendere decisioni per il bene di chi è sotto la loro tutela».

«Che, per te, è significato trasformarmi in un lupo, costringermi ad andare in calore e mettermi incinta» riassunsi. «Non esattamente ciò che avrei scelto per me, ma ormai non conta più, no?».

Non riuscii a trattenere l'irritazione. Perché ne stava parlando proprio in quel momento? Se i miei conti erano corretti, ero incinta già da un mese. Forse di più, visto quanto dormivo.

In ogni caso, non potevo cambiare niente.

E non poteva farlo neanche lui.

«Sono l'alfa del settore Andorra, la figura di più alto rango sotto la cupola. Essere mia significa molto più di quello che credi».

«Ah, ma non sono tua» ribattei, desiderando ardentemente di buttarlo fuori dal mio nido.

Come osava prendere un momento così sereno e trasformarlo in... in qualsiasi cosa stesse facendo? Non volevo pensare a quelle cose. Preferivo affidarmi alla mia lupa, piuttosto che alla mia mente.

«Che senso ha tutto questo?» chiesi. «Perché mi stai facendo *sentire?*». Non avrebbe cambiato niente. *Niente.* Allora perché considerare delle alternative? Perché parlare di quello che era successo? *Perché? Perché? Perché?*

«Non apprezzi quello che ti ho offerto, preferendo invece nasconderti. E io sto solo cercando di capire perché».

Di nuovo quella parola. *Perché.* La odiavo. La detestavo. La disprezzavo. *E anche lui.*

«Perché» ripetei. La parola aveva un sapore amaro. «Vuoi capire perché non mi è piaciuto il fatto di essere stata rapita, trasformata in lupo, costretta ad andare in calore e messa incinta contro la mia volontà?». Scoppiai in una risata priva di allegria. «Se non riesci a capirlo, Ander, non posso certo aiutarti».

«I miei lupi ti hanno salvata da una vita di stenti nei boschi, dove dormivi in una grotta, al freddo, svegliandoti con scarse speranze di sopravvivere. Poi ti è stata donata l'immortalità e un modo di proteggerti meglio di quanto potessi fare in forma umana. E quando ti sei rivelata un'omega, ti ho presa sotto la mia protezione per risparmiarti l'esperienza di essere scopata da un gruppo di alfa accecati dall'istinto».

Ci guardammo in cagnesco.

«Nella tua versione dei fatti manca un piccolo dettaglio: il mio consenso. Che non ti ho mai dato».

«Quindi avresti preferito che ti lasciassi al tuo

miserabile destino, invece di offrirti la vita che ti ho dato finora?» ribatté.

Fui di nuovo sopraffatta dalla collera. «Tutto quello che volevo era una scelta!». Certo, probabilmente avrei accettato la sua offerta di trasformarmi in lupo. Chi non l'avrebbe fatto, nella mia posizione? «Un po' di rispetto per i *miei* desideri sarebbe stato decisamente apprezzato».

Mi guardò di nuovo in silenzio. Era snervante. «Nel mio mondo, le omega si fidano delle decisioni dei loro alfa».

«Nel mio mondo, gli umani scelgono per sé».

«Nel tuo mondo, gli umani muoiono» precisò.

«Preferirei morire che non avere il diritto di scegliere» mormorai.

«Allora sei una sciocca». Rotolò via da me e lasciò il nido. «Cerca di decidere saggiamente, omega. E ricorda: sei stata tu a voler scegliere».

KAT

Una settimana.

Sette. Fottuti. Giorni.

Vagai per l'attico di Ander in preda all'agitazione. Non tornava a casa dalla discussione nel nido. Il suo odore svaniva di minuto in minuto.

Oh, di cibo ne avevo a sufficienza.

Compariva sempre di notte, mentre dormivo senza pace in un rifugio che non mi sembrava più tale.

Era tutto sbagliato.

Mi passai le mani tra i capelli e andai di nuovo in camera sua. Il suo letto perfettamente rifatto mi fece ringhiare. Mille considerazioni si rincorrevano nella mia mente. Come aveva potuto lasciarmi lì? Come una dannata prigioniera?

Almeno c'erano delle finestre.

Tornai in soggiorno e mi sedetti davanti al vetro, fissando malinconicamente l'esterno.

Avrei dato qualsiasi cosa per respirare l'aria fresca, vagabondare tra gli alberi, sentire il terreno sotto le zampe.

Non mi ero più trasformata.

Forse avrei dovuto provarci di nuovo, ma fuori. Feci per alzarmi, ma poi ricordai l'avvertimento di Ander. Ebbe l'effetto di un pugno nello stomaco.

"Scappa di nuovo e ti chiuderò in una fottuta gabbia finché non avrai partorito".

«Sono già in gabbia» borbottai. Ma mi lasciai cadere di nuovo sul pavimento e mi presi la testa tra le mani.

Rimasi lì tutto il giorno, guardando il sole alzarsi nel cielo e poi abbassarsi di nuovo.

Rimasi lì finché non fece buio. Ammirai le stelle che brillavano sopra la cupola di vetro.

E alla fine mi addormentai, per poi svegliarmi alle prime luci dell'alba e ricominciare da capo.

Per un numero infinito di ore.

Seguite da giorni pieni di nulla.

Mangiavo e mi lavavo solo perché ne avevo bisogno.

Ma poi tornavo sempre in quel punto davanti alla finestra del soggiorno. Il mio nido non mi attirava più. L'odore di Ander era sparito, la sua presenza era un fantasma del passato. E odiavo quanto mi mancasse. Mi sentivo vuota e più sola che mai. Almeno prima veniva a trovarmi.

Andai a prendere un bicchiere d'acqua in cucina. Tornando verso il mio posto, però, mi accorsi che c'era qualcosa di diverso. Mi si rizzarono i peli sulla nuca.

Il mio naso colse un odore dolciastro e si arricciò.

Riley. Mi voltai proprio mentre entrava in soggiorno. Si bloccò trovandomi lì, avvolta in un'altra delle camicie di Ander, con i capelli raccolti in uno chignon disordinato in cima alla testa. «Oh» fu la sua versione di un saluto.

Risposi mettendomi a sedere e tornando a concentrarmi sul panorama al di là del vetro.

Non era lei che volevo vedere.

A dire la verità, non volevo vedere nemmeno Ander. Anzi, sì. Volevo urlargli dietro. Scoparlo. Marchiarlo. Esigere che mi dicesse cosa diavolo stesse succedendo e perché se n'era andato.

In che modo abbandonarmi lì rappresentava una decisione?

«Kat?» mormorò Riley, accucciandosi accanto a me. «Sono qui per controllare come state tu e il bambino, visto che sono già passate dieci settimane».

Dieci settimane? Rimasi a bocca aperta. *Sono incinta da dieci settimane?*

Ciò significava che Ander era sparito da… da… beh, non ne avevo idea. Da quando ero imprigionata lì, avevo perso la concezione del tempo e dello spazio.

Perché era di quello che si trattava.

Prigionia.

Certo, avevo le finestre e un intero attico in cui vagare, ma non c'era letteralmente nulla da fare se non guardare fuori, mangiare, lavarmi e, di tanto in tanto, scopare con Ander. Quando si degnava di farsi vivo.

Premetti la mano sul mio ventre ancora piatto e mi accigliai. Sebbene potessi percepire la vita che cresceva dentro di me, non ne sentivo davvero la presenza, troppo persa nei miei pensieri per accorgermene. «Il bambino sta bene?» domandai. Avevo la voce roca dopo non averla usata per giorni.

Riley trasalì, forse colta alla sprovvista da quel suono gracchiante. Poi mi posò il dorso della mano sulla fronte e sulle guance. «Possiamo andare giù, nel laboratorio? Sarà più facile visitarti con tutta la mia attrezzatura».

«Sei preoccupata per il bambino?» insistetti, ignorando la sua richiesta.

«No, sono preoccupata per te» rispose con un basso ringhio.

La fissai, sbalordita. «Sto facendo qualcosa di sbagliato?». Non avevo cercato di scappare. Non ero molto attiva. Mangiavo e mi lavavo. Forse dovevo fare di più per il bambino?

«Tu?» emise una risatina sarcastica. «No. Il problema è il tuo compagno».

«Non ho un compagno» risposi automaticamente. «Sono sola. Ci siamo solo io e la mia creatura». Pronunciai quelle parole con voce rotta, abbassando lo sguardo. «Ma staremo bene».

«Lo ucciderò» sbottò Riley, alzandosi in piedi. «Vieni. Ho bisogno dei miei strumenti. Poi farò fuori quel testardo di un alfa». Tese la mano. «Andiamo».

«Non mi è permesso andarmene» dissi, riportando lo sguardo sulla finestra.

«Non puoi scappare» mi corresse. «Ma scendere nel mio ufficio è assolutamente permesso. Anzi, adesso ti mostro come arrivarci, così potrai gironzolare più spesso».

Aggrottai le sopracciglia. «Gironzolare?». Ander era stato chiaro sul fatto che non potessi andarmene, no? O avevo capito male?

Se venisse a trovarmi, potrei chiedergli dei chiarimenti, pensai con amarezza.

Forse sarei davvero dovuta uscire. Mi aveva già rinchiusa nell'attico a sguazzare nella mia solitudine. Cos'altro avrebbe potuto fare?!

In più, "gironzolare", come l'aveva descritto Riley, l'avrebbe fatto uscire allo scoperto. Forse. O forse l'avrei trovato nei laboratori.

Cos'avrei fatto, se l'avessi rivisto? Una visione del mio pugno che incontrava la sua faccia mi strappò un sorrisetto. Era il minimo, dopo quello che...

«Kat» disse Riley. La sua mano era ancora vicina alla mia testa. «Ho davvero bisogno di visitarti. Se non vuoi farlo per te, fallo per il bambino».

Il mio sorriso svanì immediatamente, sostituito da un'espressione corrucciata. Da come l'aveva detto, sembrava che volessi mettere in pericolo la mia creatura.

«Non farei mai nulla che possa nuocere al mio bambino». La mia risposta uscì con un ringhio. Molto meglio della voce roca di prima.

«Lo so» mormorò lei. «Non sei tu». Si accucciò di nuovo accanto a me. «Su, voglio solo aiutarti. Sistemeremo tutto. E poi prenderemo Ander a calci in culo insieme».

«Dov'è?» chiesi, incapace di trattenermi. «Dov'è Ander?».

«Lui e Jonas stanno supervisionando il trasporto di omega dal settore Shadowlands».

«Trasporto di omega?» ripetei. «E dov'è il settore Shadowlands?». Non ne avevo mai sentito parlare. Non c'era da stupirsi, considerato quanto fosse grande il mondo e quanto poco ne avessi visto.

«Hai mai sentito parlare della Romania?».

Annuii. «Quando ero piccola, mia madre mi ha fatto studiare la geografia del vecchio mondo. Era uno stato dell'Europa orientale».

«È anche dove si trova il settore Shadowlands. Un clan di lupi Ash».

«Lupi Ash?». Mi decisi a guardarla. «Sono diversi dai lupi X-Clan?».

Borbottò qualcosa a denti stretti, seguito da: «Non riesco a credere che Ander non ti abbia spiegato queste cose».

«Non parla molto» mormorai, abbassando di nuovo lo sguardo. «Di solito si limita a…». Mi morì la voce.

Riley sospirò. «Tipico comportamento da alfa. Anche Jonas è così. Un uomo di poche parole. Ma caspita se sa ringhiare…». Rabbrividì visibilmente. «Okay, non è questo il punto. Possiamo parlare mentre ti visito. Ti dirò tutto quello che posso su cosa sta succedendo e perché. Sperando che possa aiutarti a capire».

Sembrava promettente.

E mi dava anche l'opportunità di lasciare l'appartamento.

L'unica alternativa sarebbe stata rimanere tutto il giorno davanti alla finestra. Di nuovo. Preferivo di gran lunga avere delle risposte. «Okay». Mi alzai in piedi, lasciando il bicchiere d'acqua per terra.

Riley sorrise, poi lanciò un'occhiata perplessa al mio outfit. «Non hai dei vestiti?».

Strinsi le labbra osservando la camicia che mi sfiorava le cosce. «Ecco… ehm… uso le camicie di Ander».

Il suo sorriso si sciolse ancora una volta in un'espressione furibonda. «Lo ucciderò. Lo ucciderò davvero. Stramaledetto alfa». Si diresse verso la porta a grandi passi. «Seguimi. Ti troverò qualcosa da mettere».

«Preferirei di gran lunga sapere cosa sta succedendo con le omega» dissi, seguendola fuori dall'attico. «Le camicie non sono un problema».

Riley sbuffò e premette il pulsante dell'ascensore appena fuori dalla porta dell'appartamento. Fui sorpresa di trovare l'atrio deserto. Avevo dato per scontato che Ander ci avesse messo delle guardie, visto che aveva detto che sarei stata sorvegliata giorno e notte per evitare altri tentativi di fuga. A quanto sembrava, aveva mentito. O forse le guardie si trovavano da qualche parte dove non potevo vederle.

Con un sospiro avvilito, seguii Riley nell'ascensore, dove mi spiegò quali pulsanti premere per andarla a trovare. Ascoltai a metà, consapevole che non avrei mai lasciato l'attico senza il permesso di Ander. Non perché volessi obbedirgli, ma perché ormai non avevo più la forza di ribellarmi.

«Almeno ti ha spiegato che le omega sono rare? Di solito, in un branco equilibrato, gli alfa ci superano di dieci a uno. Nel settore Andorra, le proporzioni sono di trenta a uno». Riley mi studiò in cerca di una reazione. Qualsiasi cosa scorse sul mio viso, le strappò una serie di imprecazioni che mi fece sgranare gli occhi.

Le avevo già detto che Ander non mi parlava mai. Cosa si aspettava? «Siamo rare?».

«Cazzo, non posso crederci! Quel coglione!» disse proprio mentre si aprivano le porte dell'ascensore. Un maschio in attesa di entrare inarcò un sopracciglio. «Oh, non guardarmi così, Lionel. Mi hai sentita dire molto di peggio».

L'uomo sorrise. «Vero».

Lo salutò agitando la mano, poi mi esortò a seguirla con un cenno del capo. «Bene, allora penso sia il caso di iniziare dal principio» disse, camminando in fretta. «Di solito, l'accoppiamento tra alfa e omega è dettato dal modo in cui i loro corpi sono fatti l'uno per l'altro. Ad esempio, un alfa non può dare il nodo a una beta». Mi lanciò un'altra occhiata, poi si accigliò. «Un'altra cosa che probabilmente non sapevi. Okay, darò per scontato che non sai nulla».

«Ottima mossa» borbottai. Sapevo solo quello che avevo osservato nei lupi nel corso degli anni, che non era molto.

«Al mondo esistono alfa, beta e omega». Aprì una porta che conduceva in un ufficio. «Gli alfa sono in cima alla scala gerarchica, i beta nel mezzo e le omega, beh, noi siamo in fondo. È una questione di taglia e potere, e la maggior parte di noi è decisamente minuta». Si strinse nelle spalle. «È così che funziona la biologia».

Quella parte la capivo, almeno per quanto riguardava gli alfa e la loro posizione di potere. Mia madre me l'aveva spiegato, dicendomi che per i lupi l'ordine era la cosa più importante, e che le parole di un alfa erano legge.

Di certo Ander rientrava appieno in quella descrizione.

«Per quanto noi omega siamo le più deboli della nostra specie, siamo anche le più venerate» continuò, dando un colpetto a un lettino ed esortandomi a salirci. «Siamo le uniche che possono accogliere i nodi degli alfa».

Quello l'avevo già sentito.

«Il che significa che siamo le uniche a poter dare loro dei figli» aggiunse, lanciando un'occhiata eloquente al mio ventre.

«I beta non possono riprodursi?».

«Oh, possono farlo tra di loro, e anche con le omega. Ma un alfa ha bisogno di poter dare il suo nodo e…».

«Può farlo solo con un'omega» terminai per lei. Quella parte ormai mi era chiara.

«Esatto. Quindi sono sempre alla disperata ricerca di quelle come noi. Nel frattempo, i beta hanno diverse opzioni, essendo più numerosi e tutto. Stenditi». Si voltò e iniziò ad armeggiare con i suoi strumenti, mentre io feci come mi aveva chiesto.

«Quindi gli alfa si accoppiano solo con le omega» dissi, spronandola a continuare. «Ma ci sono più alfa che omega».

«Già». Si girò con in mano uno strumento metallico e lo posò su un vassoio. «E nel settore Andorra ci sono *molti* più alfa. Per questo motivo, Ander si è occupato di fare un accordo con il settore Shadowlands».

«Perché il settore Andorra ha bisogno di più omega» mormorai con un tono amareggiato. *E Ander ha bisogno di una compagna.*

Riley annuì solennemente. «Abbiamo un *disperato* bisogno di omega. Ce ne sono solo una manciata, qui, e abbiamo tutte un compagno. Tranne te». Fece una pausa e mi guardò. «Sei l'unica omega X-Clan disponibile nel nostro settore, Kat. È per questo che Ander ti tiene sotto chiave. Per quanto possa essere orribile, sta cercando di proteggerti. Il fatto di essere incinta ti tutela fino a un certo punto. Se qualcuno decidesse di mettere in discussione la sua autorità, comincerebbe col prendere te, e questo probabilmente lo porterebbe a liberarsi del bambino».

La mia mascella toccò il pavimento. «*Cosa?*» scattai.

«Gli alfa sono territoriali» sussurrò, posando la mano sulla mia spalla per farmi stendere di nuovo. «Non sono felici che la loro omega porti in grembo il figlio di un altro alfa».

Corrugai la fronte. «Mi stai dicendo che il mio bambino è in pericolo?». Mi portai le mani sul ventre. «Che qualcuno potrebbe provare a… a…?». Non riuscii a finire la domanda. Il mio cuore stava scalpitando.

«No, no, no» disse Riley. Mi posò la mano sulla guancia e mi costrinse a guardarla. «Sto solo cercando di spiegarti cosa sta succedendo e perché. Non sei in pericolo. Ander ucciderebbe chiunque provasse a toccarti».

«E tra sette mesi?» domandai, facendo un rapido calcolo. «Dopo che avrò partorito… cos'ha intenzione di fare con me?».

Le si afflosciarono le spalle. «A questo non posso rispondere».

«Non puoi o non vuoi?».

«Non posso. Perché non lo so» ammise in un sussurro. «Ma sarebbe pazzo a lasciarti andare. Gli alfa si faranno la guerra pur di accoppiarsi con te. Anche con le nuove omega, resti comunque quella che tutti vorranno, perché sei una X-Clan. Le omega Ash non saranno mai al tuo livello, a prescindere dalla loro compatibilità».

«Non… non capisco». Ma in realtà sì. Forse. *Sono l'unica omega X-Clan.* E ciò mi rendeva più preziosa delle nuove omega in arrivo dal settore Shadowlands. «Perché non cercano altre omega X-Clan? Non ne esistono altre?».

«Oh, ne esistono eccome. Solo che gli altri settori non

vogliono rinunciarvi. Come dicevo, siamo molto preziose».
Mi rivolse un piccolo sorriso. «E qui tu sei la più preziosa
di tutte».

«Allora perché Ander non mi ha reclamata?» chiesi,
incapace di trattenermi.

«Perché è solo uno stupido alfa» borbottò, tornando
poi a dedicarsi ai suoi strumenti. «È assorbito dall'accordo
col settore Shadowlands, praticamente vive nel suo ufficio
da settimane. L'accoppiamento tra Elias e Daciana è stata
l'ultima fase. Il fatto che lei sia incinta prova che siamo
compatibili».

Daciana, pensai, ricordando l'odore sulla camicia di
Ander. «L'omega senza un compagno».

Riley annuì. «Esatto, o almeno fino a qualche
settimana fa, quando è andata in estro. Elias l'ha
reclamata».

Motivo per cui il nauseabondo aroma dolciastro era
cambiato in una fragranza più tollerabile. «E adesso sono
in arrivo altre omega?».

«Nove» confermò Riley. «Ander ha barattato una
montagna di attrezzature all'avanguardia in cambio di
dieci omega, Daciana inclusa. Aspettiamo le altre per
oggi».

Ander potrà scegliere tra nove omega.

Nove rivali.

*Nove femmine con cui non potrò mai competere, perché sono nata
umana.*

«Ehi, non provarci neanche». Riley schioccò le dita
davanti ai miei occhi. «So a cosa stai pensando. Ander è
tuo. Sta solo mettendo i bisogni del branco davanti ai suoi.
Lo fa spesso, essendo il nostro leader. Ma tornerà da te. E
quando succederà, devi farmi un favore».

«Farti un favore?» ripetei, incredula. «Quale favore?».

«Fagli il culo» rispose col tono di chi sta dicendo

un'ovvietà. «Fallo sudare. Dopo come si è comportato, merita di faticare per riconquistarti».

«Ma non mi vuole».

«Oh, certo che ti vuole». Sembrava così sicura. «Altrimenti, perché ti terrebbe?».

«Per il bambino».

«In parte. Ma ti ha dato il suo seme». Sorrise. «Perché ti vuole».

«Ha solo fatto il suo dovere. Ero in calore e lui ha fatto ciò che doveva».

Riley si bloccò, poi mi guardò come se l'avessi schiaffeggiata. «Perché parli così?».

Ricambiai la sua occhiata con un'espressione altrettanto sorpresa. «Perché è quello che mi ha detto lui». Solo ripensare a quel momento mi gettò di nuovo nello sconforto.

Riley sembrava mortificata.

Così abbassai lo sguardo sulle mie mani, mentre le parole di Ander mi risuonavano nella mente.

"Eri un'omega in calore, ho semplicemente fatto quello che dovevo. Ti ho dato il seme di cui il tuo corpo aveva bisogno, e adesso tu mi darai un figlio".

Il gelo con cui le aveva pronunciate mi fece correre un brivido lungo la schiena anche in quel momento. Sarebbero rimaste impresse nella mia anima per sempre. «Non mi vuole» aggiunsi con voce tremante, chiudendo gli occhi. «Possiamo procedere con la visita? Voglio essere sicura che il suo bambino stia bene».

Riley rimase in silenzio così a lungo che pensai se ne fosse andata. Ma dopo un po' si schiarì la voce. «Sì. Sì, certo. Adesso facciamo un'ecografia. Mi piacerebbe farti sentire il battito».

«Okay». Non aprii gli occhi.

E rimasi immobile anche quando, qualche minuto più

tardi, il ritmo costante del cuore del piccolo riempì la stanza.

Quello era il mio scopo.

Procreare.

Almeno avevo fatto qualcosa di buono.

ANDER

«Come sarebbe a dire che ce ne sono solo otto?». La voce profonda di Dušan mi giunse attraverso l'auricolare. I suoi occhi azzurro pallido mi fissavano dallo schermo. «Ne abbiamo mandate nove».

«Beh, ne sono arrivate solo otto» risposi, facendo del mio meglio per non esplodere. «Il tuo vice è qui per confermarlo». Voltai lo schermo verso Mad, in piedi accanto alla mia scrivania. I suoi capelli biondo platino praticamente brillavano sotto il neon dell'ufficio.

L'alfa Ash confermò. Il suo viso, così come il suo tono, era privo di emozione. «Meira non c'è».

«Com'è possibile?» chiese Dušan.

«Devi verificare con Mihai. È stato lui l'ultimo a essere visto con il carico prima della partenza».

«Pensavo di aver incaricato *te* di occupartene, Stefan, o sbaglio?». Dušan l'aveva posta come domanda, ma riuscii a cogliere la sfumatura di furiosa delusione con cui aveva pronunciato il vero nome di Mad.

Com'è possibile che qualcuno di nome Stefan si ritrovi con "Mad" come soprannome?, mi chiesi.

«Stavo lavorando con Caspian nella cabina di pilotaggio, per aiutarlo con alcuni degli strumenti più avanzati. Non è questo il motivo per cui mi hai assegnato questa missione? Perché ho molta esperienza di volo?».

Elias mi guardò dall'altro lato della stanza inarcando un sopracciglio. Aveva percepito la sfida nel tono di Mad. Lui non mi avrebbe mai parlato così davanti al leader di un altro settore. Forse in privato, certo, ma mai in una situazione del genere.

«Mi aspettavo anche che gestissi il trasporto» rispose Dušan dopo qualche istante. «Cosa che chiaramente non hai fatto. Passami di nuovo Cain».

Non aspettai che Mad girasse lo schermo e lo feci io stesso. L'alfa del settore Shadowlands si passò le dita tra i lunghi capelli neri che gli arrivavano fino alle spalle. Una cicatrice gli correva su un lato del collo, partendo dalla clavicola. Mi domandai cosa l'avesse causata, dal momento che non sembrava opera di un normale artiglio di lupo. L'aveva lasciata qualcosa di più frastagliato. Più affilato.

«Puoi tenere parte dell'attrezzatura, mentre troviamo l'omega» disse Dušan. «Non sarà difficile. Te la farò recapitare entro la fine della settimana».

Lo osservai in silenzio, incerto se fidarmi o meno della sua parola. Capii dalla tensione attorno ai suoi occhi chiari che accettare meno del previsto sarebbe stato un grosso problema per lui. Per noi lo era già, visto che avevamo mandato tutto il dovuto due ore prima, appena avevamo avuto conferma che il carico era in arrivo.

Effettuare lo scambio nello stesso momento era stata una dimostrazione di fiducia da parte di entrambi. «Dovrai mandarcela indietro tu» gli feci notare.

«È giusto così» mormorò l'alfa, appoggiandosi al tronco di un albero lì vicino. Un rapido sguardo all'ambiente in cui si trovava la diceva lunga su quanto fosse diversa la nostra situazione.

Il settore Andorra vantava tecnologie all'avanguardia,

mentre i suoi lupi vivevano nella natura selvaggia. Eppure tra loro le omega abbondavano, e noi non ne avevamo praticamente nessuna.

Gli scherzi del destino...

«Restituire parte della spedizione sarebbe uno spreco di risorse per voi» aggiunsi, passandomi una mano sul viso. «E organizzare il trasporto richiederebbe tempo».

Perché ci sarebbero volute molte ore di luce per produrre l'energia solare necessaria al volo.

«Vi ci vorranno come minimo alcuni giorni» continuai scuotendo il capo. Probabilmente avrebbe avuto la lupa in custodia prima ancora che ricevessimo le apparecchiature.

«Avrei un suggerimento» intervenne Mad con la sua solita voce incolore.

«E quale sarebbe?» rispose Dušan con lo stesso tono.

«Io e Caspian resteremo qui come garanzia. Quando avrete trovato la ragazza, Cain manderà il suo pilota a recuperarla. Torneremo non appena sarà qui».

Elias mi lanciò un'occhiata che compresi all'istante.

Un estraneo si era appena autoinvitato a trascorrere un periodo di tempo indeterminato nel nostro settore.

Per quanto la soluzione non mi piacesse particolarmente, ci avrebbe fornito un'opportunità inaspettata. Non solo avrebbe confermato la buona fede di Dušan, ma ci avrebbe dato il tempo di conoscere due lupi Ash, con cui speravo di collaborare in futuro.

Trascinando il pollice lungo il labbro inferiore, soppesai le nostre opzioni. A quanto sembrava, Dušan stava facendo lo stesso. I suoi occhi brillavano come quelli di un lupo al chiaro di luna.

Mentre Mad in persona emanava un'aura letale, Dušan lo faceva anche attraverso lo schermo. Riuscivo a scorgere con chiarezza il lupo che si agitava dietro il suo sguardo insondabile. Una bestia pericolosa quanto l'umano che la conteneva.

«Se per te va bene, va bene anche per me» disse Dušan dopo un'attesa che parve infinita. Aveva aspettato che parlassi per primo, ma, prima di esprimermi, volevo sapere cosa ne pensasse lui.

«Hai una settimana» dissi all'alfa del settore Shadowlands. «Se entro quel momento l'omega non sarà in nostra custodia, rivedremo di nuovo i termini dell'accordo».

«Oh, l'avrò catturata ben prima di allora» promise con un ghigno animalesco. «Ci sentiamo presto».

La chiamata terminò senza che ci scambiassimo alcun saluto. Dušan era chiaramente già concentrato sulla caccia. Non mi offesi, perché al suo posto avrei fatto lo stesso. L'omega aveva minacciato il nostro accordo. Ero sicuro che l'avrebbe punita severamente, prima di mandarcela.

Mad si allontanò dal muro e raddrizzò la schiena. «Devo informare Caspian del cambio di programma».

Elias si mise sulla sua strada. «Non così in fretta». Mi guardò. «Dove li vuoi?».

Sapevo cosa intendeva. *Segrete o suite per gli ospiti?* Visto che volevo continuare a commerciare con il settore Shadowlands, in futuro, non ebbi altra scelta che rispondere: «Suite per gli ospiti».

Se Elias non era d'accordo con la mia risposta, non lo diede a vedere. Contattò invece Cedrick via radio, chiedendo assistenza. Il nostro capo della sicurezza comparve in pochi secondi, confermando che era rimasto fuori dal mio ufficio in attesa di istruzioni. «Caspian e Mad saranno nostri ospiti per una settimana. Puoi far preparare le stanze e scortarli là?». Per quanto formulata come una domanda, sapevano tutti che si trattava di un ordine.

Il mio braccio destro non chiedeva mai.

«Sì, signore» rispose Cedrick. Mi rivolse un educato cenno del capo, per poi accompagnare Mad fuori dal mio ufficio.

Elias mi guardò. Azionai uno strumento per cancellare i suoni posizionato sulla mia scrivania, in modo da nascondere la nostra conversazione a chiunque cercasse di origliare fuori dalla porta. «Non mi fido di lui» dissi senza mezzi termini. «Voglio che siano sorvegliati entrambi. E devono essere tenuti alla larga dai laboratori e dai miei alloggi».

«Ricevuto» rispose Elias. «Pensi davvero che la nona femmina sia scappata?».

«No». La spedizione era troppo importante per Dušan. Non poteva essere semplicemente sparita. «Qualcuno sta cercando di sabotare l'accordo».

«E non pensi che sia stato Dušan».

«Sono sicuro che non sia stato lui. Ha investito troppo in questo scambio per fare una cosa così stupida. Anche se non lo dà a vedere, vuole instaurare un rapporto commerciale tra i nostri settori tanto quanto lo vogliamo noi. C'è troppo…».

La porta si aprì sbattendo così forte che feci un salto sulla sedia. Elias si mise immediatamente in guardia.

Finché entrambi non vedemmo chi era entrato.

Riley si precipitò verso la mia scrivania e posò le mani sul legno. Aveva un'espressione livida. «Hai detto davvero alla tua compagna che l'hai scopata solo perché è tuo dovere?».

La guardai con un'espressione scioccata. Non solo per l'intrusione, ma per il tono furioso con cui si era rivolta a me. «Riley…».

«Hai idea di cosa hai fatto a quella povera ragazza?» continuò. Stava praticamente urlando. «È distrutta, Ander! È distrutta, cazzo!».

Aprii la bocca per rispondere, ma Riley gettò a terra la maggior parte di quello che avevo sulla scrivania in uno scatto di rabbia.

«Sei impazzita?» chiesi. Ero sconvolto.

«No! *Tu* sei impazzito!» gridò. «Dire una cosa del genere alla tua compagna... No, scusa, alla tua *incubatrice ambulante*».

Riley fece una smorfia, passando chiaramente da un pensiero a un altro. Uno che le tinse le guance di rosso fuoco, simile al colore naturale dei suoi capelli.

«Pensa di non essere nient'altro che quello, Ander! Continuava a ripeterlo tra sé e sé durante l'esame, senza sentire nulla di quello che le stavo dicendo. L'hai fatta a pezzi, cazzo!».

«Il bambino sta bene?» chiesi. Il riferimento all'esame di Katriana mi fece accelerare il battito. Il mio staff non aveva segnalato nulla di strano. Stava mangiando tutti i pasti lasciati in frigo per lei. Avevo dato per scontato che fosse impegnata a costruire il nido, com'è tipico delle omega durante la gravidanza.

«Oh, il tuo bambino sta bene» rispose Riley con un tono talmente gelido da poter raffreddare l'aria. «Ma lei no. Dirle che l'hai scopata perché dovevi... stai scherzando?! Perché cazzo non l'hai reclamata? Sai benissimo quanto possa essere pericolosa la gravidanza di un'omega».

«Stai proprio esagerando, Riley» ringhiai, irritato non solo dalla sua mancanza di rispetto, ma anche...

Riley mi schiaffeggiò così forte da farmi scattare la testa di lato.

«Sei un bastardo!» urlò. «Come osi essere così crudele con la tua futura compagna! Stai cercando di ucciderla?! Perché è questo che stai facendo, Ander. È lo spettro della donna che era due mesi fa. Ed è tutta colpa tua!».

«Quello che faccio con la mia compagna non ti riguarda» sbottai, facendo un passo verso di lei.

«Non mi riguarda?» ripeté con le sopracciglia che le schizzarono in alto. «È una mia paziente, Ander Cain. E quello che stai facendo è pericoloso per la sua salute».

«Hai appena detto che il bambino sta bene» ribattei alzando le mani.

«È quella l'unica cosa che ti interessa?» chiese Riley. Fece un passo indietro. Aveva un'espressione sconvolta. «Che il tuo bambino stia bene? E la donna che lo porta in grembo, Ander? O lei non ha alcuna importanza? *Dato che l'hai scopata perché è tuo dovere*». Si scagliò contro di me, ma le catturai i polsi senza sforzo.

«Calmati, omega» le ordinai.

Mi diede un calcio, ringhiando ferocemente. Un attimo più tardi, fece il suo arrivo anche Jonas.

Mi bastò un'occhiata all'alfa per lasciarla andare e allontanarmi da lei. «Si è avventata su di me. L'ho bloccata per evitare che si facesse del male» spiegai.

Ma lui non mi guardò nemmeno. La sua concentrazione era tutta rivolta alla femmina che stava facendo una scenata nel mio ufficio. Riley si accasciò sul suo petto con un grido angosciato che mi colpì nel profondo dell'anima. Un suono che non avrei mai più voluto sentire da lei o da nessun'altra donna.

«Non so cosa tu abbia fatto, Cain, ma ti conviene trovare una soluzione» disse Jonas. Prese in braccio la sua compagna e la cullò dolcemente, emettendo un profondo brusio destinato a calmarla. «Va tutto bene, tesoro. Sono qui».

«È un mostro» sussurrò Riley con voce rotta. «È un fottuto mostro».

Schiusi le labbra in preda allo sconcerto. Nessuno mi aveva mai chiamato così. «Riley...».

«No!» gridò lei. «Hai distrutto quella povera ragazza. Come hai potuto?!». Rabbrividì, stretta a Jonas, con il labbro inferiore che tremava. «Come hai potuto?» ripeté più piano, poi seppellì di nuovo il viso sul petto del compagno.

Jonas mi guardò negli occhi con un'espressione omicida. «Sistema tutto».

E con quello portò via l'omega singhiozzante.

Li guardai uscire dall'ufficio a bocca aperta. Ero senza parole.

Non avevo mai visto Riley perdere la testa in quel modo. E la conoscevo da anni. Certo, era capitato che mi urlasse contro, ma di solito era perché mi intromettevo troppo nelle sue ricerche.

"C'è un motivo se mi hai affidato questo compito, Ander Cain. Ora levati di torno e fammi fare il mio lavoro", aveva detto più di qualche volta. Ma non era mai successo niente del genere.

E sicuramente non l'avevo mai fatta piangere.

«Merda» mormorai, passandomi una mano sul viso. Poi guardai Elias. «Cosa diavolo è appena successo?».

«È successo che hai fatto un casino» rispose il mio secondo in comando, incrociando le braccia sul petto. «Mi sembra chiaro».

«*Io* ho fatto un casino?». Mi ritrovai a fissare anche lui a bocca aperta. «Ti stavo parlando, quando ha fatto irruzione qui. E tutto quello che ho fatto è stato afferrarle i polsi per provare a calmarla».

«Certo, perché usare la forza con una donna di solito la fa calmare» commentò Elias. «Ma non sto parlando di Riley, Cain. Sto parlando di Kat».

«E?».

«Le hai veramente detto che l'hai scopata perché era tuo dovere?».

Sospirai e alzai gli occhi al cielo. «Stavo solo cercando

di darle una lezione, E. Scappando sulle soglie dell'estro, ha messo in pericolo l'intero settore». Se non l'avessi trovata in tempo, avrebbe scatenato una fottuta rivolta. «Non sapevo come metterla in riga».

«È veramente questo che vuoi?» ribatté. «Perché ero convinto che il fuoco che ha dentro fosse parte del suo fascino».

«Sì, lo è... o meglio, lo era» ammisi, ripensando alla nostra prima settimana insieme. Ma poi le cose erano cambiate. «Dopo l'estro, la sua lupa ha preso il sopravvento. Da quel momento, ha guidato tutte le sue azioni. All'inizio mi piaceva, ma poi non più».

Il punto di svolta era stato accorgermi del modo in cui Daciana guardava Elias. Lo faceva con adorazione e rispetto, mentre Katriana mi guardava a malapena. E quando capitava, era come se la sua anima avesse abbandonato i suoi occhi per sempre.

Aveva iniziato a fare affidamento solo sui suoi istinti animali per sopravvivere, non sulle sue emozioni. «Le ho chiesto cosa desidera» continuai, deglutendo a fatica. «Mi ha detto che vuole una scelta. Così l'ho lasciata da sola, dandole lo spazio di decidere per conto suo».

«Questo spiega perché ultimamente hai vissuto qui» disse Elias, indicando con un cenno della mano il divano su cui avevo dormito fin troppo a lungo. «Lo sai che ti voglio bene come a un fratello, vero?».

«Sì» mormorai. «Lo so».

«Bene. Allora spero che capirai. Sei un fottuto idiota, Cain. L'hai reclamata in tutti i modi, tranne l'unico che conta davvero. Poi le hai detto che rappresenta soltanto un obbligo, un modo per procreare, e l'hai lasciata *da sola* per settimane in preda alla disperazione. Mi sembra una punizione fin troppo severa per un tentativo di fuga».

Lasciò cadere le braccia lungo i fianchi e scosse la testa. «Per citare Jonas, "sistema tutto"».

E uscì dal mio ufficio a grandi passi, senza nemmeno guardarsi indietro.

A quanto sembrava, avevamo finito di discutere della mia vita sentimentale e del problema con il settore Shadowlands.

Bene.

Benissimo.

Fantastico.

Colpii la scrivania con un pugno, facendo cadere a terra quello che era rimasto in piedi dopo la sfuriata di Riley.

Ringhiai contro il pavimento coperto di cocci e oggetti di varia natura. «Al diavolo» sbottai, decidendo di lasciare tutto lì. «Al diavolo tutto». Marciai fuori dall'ufficio, verso l'ascensore.

Non era mia intenzione distruggere Katriana. Non del tutto. Volevo farle capire come funzionava la nostra società e in che modo la sua stupida bravata avesse messo in pericolo non solo la sua vita, ma anche quella dei miei lupi.

Ero il riferimento di tutti quelli che vivevano sotto la cupola. Si affidavano a me affinché garantissi la loro sopravvivenza. Si aspettavano che le mie decisioni tenessero conto dei loro bisogni. Ero incredibilmente sotto pressione, ma lo accettavo: era il dovere di un leader.

La mia futura compagna non capiva che il suo comportamento si rifletteva su di me, né che, continuando a sfidare la mia autorità, si poneva in una posizione di pericolo.

Forse le mie parole erano state crudeli. Ma avevano funzionato. Dopo la prima settimana di permanenza sotto la cupola, non aveva più tentato di ribellarsi. Anzi, mi aveva soddisfatto all'inverosimile; il suo istinto di marchiarmi era così gratificante.

Finché non mi ero accorto della differenza che c'era tra il suo comportamento nei miei confronti e quello di Daciana nei confronti di Elias.

E finché non mi ero reso conto che anche Riley guardava Jonas allo stesso modo.

Quando Katriana mi guardava, invece, nei suoi occhi non c'era l'adorazione delle altre omega verso i loro compagni. C'era il vuoto. Il suo corpo faceva quello che la sua lupa le ordinava di fare, ma il suo cuore e la sua mente erano totalmente inaccessibili. Avevo cercato di fare in modo che si aprisse con me, ma aveva chiesto di poter scegliere.

Scegliere?!

Katriana era mia.

Chi altri avrebbe potuto scegliere in questo settore? Chi pensava potesse offrirle di più? Elias era ufficialmente impegnato, così come Jonas. Rimanevano solo gli alfa che facevano parte del consiglio, e nessuno di loro era neanche lontanamente alla mia altezza.

Ma sapere che voleva scegliere mi aveva fatto infuriare. Mi aveva fatto sentire inferiore in un modo che non mi sarei mai aspettato. Così avevo trascorso le ultime settimane a capire come darle l'opportunità che desiderava, sebbene la cosa mi uccidesse.

Schiacciai il pulsante per la mia suite, contando i secondi che passavano. Ero sempre più agitato.

Cos'aveva detto esattamente Katriana a Riley? L'avrebbe detto anche a me, o avrebbe lasciato che la sua lupa prendesse ancora una volta il sopravvento?

Forse avrei potuto scoparla e poi costringerla a parlare mentre il mio nodo ci teneva uniti. Sarebbe stato utile per sfogare un po' della mia furia e ci avrebbe legati di più. Tra l'altro, avevo addosso l'odore delle omega Ash arrivate in giornata. Sapevo che quello l'avrebbe fatta impazzire. Probabilmente non mi avrebbe nemmeno lasciato dire niente, strappandomi subito i vestiti di dosso.

Sì. Ottimo piano.

Avremmo scopato e poi parlato.

Non appena l'ascensore arrivò al mio piano, uscii a grandi passi ed entrai nell'attico sbattendomi la porta alle spalle.

Arricciai istintivamente il naso, praticamente ritraendomi dagli odori che aleggiavano nell'appartamento. Era tutto sbagliato.

Devastazione.

Disperazione.

Terrore.

«Katriana?» la chiamai, annunciando così la mia presenza.

Mi ci volle solo qualche passo per trovarla. Era seduta davanti a una delle finestre del soggiorno. Indossava una delle mie camicie. Aveva le spalle afflosciate e le ginocchia strette al petto.

Il mio arrivo non suscitò alcuna reazione.

«Katriana?» tentai di nuovo.

Niente.

Accigliato, mi avvicinai ulteriormente e le camminai attorno per guardarla in viso. Stava fissando con sguardo vacuo il sole che tramontava. Mi accovacciai accanto a lei. «Katriana?» dissi più dolcemente.

Non sbatté nemmeno le palpebre.

Merda. Non c'era da stupirsi che Riley fosse incazzata con me.

«Katriana» sussurrai, avvolgendo il palmo attorno alla sua nuca. La sua pelle era gelida. Le accarezzai il collo col pollice e mi resi conto di quanto fosse lento il suo battito.

Era come se fosse catatonica.

Cazzo. Com'era potuto succedere? Volevo solo darle tempo e spazio mentre trovavo un modo di offrirle la scelta che desiderava.

Chiaramente, la mia idea mi si era ritorta contro.

La presi tra le braccia e la sollevai, tenendola stretta al petto come aveva fatto Jonas con Riley.

Tentai di calmarla emettendo quel suono vibrante che di solito sembrava gradire, ma non ebbe alcun effetto su di lei. Era come stringere una bambola di stracci.

«Andiamo nel tuo nido» suggerii. Mi avviai verso la sua stanza, ma mi bloccai sulla soglia, impietrito. «Hai…» deglutii, incapace di parlare.

L'ha distrutto, osservai scioccato.

Le omega avevano bisogno di un nido per sentirsi al sicuro. Quelle incinta ancora di più. Demolire il suo rifugio…

«Oh, Katriana…». Mi si strinse il petto, ma il brontolio si intensificò. Volevo darle tutto quello che potevo per farla uscire da quello stato. Non riuscivo nemmeno a capire come fosse potuto accadere. Com'era arrivata a quel punto la femmina grintosa che avevo conosciuto due mesi prima?

«Odore sbagliato» mormorò con un tono che mi spezzò il cuore.

Le premetti le labbra sulla tempia e la strinsi forte a me. «Mi dispiace così tanto» sussurrai. «Non ne avevo idea». Ma avrei dovuto saperlo, o almeno aspettarmelo. Le omega incinte hanno bisogno dei loro alfa per sentirsi al sicuro. E io l'avevo abbandonata. A prescindere da quali fossero le mie intenzioni, era stato un comportamento imperdonabile. Tutte le scuse del mondo non sarebbero servite a nulla.

No, aveva bisogno di qualcos'altro da me.

Forza e conforto.

Mi allontanai dalla sua stanza e la portai nella mia. «Va tutto bene, tesoro» dissi dolcemente. «Costruiremo un nuovo nido. Un nido come si deve».

Così si sarebbe sentita meglio.

O almeno era quello che speravo.

KAT

GLI ODORI che avvolgevano Ander stavano facendo infuriare la mia lupa.

Omega fertili.

Omega disponibili.

Competizione.

Avrei voluto gridare e imporgli di togliersi subito i vestiti intrisi del profumo di altre femmine. Ma non potevo. Non ne avevo le forze.

Giacere tra le sue braccia era molto più facile.

Meno faticoso.

Un modo per esistere senza dover esistere sul serio.

Mi posò al centro del suo letto. Non era meglio del pavimento accanto alla finestra, solo più morbido. Ma con una vista sul soffitto, invece che sulle montagne.

Il brusio emesso dal suo petto si intensificò. Per i miei sensi era come una carezza ipnotica, a cui però non volevo cedere. Tanto, mi avrebbe portato via anche quello. Lasciandomi di nuovo sola col mio dolore, mentre suo figlio cresceva dentro di me.

Com'era possibile che quella fosse diventata la mia vita?

Vuota.

Insoddisfacente.

Forse era così che si sentivano gli Infetti. Privi di cervello e con un unico obiettivo: sopravvivere.

Solo che non ero più sicura di voler sopravvivere. No, non era vero. Volevo vivere. Per il bambino. Ma poi cosa sarebbe successo? Riley aveva detto che avrebbe potuto essere in pericolo, che un altro alfa avrebbe potuto fargli del male.

Rabbrividii al pensiero, rannicchiandomi ancora di più in posizione fetale, solo per ritrovarmi di nuovo tra le braccia di Ander.

Il suo petto nudo rimbombava sotto il mio naso. Il suo fresco profumo di pino mi solleticava i sensi.

Oh, i vestiti non ci sono più, notò la mia lupa in tono compiaciuto, allungandosi verso di lui. *Niente più puzza di omega. Solo alfa.*

Stesi le gambe, intrecciandole alle sue. Mi resi conto che erano nude.

Non si era tolto solo la camicia, ma tutto quanto.

E la sua erezione stava crescendo, premendo sul mio ventre.

Cercai di deglutire. *È per questo che è tornato? Per il sesso?* Non ero sicura che sarei riuscita a farlo, in quello stato. Certo, mi sarei bagnata per lui. Ma non mi sarebbe piaciuto.

Importa?, pensai amaramente. *Non è forse questo il mio compito? Farmi scopare dall'alfa quando ne ha voglia? Procreare?*

Una lacrima mi sfuggì dalle ciglia. Seguita da un'altra.

Ma furono cancellate entrambe da un bacio di Ander. Inclinò la mia testa all'indietro in modo che potessi guardarlo negli occhi. Il suono simile a delle fusa che si levava dal suo petto aumentò, avvolgendoci in un manto di serenità che aspirava a lenire il mio dolore.

Le sue labbra si posarono sulle mie. Non cercavano nulla, non volevano dominare. Mi sfiorarono soltanto. «Mi dispiace» sussurrò, scusandosi per la seconda volta.

Qualcosa mi diceva che non si scusava spesso.

«Non ti lascerò mai più da sola» promise.

Non gli credetti.

Lo diceva solo per farmi stare meglio, per proteggere la creatura che si stava sviluppando nel mio grembo. Il bambino era l'unica ragione per cui si stava comportando così.

Il mio maledettissimo cuore era sul punto di spezzarsi di nuovo. Dannato Maxim. Doveva proprio prendere di mira i camion dei lupi... E stupida me per non aver messo in discussione i suoi ordini.

Non sentivo la mancanza della caverna.

Non mi mancavano nemmeno gli umani con cui vivevo. Quelli a cui ero affezionata erano tutti morti, insegnandomi a non commettere più lo stesso errore. Non amare qualcuno significava non dover mai soffrire per la sua inevitabile perdita.

Ma mi mancava quanto fosse semplice la vita sulle montagne.

Non sapevo come gestire la mia nuova esistenza. Il mio ruolo nel settore Andorra era limitato al far figli, e non ero sicura di riuscire ad accettarlo.

Le labbra di Ander sfiorarono ancora una volta le mie, attirando la mia attenzione su di lui. «Katriana» mormorò. «Il branco fa affidamento sulla mia autorità. Quando l'hai sfidata, tentando di scappare, ha avuto un impatto negativo sulla mia posizione. So che la mia reazione è stata dura, ma una parte di me crede ancora che sia stata necessaria. Ho bisogno che tu capisca i nostri usi e cosa significhi essere mia».

Ma non sono tua, avrei voluto dirgli.

Invece mi limitai a sbattere le palpebre. La mia bocca si rifiutava di muoversi, rimanendo una linea dritta scolpita sul mio viso.

Era così che avrei passato il resto della vita? Respirando senza pensare? Esistendo senza provare emozioni? Intrappolata nella solitudine in eterno?

Rabbrividii. *Questa non sono io. Non è questo che sono. Non è questo che voglio essere.*

Ma non sapevo come vivere sotto la cupola. Come agire. Cosa pensare. Ero in grado di prendermi cura di me stessa in mezzo alla natura, ma Ander mi aveva portato via tutto.

Niente più grotta.

Niente più Infetti.

Niente più fughe.

Lì ero al sicuro. Un dono, certo, ma a che prezzo? La mia sanità mentale? Il mio corpo? La mia anima?

Il brusio proveniente dal petto di Ander si amplificò. L'alfa mi posò una mano sulla guancia e mi guardò negli occhi. «Ho bisogno che torni da me, gattina». Mi baciò dolcemente. «Mi mancano i tuoi piccoli artigli».

La mia lupa ringhiò. Non apprezzava il riferimento ai felini. Né tantomeno l'insulto indirizzato ai miei artigli.

«Mmm, eccoti qui». Mi spinse sulla schiena e si posizionò sopra di me, ingabbiandomi sotto il suo corpo. Ogni secondo che passava, il brusio diventava sempre più forte. Raggiunse l'apice quando Ander sistemò il bacino tra le mie cosce.

Com'è sexy, pensai, spalancando le gambe per sentire il suo sesso sulla mia carne umida.

Qualche minuto prima, non avrei mai creduto che una simile reazione fosse possibile.

Ma il mio corpo mi aveva appena dimostrato il contrario.

Solo che Ander non fece altro che rimanere lì a guardarmi, appoggiato sui gomiti ai lati della mia testa. «Al tuo corpo piaccio» mormorò. «Ma non è l'unica cosa di te che voglio». Premette la sua erezione tra le mie cosce, facendomi inarcare verso di lui con un gemito. «Parlami, Katriana».

Per dire cosa?, fui sul punto di ringhiare.

Parlare creava dolore.

E io avevo sofferto abbastanza.

Eppure le mie gambe si rifiutavano di seguire le indicazioni della mia mente. Invece di avvolgersi attorno alla sua vita, rimasero stese sul materasso. Era come se avessi spezzato il collegamento tra il mio cervello e il resto del corpo.

Anche le mie braccia non volevano saperne di reagire.

Sentirmi così distrutta e intrappolata era incredibilmente doloroso. Non potevo controllare nulla, nemmeno il mio corpo.

Un'altra lacrima mi rigò la guancia.

E un singhiozzo mi risalì la gola, sfuggendo in un grido che mi fece trasalire.

Nel frattempo Ander continuava a tranquillizzarmi con il suo profondo brusio, tenendomi stretta a sé, proteggendomi mentre cadevo definitivamente a pezzi sotto di lui.

Non mi zittì. Non parlò. Si limitò a darmi conforto in un modo che non avrei mai creduto possibile.

Quel maledetto suono!

Lo odiavo.

Lo amavo.

Lo desideravo.

Vibrante, ritmico, folle, mi cullava in uno strano regno

di pace. Sovrastava i miei sensi, costringendomi a sottomettermi alla bellezza del brusio che si riverberava nel mio cranio.

Mi girava la testa.

Mi sembrava di cadere.

Mi sentivo sonnolenta.

E terribilmente eccitata.

Ander si era spostato di nuovo. Mi ritrovai con la testa premuta sul suo petto e una coscia tra le sue. Era successo in un istante, o forse in un'ora. Non ne avevo idea. Il mio concetto di tempo si era deformato, distorcendo anche la mia comprensione della realtà.

Forse era tutto un sogno.

Uno splendido sogno.

Che forse sarebbe terminato in un incubo.

Non avevo modo di saperlo, ma quell'eco splendida e ipnotica mi tranquillizzò. L'aroma di pino riempiva ogni mio respiro. Il calore dell'alfa mi lambiva la pelle. E un suono destinato solo e soltanto a me mi avvolgeva il cuore.

L'oscurità arrivò troppo in fretta.

Il sole era tramontato da un pezzo.

E quando mi svegliai, mi ritrovai da sola. Come sempre. Al freddo. A tremare in un letto che non era il mio, in una stanza in cui non avevo alcun diritto di stare.

Che mi fossi avventurata in quella camera sognando Ander? Desiderando che lui fosse lì e mi invitasse tra le sue braccia?

Uno scherzo malvagio della mia mente crudele.

Una verità schiacciante che mi rubò il fiato, per poi rilasciarlo in un grido talmente acuto da poter incrinare il vetro.

Strappai via la camicia che indossavo e la gettai per terra. Stavo per fare lo stesso con le lenzuola, quando un rombo violento mi scosse nel profondo. Riconobbi il suono e mi immobilizzai, col cuore che batteva a mille.

«Ander?» ansimai. Avevo paura di voltarmi.

Ma non ebbi bisogno di farlo.

La sua mano mi accarezzò la schiena, la sua bocca mi baciò la spalla. «Sono qui. Stavo solo preparando qualcosa da mangiare». Appoggiò un vassoio sul comodino.

Le mie spalle si rilassarono immediatamente. *È qui. Ander è qui.* Mi sporsi verso di lui, alla ricerca del suo calore.

Si sedette accanto a me e mi avvolse un braccio attorno alle spalle, stringendomi a sé. Mi posò un bacio sulla testa. «Hai bisogno di nutrirti». Allungò la mano verso il vassoio e prese una fragola, per poi portarmela alle labbra. La assaggiai con la punta della lingua, poi lasciai che me la mettesse in bocca.

Non appena l'ebbi mangiata, me ne diede un'altra.

Aprii la bocca, masticai e deglutii di nuovo, solo per ritrovarmi con una terza fragola tra le labbra.

Continuammo così per altre sei volte, poi passò al formaggio. Poi a della carne particolarmente saporita. Alla fine mi diede una bottiglietta d'acqua che bevvi tutto d'un fiato per liberarmi la bocca dal sale.

Il vassoio era ancora mezzo pieno, ma, quando tentò di farmi assaggiare un acino d'uva, rifiutai di aprire ancora la bocca. Così lo mangiò lui. Osservai il suo pomo d'Adamo muoversi su e giù. Il suo confortevole brusio non cessò mai, avviluppandomi in una coltre di beatitudine.

Sicurezza, pensai. *Calore. Conforto.*

Chiusi gli occhi, lasciandomi cullare dal suo suono magnetico. Sospirai. Tutto il mio corpo si rilassò, cuore incluso.

Non sarebbe durato.

Lo sapevo.

Ma per quella notte lo accettai. Mi concessi di gettarmi

a capofitto in un sogno in cui io e Ander correvamo fianco a fianco in forma di lupo, con le nostre zampe che tracciavano insieme un percorso tutto nostro.

Una fantasia.

Distante anni luce dalla nostra realtà.

ANDER

Non ha ancora cominciato a ricostruire il nido, scrissi a Riley dal mio tablet. *Ormai è passata quasi una settimana.*

Katriana era seduta a tavola, davanti a me, e stava mangiando. Non era ancora tornata in sé, ma almeno non passava più le giornate davanti alla finestra del soggiorno.

Ma tutto, dalla sua postura al suo comportamento, trasudava cautela. Stava aspettando che me ne andassi. Non perché lo volesse, no. Al contrario, desiderava con tutto il cuore che restassi. Solo che non si fidava. Le mie promesse non avevano funzionato, così avevo deciso di dimostrarle nei fatti che le sarei rimasto accanto.

Il mio tablet trillò con la risposta di Riley: *Ma che sorpresa.*

Grazie dell'aiuto, replicai.

Ti sei scavato la fossa da solo e da solo devi uscirne. Aggiunse un avatar di lei che mi prendeva a schiaffi.

Ma che simpatica, risposi.

Mi mandò una foto del suo dito medio.

Se si fosse trattato di chiunque altro, gli avrei ricordato la mia posizione. Ma ero in debito con la piccola omega. Se non mi avesse spinto a lasciare il mio ufficio, la situazione sarebbe potuta degenerare fino a un punto di non ritorno.

Certo, non che poi le cose fossero migliorate drasticamente, come dimostrato dalla femmina silenziosa seduta dall'altro lato del tavolo.

Mentre stavo per riporre il tablet, ricevetti una telefonata. Dušan. Di norma mi sarei scusato e sarei andato a rispondere nel mio ufficio. Ma ebbi un'idea.

Sarebbe stata un'ottima occasione per mostrare a Katriana uno spaccato della mia vita.

Trascinai il dito sullo schermo del tablet e trasferii la chiamata sul mio dispositivo da polso. Con un paio di clic feci apparire un pannello traslucido su cui comparve l'espressione impassibile dell'alfa Ash.

«Dušan» lo salutai.

«Ander» ricambiò lui, passandosi le dita tra i capelli corvini. Lo faceva spesso. Normalmente, l'avrei considerato sintomo di nervosismo. Ma Dušan non mi sembrava un tipo nervoso. «Volevo darti un breve aggiornamento sull'omega. È un buon momento?».

Doveva aver notato la cucina alle mie spalle. E il mio petto nudo. Aprii la bocca per dire di sì, ma Katriana mi precedette. «Vado in camera mia» mormorò alzandosi in piedi.

«No, resta» le dissi. «Per favore» aggiunsi, in modo che non sembrasse un ordine.

Dušan inarcò le sopracciglia.

Già, un alfa che chiedeva "per favore" era a dir poco insolito. «Non pensarci neanche» borbottai, poi mi girai verso la mia omega e le tesi la mano. Lei si mordicchiò il labbro inferiore, ma si avvicinò. Il suo sguardo saettava tra me e lo schermo.

Aveva i capelli ancora umidi dalla doccia che avevamo condiviso mezz'ora prima. Li aveva pettinati in modo che le ricadessero come una folta onda ramata davanti alla spalla destra. Indossava una delle mie camicie, il cui orlo le sfiorava le ginocchia.

Presto le sarebbero arrivati dei vestiti nuovi. La consegna era attesa per il giorno successivo. Avrei già dovuto occuparmene mesi prima, come non aveva perso l'occasione di farmi notare Riley mentre li ordinavo.

Avevo accettato le sue critiche perché erano assolutamente meritate, ma prima o poi avrebbe dovuto darmi un po' di credito. Stavo facendo del mio meglio.

Lo sguardo di Dušan si spostò verso la mia sinistra, dove si era fermata Katriana. «Ti presento l'alfa del settore Shadowlands» dissi dolcemente, tirandomela in grembo. «Dušan, lei è la mia Katriana».

Se la presentazione così intima lo aveva sorpreso, non lo diede a vedere. «È un piacere fare la tua conoscenza, Katriana».

«Anche per me» rispose lei. «Romania, giusto?».

Ah, doveva essere stata Riley a dirglielo. «Sì, quella che un tempo era chiamata Romania» rispose Dušan. Quando si rivolgeva alla mia femmina, il suo tono era più gentile. E il suo accento era un po' più evidente. «Mi dispiace interrompere te e il tuo alfa, ma gli avevo promesso che oggi l'avrei aggiornato».

«È vero» confermai, accarezzando i capelli di Katriana. Le baciai il collo guardando l'alfa negli occhi; era il mio modo di confermare che era mia, nonostante fosse già chiaro. Le presentazioni erano per lei, perché aveva bisogno di vedere anche quella parte della mia vita.

Tuttavia, non potevo permettere che venisse a conoscenza di tutti i miei affari nel dettaglio. Non perché non mi fidassi di lei, ma per proteggerla da informazioni spiacevoli. Sapevo che l'aggiornamento riguardava il pezzo mancante della spedizione; temevo fosse successo qualcosa di brutto e non volevo che Katriana lo sapesse.

«Qual è il codice di gravità della situazione?» domandai all'alfa, sicuro che avrebbe capito.

E infatti fu così. «Verde» rispose.

Annuii. Se avesse nominato qualsiasi altro colore, avrei inoltrato la chiamata a Elias. «Procedi» dissi, mettendo un braccio attorno alle spalle della mia omega.

«Abbiamo trovato la decima lupa che vi avevamo promesso, ma c'è stata una complicazione. Devo sostituirla con un prodotto più adatto».

Corrugai la fronte. «Che tipo di complicazione?». Aveva detto "verde", quindi non poteva essere morta.

Mi guardò per qualche istante, poi rispose: «Una complicazione simile alla tua situazione attuale».

Capii immediatamente, inarcando le sopracciglia. «Oh». O aveva reclamato l'omega, o aveva intenzione di farlo. «Beh, nessun problema. Una sostituta è una soluzione accettabile». L'accordo prevedeva soltanto un numero prestabilito di omega Ash, non delle lupe specifiche. «Quando riuscirai a farcela pervenire?».

«Due giorni, a meno che tu non ne abbia bisogno prima».

Scossi la testa. «No, va benissimo. Abbiamo un evento programmato per quella sera per presentare le tue lupe al mio branco. Mad e Caspian possono rimanere per la festa, prima di tornare da te». Era un'offerta di pace, un modo di invitare i nostri branchi a interagire come non avevano mai fatto prima. E il bagliore negli occhi chiari di Dušan confermò che aveva compreso le mie intenzioni.

Se il nostro accordo fosse andato a buon fine, in futuro avremmo potuto stipularne altri.

«Ne saranno onorati» disse. «Grazie, Ander».

«A te, Dušan».

«E piacere di averti conosciuta, Katriana» aggiunse più dolcemente. Le sue labbra si mossero ai lati in quello che sembrava l'abbozzo di un sorriso. Ma sparì prima di essere completamente formato, e un attimo dopo Dušan terminò la chiamata.

Tenendo stretta Katriana con un braccio, usai la mano libera per trascinare varie icone sullo schermo, finché non trovai quella che volevo. La selezionai e digitai un messaggio indirizzato a Elias, in cui riassunsi la telefonata con Dušan.

Katriana osservò ogni mio movimento con un'espressione incuriosita. Quando ebbi finito, aprii una schermata che mostrava quello che stava accadendo in città in tempo reale. «Questo piccolo dispositivo mi permette di vedere tutto» spiegai, passando da un'inquadratura all'altra. Mi soffermai su una coppia di lupi che stava sfrecciando fuori dall'edificio, in direzione delle montagne. «Immagino che Elias vedrà il mio messaggio più tardi». A quanto sembrava, lui e la sua omega erano usciti a correre. «Quella è la sua nuova compagna, Daciana. È una lupa Ash».

«Sì, Riley mi ha detto degli scambi». Si irrigidì e distolse lo sguardo dallo schermo. «Immagino tu voglia incontrarle tutte al più presto».

«L'ho già fatto» risposi. «E tu le conoscerai tra due giorni, all'evento di cui parlavo con Dušan». Inizialmente, avevo organizzato la serata come un modo per presentare gli alfa a tutte le omega, inclusa la mia Katriana. Volevo darle la possibilità di decidere se desiderasse qualcuno più di me.

Ma avevo capito quanto fosse folle quell'idea.

Katriana era mia. Lo era stata fin dal momento in cui l'avevo vista per la prima volta sui filmati della sorveglianza, intenta a far fuori due dei miei tecnici.

«Perché?» domandò, riportando lo sguardo su di me. «Per torturarmi?».

Aggrottai la fronte. «Non ami le feste?».

«Non amo quelle in cui il padre del mio bambino è alla ricerca di una nuova compagna» sbottò, cercando al tempo stesso di scendere dalle mie gambe.

La strinsi tra le braccia, contemporaneamente sconvolto ed entusiasta della sua rabbia. *Ecco il mio fuoco*, pensai, lottando per non sorridere.

Poi mi resi conto di quello che mi aveva chiesto.

«Perché diavolo pensi che stia cercando una nuova compagna? Non ho bisogno di una nuova compagna». *Ho già te.*

«Cosa mi succederà dopo che avrò partorito, Ander?» ribatté, ignorando la mia domanda. «Mi strapperai il neonato dal grembo e mi consegnerai al prossimo alfa per farmi mettere incinta di nuovo? È questo il futuro che mi aspetta? L'esistenza che vuoi che viva qui?».

«Katriana...».

«Tutto perché ho cercato di scappare?» continuò. Le si afflosciarono le spalle e una risatina priva di allegria le sfuggì dalle labbra. «Ma mi avresti messa incinta a prescindere, non è vero? È sempre stato questo il mio destino. Non mi vuoi, quindi reclamerai una delle altre omega. Una che sa come soddisfarti, che sa come sottomettersi. E io... io sarò semplicemente un'incubatrice». Le sue parole si ridussero a un sussurro che faticai a sentire anche con il mio udito da mutaforma.

«Non sei un'incubatrice» la corressi. «Potrai non essere la mia compagna...». *Non ancora*, pensai, poi continuai: «Ma sei molto di più di qualcuno con cui procreare, Katriana».

«Come?» mormorò in tono sconfitto, poi scosse il capo. «Non importa. Voglio andare a riposare». Posò la mano sul suo ventre ancora piatto. «Ho mangiato e ora è il momento di dormire. Per mantenere in salute il tuo bambino».

Mi accigliai. Non mi piaceva il modo in cui aveva formulato la frase. «Il *nostro* bambino, Katriana».

Non disse nulla e fece per allontanarsi.

La presi per la vita e la sollevai in aria. Il mio petto iniziò a vibrare istintivamente col suono che era solito rilassarla. Stava regredendo, e non avevo nessuna intenzione di permettere che accadesse.

«Stiamo andando avanti, non indietro» le dissi, portandola verso la mia stanza. «Ma se davvero desideri dormire, così sia».

Con me al suo fianco.

La sistemai sul letto e mi stesi accanto a lei. Odiavo il fatto che non si sentisse ancora abbastanza a suo agio per fare il nido, ma mi ero anche reso conto che una settimana non sarebbe mai stata sufficiente a curarla.

No, aveva bisogno di molto di più.

Un gesto di qualche tipo.

Non una rivendicazione; l'avrebbe interpretata come un atto di pietà. Le serviva qualcosa di grandioso.

Come una dichiarazione della mia approvazione.

Una dichiarazione pubblica.

Sorrisi con le labbra posate sui suoi capelli. Le baciai la testa, mentre un'idea prendeva forma nella mia mente. Un solido piano d'azione che doveva assolutamente funzionare.

Katriana Cardona era mia.

E volevo tenerla con me.

Per sempre.

KAT

LO SPECCHIO A FIGURA intera mi mostrò un'estranea. Riconoscevo i miei capelli ramati, ma non la piega con cui erano acconciati. Anche i miei tatuaggi erano tutti in mostra. E i miei occhi erano del colore giusto.

Ma l'abito di seta che mi accarezzava le curve era così delicato. *Femminile.*

Non indossavo mai vestiti eleganti.

Preferivo jeans e maglioni. Giubbotti. Guanti. Cappelli. Armi. Non scarpe col tacco. Come avrei fatto a camminare con quegli aggeggi ai piedi?

«Cosa c'è che non va?» chiese Ander entrando in bagno. Indossava un abito tre pezzi.

Spalancai gli occhi. Non avevo mai visto uno di quei completi di persona, solo sulle riviste. La stessa cosa valeva anche per il mio vestito, ma almeno capivo il motivo del suo abbigliamento. Perché wow, aveva un aspetto fantastico.

«Katriana?» insistette.

Scossi il capo. «Sì. No, niente». *Voglio solo strusciarmi su tutto il tuo bel vestito per vedere se è soffice come sembra. Tutto qui.*

Ma non era quello lo scopo della serata.

Lo scopo era incontrare gli alfa.

Il mio futuro. Ander non l'aveva detto chiaro e tondo,

ma avevo capito. Non appena avessi partorito, uno degli altri maschi mi avrebbe messa incinta. E così via.

Quanti figli sarei stata costretta ad avere? Tre? Cinque? Dieci? Trenta? Rabbrividii al pensiero, ricordando quello che aveva detto Riley sulla proporzione tra alfa e omega nel settore Andorra.

Probabilmente trenta non era un numero poi così lontano dalla realtà.

E dato che avrei vissuto per... Aggrottai le sopracciglia. «Quanto a lungo vive un lupo?» domandai incerta. Sapevo che i mutaforma erano immortali, almeno in termini di malattie e altri disturbi tipici degli umani.

Ander si strinse nelle spalle. «Finché qualcosa non ci uccide».

«E come succede?» insistetti.

Nei suoi occhi d'oro lampeggiò un'incontenibile violenza. Mi spinse verso il lavandino del bagno, appoggiando le mani sul bancone ai lati del mio corpo e ingabbiandomi tra sé e il mobile. «Perché me lo chiedi, Katriana?».

«C... curiosità» mormorai. Tremavo. «Non... non so molto su...». Deglutii. «Non... non importa».

Quando tentai di abbassare gli occhi, mi afferrò il mento e mi costrinse a guardarlo. Il mio cuore mancò svariati battiti, avevo le mani sudate.

Qualcosa nella mia domanda lo aveva fatto infuriare. Ma non capivo perché.

«Qualsiasi cosa fermi il cuore abbastanza a lungo può uccidere un mutaforma» disse dopo qualche istante. «Ci sono alcuni alfa, in questo settore, che hanno quasi cinquecento anni. Cinque volte la mia età, eppure hanno il mio stesso aspetto. Ne ho anche incontrati alcuni che hanno vissuto più di mille anni. Loro sembrano un po' più vecchi, come un umano sulla quarantina. Ma la loro forza è cresciuta con l'età. Mio padre è uno di questi».

«Tuo padre?» ripetei in un sussurro.

Ander annuì. «Sì. È a capo di un settore che si trova in quella che un tempo era nota come Scandinavia».

«Quale?». Sicuramente non ne avevo mai sentito parlare, ma mi piaceva scoprire cose nuove su Ander. Lo rendeva più umano.

«Il settore Norse» rispose. Lasciò andare il mio mento e mi accarezzò la guancia. «Se stai pensando di ucciderti, non farlo. È estremamente difficile porre fine alla vita di un lupo, e alla fine te ne pentiresti».

La mia mascella praticamente finì per terra. «*Cosa?*». Credeva fosse quella la ragione delle mie domande? Lo schiaffeggiai prima ancora di rendermi conto di cosa stessi facendo, per poi coprirmi la bocca con la mano colpevole. «Ooh…». Uscì come un mugolio soffocato.

Non avevo intenzione di farlo. Assolutamente. Ma l'idea che pensasse che volessi uccidermi mi aveva fatto ribollire il sangue.

Non ero sopravvissuta così a lungo solo per farla finita!

Le labbra di Ander si incurvarono in un sorriso, e il suo sguardo perse un po' della furia di prima. «Ecco la mia gattina» mormorò. Mi scostò la mano dalla bocca e mi baciò dolcemente. Non era affatto la reazione che mi aspettavo. «Mmm… a proposito, stai benissimo vestita così».

Il mio cervello andò praticamente in cortocircuito, confuso all'inverosimile dall'assurdità degli ultimi sessanta secondi. «Credevi che volessi uccidermi?». Aveva insinuato una cosa del genere per poi cambiare argomento, parlando del mio abito? No. Non gliel'avrei fatta passare liscia. «Pensi davvero che lo farei, dopo aver passato ventun anni a lottare per sopravvivere?».

Allontanò il viso dal mio. Aveva un'espressione pensosa. «Me l'hai chiesto per sapere come uccidermi?».

«Cosa? *No*». Volevo schiaffeggiarlo di nuovo. «Te l'ho chiesto perché non so nulla sull'essere un fottuto lupo. Voglio dire, so che ci sono settori in tutto il mondo, che i lupi X-Clan non sono l'unica specie di mutaforma, ma nessuno mi ha spiegato cosa implichi essere un lupo. Vi siete solo aspettati che lo accettassi. Che accettassi il mio ruolo di sforna bambini». L'ultima parte fu un semplice mormorio, la mia voglia di discutere svanì con un sospiro.

Non mi sarei mai uccisa.

Ma era un sollievo sapere che i lupi potevano morire, che non sarei stata costretta a vivere così in eterno.

O almeno lo speravo.

Ander mi afferrò con forza la nuca, strattonandomi verso di lui e costringendomi a guardarlo negli occhi. «Non sei una sforna bambini» ringhiò. «Sei la madre del mio futuro figlio. Un'omega. E sei *mia*, Katriana». La sua bocca catturò la mia prima che potessi ribattere. La sua lingua mi dominò e mi tolse il fiato.

Nell'ultima settimana, tutti i suoi baci erano stati dolci e gentili.

Ma quello no.

Quello *esigeva* che ricambiassi.

Risvegliò la mia lupa, suscitando un fremito tra le mie cosce che era sparito da settimane. Gli gettai le braccia al collo e premetti il corpo sul suo, prendendo ciò che mi dava e ricambiando con tutta me stessa.

Quello lo capivo.

Quello potevo gestirlo.

Ed ero felice che i miei tacchi mi rendessero più alta.

La mano attorno alla mia nuca allentò la presa, mentre con l'altra Ander mi afferrò il sedere e mi strinse a sé. *Sì, sì. Di più, ti prego.*

Mi sentii viva.

Umana.

Pronta a tutto.

«No» disse, staccandosi da me. «In questo stato ti distruggerei». Mi lasciò andare così bruscamente che vacillai. «Dobbiamo andare alla festa. Ti mostrerò di persona come funziona la nostra società. Forse ti aiuterà a capire».

Mi sentii sprofondare. *Giusto. Gli alfa e le omega.*

Non mi diede la possibilità di rispondere. Mi prese per mano e mi trascinò fuori dal bagno a grandi passi, come se fosse arrabbiato.

Arrabbiato ed eccitato, confermò il mio naso. *Molto, molto eccitato.*

Non la migliore delle premesse per trascorrere la serata con una decina di omega.

O forse era proprio quella la sua intenzione.

La mia lupa voleva ringhiargli contro. Il bisogno di marchiarlo si faceva sempre più intenso a ogni passo. Non volevo condividerlo. Solo l'idea mi faceva venir voglia di rompere qualcosa.

Beh, era meglio che crogiolarmi nell'autocommiserazione.

Mi sentivo rinvigorita.

Inspirai profondamente ancora una volta e chiusi gli occhi mentre il suo odore impregnava ogni fibra del mio essere. Il mio cuore mi implorò di memorizzare il suo profumo, per permettergli di darmi la forza di affrontare qualsiasi cosa la serata avesse in serbo per noi.

Perché non avevo dubbi che quell'evento mi avrebbe distrutta.

Messa davanti al mio destino, non avrei più potuto nascondermi. Tutto sarebbe diventato reale. Guardarlo con altre femmine, incontrare i maschi che si contendevano il mio utero, rendermi conto di quanto fossi impotente nel mio nuovo mondo. Non so se sarei riuscita a sopportarlo.

Il mio fragile cuore mi palpitava nel petto. Ander praticamente mi trascinò fuori dalla porta, facendomi inciampare. Aprii gli occhi solo per concentrarmi sui miei passi. Non volevo cadere, perché c'era la concreta possibilità che non sarei più riuscita a rialzarmi.

Mi si offuscò la vista.

Non sono pronta. Non sono pronta. Non sono pronta.

Le parole mi si ripeterono nella mente come una cantilena, che raggiunse l'apice quando le porte dell'ascensore si chiusero dietro di noi, intrappolandomi nella macchina di metallo.

Ander premette un pulsante.

L'ascensore iniziò a muoversi.

Le mie gambe minacciarono di cedere.

E poi tutto si fermò. Il pugno di Ander si era abbattuto sul pannello dei comandi.

Mi spinse contro la parete di metallo. «Ti prego...» mugolai. Non sapevo cosa lo stessi implorando di fare o non fare. Le parole mi erano sfuggite dalle labbra prima che la mia mente potesse rendersene conto.

Mi prese il viso tra le mani con una sorprendente dolcezza.

«Hai anche solo una vaga idea di quanto sarà difficile per me?» chiese sottovoce. «E la colpa è solo mia. Quando non ti ho reclamata, non avrei mai pensato che sarebbe stata una punizione per entrambi. Ma lo è, Katriana. Il solo pensiero che quegli alfa ti vedano, stasera, e credano che tu sia disponibile mi fa impazzire. Abbastanza da farmi venir voglia di prenderti, riportarti nella mia stanza, scoparti fino a farti gridare e morderti così forte da lasciarti il segno per mesi».

La ferocia delle sue affermazioni mi lasciò senza parole. Tra tutte le cose che poteva dire, quella non me l'aspettavo proprio. Sembrava pentito e arrabbiato. Non con me, ma con se stesso. Una parte oscura di me ne fu deliziata; era bello sapere che non ero sola nella mia sofferenza. L'altra parte di me, però, mise in dubbio la veridicità delle sue parole.

Aveva il potere di distruggermi con un paio di frasi ben formulate. Quello l'avevo capito quasi subito. Ma aveva anche il potere di rimettermi insieme?

«Oh, Katriana» sussurrò, premendo la fronte sulla mia. «Non posso lasciarti entrare lì dentro senza almeno una parte di me in te. Sentiranno l'odore della nostra separazione, e questo li ecciterà ancora di più. Volevi una scelta e io avevo tutte le intenzioni di dartela. Ma di fronte alla realtà della nostra situazione, non posso. Tu sei *mia*. E non ti condividerò con nessuno».

La sua bocca fu di nuovo sulla mia. Le sue dita si insinuarono tra i miei capelli, mentre con l'altra mano mi afferrò il fianco e mi strinse a sé. Mi aggrappai alla sua giacca per non cadere. Il cuore mi batteva ancora più forte di prima.

Tutta la sua rabbia si era sciolta nel desiderio.

Pino.

Spezie.

Maschio.

Gemetti. L'abito che indossavo era talmente aderente da non permettere la presenza di biancheria intima. Era un bene che fosse nero, o i miei umori l'avrebbero rovinato.

«Ander» sussurrai, preda di una miriade di sensazioni diverse.

«Dimmi di fermarmi, gattina» rispose. «Dimmi che non sei pronta».

Oh, ma ero più che pronta. «No» dissi. Ne avevo bisogno.

Per quanto fosse una situazione assurda, Ander mi era mancato. Quello che stavamo facendo mi era mancato. Le ultime settimane mi avevano resa insensibile. Intorpidita. Ma finalmente mi sentivo di nuovo me stessa, anche se solo per qualche istante. Volevo lottare con lui, marchiarlo, sfogare tutta la mia frustrazione su di lui. E poi costringerlo a portarne i segni davanti a tutti.

La mia lupa aveva chiaramente preso il sopravvento sulla mia mente. Ma invece di tentare di frenarla, la accolsi e le concessi di guidare le mie azioni.

La cintura di Ander praticamente cadde a pezzi tra le mie mani. Lui mi sollevò il vestito e mi alzò in aria, con un ringhio che mi suscitò l'ennesimo fiotto di desiderio.

E poi fu dentro di me. La sua spinta fece tremare l'ascensore. Ringhiò di nuovo, compiaciuto, e mi sbatté contro la parete di metallo.

Mi sarebbero comparsi dei lividi, ma non mi interessava. Ogni sua spinta mi portava sempre più in alto, verso un punto di rottura che avrei raggiunto singhiozzando.

Le mie gambe erano avvolte attorno alla sua vita. Lo stringevano, implorandolo di scoparmi più forte.

E invece lui rallentò. La sua bocca catturò la mia, la sua lingua affondò tra le mie labbra con una dolcezza che emulava quello che accadeva più sotto.

No, no, no. Era tutto sbagliato. Volevo ferocia. Brutalità. Non volevo che ci andasse piano. Mugolai, frustrata, e lui mi zittì con un bacio che mi costrinse a *sentire* molto più della semplice unione dei nostri corpi. Mi avvolse in una coltre di intimità, adorandomi come solo un maschio avrebbe saputo fare. Lo odiai.

Perché aveva aperto il mio cuore.

Aveva distrutto un muro che non sapevo di aver eretto.

Una lacrima mi scivolò lungo il viso.

«Questo» sussurrò, muovendosi dentro di me. «Questo è mio». Si spinse più in profondità, colpendo un punto che mi fece vedere le stelle, per poi riportarmi alla realtà con un morso sul labbro inferiore. «E questo» continuò, arretrando appena. «Questo è anche tuo». Riaffondò con forza dentro di me, facendomi inarcare la schiena.

«No» ansimai.

«Sì» ribatté. «Non c'è scelta, Katriana. È troppo tardi. Le nostre anime si sono incontrate. È già successo».

Scossi la testa, mentre altre lacrime mi sfuggirono dalle ciglia. «No». Non era successo proprio un bel niente. Lo sentivo. Non mi aveva morsa. Non mi aveva reclamata in modo appropriato. Erano solo parole. Parole che si sarebbe potuto rimangiare il giorno dopo. E probabilmente l'avrebbe fatto; era già accaduto.

«Non sei un oggetto» ringhiò, consapevole della direzione che stavano prendendo i miei pensieri. Doveva averlo capito dal modo in cui mi ero irrigidita. «Sei la *mia* Katriana. La mia omega. Mia!». Sottolineò la sua dichiarazione con una spinta selvaggia che mi fece contorcere tra le sue braccia.

Wow, stavo già venendo, e non mi aveva ancora dato il suo nodo.

Il suo sorriso selvaggio mi fece capire che era proprio quello che voleva, i suoi occhi dorati ardevano di orgoglio. «Sono tutto ricoperto del tuo piacere» mormorò. «Mi rivendica come tuo. Tutte le omega presenti stasera ne sentiranno l'odore». Mi baciò ferocemente. La sua lingua si appropriò di ogni gemito che abbandonava le mie labbra. «Tutti sapranno che sono tuo, gattina. E gli alfa sapranno che sei mia».

Uscì così in fretta da farmi gridare. In un attimo mi

ritrovai in ginocchio, con il suo sesso in bocca. Sentendo il mio sapore sulla sua pelle, strinsi di nuovo le cosce e fui travolta dall'ennesima ondata di beatitudine.

Ero dipendente da quell'uomo. Quel *lupo*. Quell'alfa.

«Voglio venirti dentro» disse, accarezzandomi i capelli. «Ma poi andresti alla festa con il mio seme che ti cola tra le cosce. Decidi tu, tesoro. Preferisci ingoiarlo, o trascorrere la serata tutta bagnata?».

Lo sarei stata comunque, grazie alla scopata contro la parete.

Ma sapendo quanto fossero abbondanti i suoi orgasmi, sarebbe stato molto peggio se gli avessi permesso di venirmi tra le gambe.

Gli risposi succhiando forte. Gemette, e io sorrisi. «Oh, mi fai morire» disse, quasi meravigliato, serrando la presa sui miei capelli. «Ne ho molto da darti, Katriana. Fa' la brava e ingoia tutto, piccola».

Il suo tono affettuoso fu come una carezza per i miei sensi, una carezza che mi fece battere forte il cuore. Un barlume di speranza. Ma preferii ignorarlo, concentrandomi invece sul piacere di Ander. Allungai una mano e afferrai la sua erezione. Aveva ancora i pantaloni addosso, seppur sbottonati, e mi accorsi che il tessuto era fradicio. Il mio odore lo impregnava nel punto più importante.

Aveva ragione.

Chiunque avrebbe potuto percepirlo.

Il pensiero mi spinse a succhiare più forte. Avevo bisogno che anche lui mi marchiasse con la sua essenza, in modo che tutti sapessero cos'avevamo fatto. In modo che tutti sapessero che gli appartenevo.

Almeno su quello, poteva togliermi la possibilità di scegliere.

Non volevo un altro alfa.

Volevo *lui*.

Perché la mia lupa aveva già scelto per me. Aveva riconosciuto il suo compagno. Il rifiuto di Ander mi aveva gettata in una voragine di sconforto che inizialmente non avevo compreso.

Aveva rifiutato il mio animale interiore, lasciandomi confusa, ferita e sola. Perché io avevo già scelto lui. Avevo cercato di fuggire solo per paura dell'ignoto; tutta la mia vita, fino a quel momento, era orientata alla sopravvivenza. Trovandomi davanti a un qualcosa di completamente nuovo, la mia reazione istintiva era scappare e tornare a casa.

Solo che ormai avevo una nuova casa.

Dovevo adattarmi.

Imparare.

Accettare la mia lupa.

Reclamare il mio compagno.

Il suo ringhio riecheggiò nell'ascensore. Lo sentii pulsare nella bocca e riversare il suo seme nella mia gola. Ingoiai avidamente. Mi mancava il suo sapore. Avevo bisogno di berlo fino all'ultima goccia.

Ed era stato sincero: aveva effettivamente molto da darmi.

Fu la prova che non era stato con nessun'altra. Anche se lo sapevo già, non avendo sentito nessun odore estraneo.

Allentò la presa e mi accarezzò il viso con un tocco delicato. Mi rivolse un sorriso pigro, che dimostrava al tempo stesso la sua soddisfazione e la sua stanchezza. Feci sparire anche le ultime gocce dalla punta e mi staccai da lui. Rimasi in ginocchio, in attesa che dicesse qualcosa.

Ander si chinò e mi sollevò dal pavimento. Gli avvolsi le gambe attorno alla vita e lui fu ancora una volta dentro di me, rivestendosi di nuovo del mio piacere. «Mi hai pulito tutto» spiegò dolcemente. «Non è accettabile. Voglio che tutti sappiano a chi appartiene il mio cazzo, Katriana. A chi appartengo *io*». Mi baciò prima che potessi rispondere.

Mi rilassai tra le sue braccia, cullata dal miscuglio dei nostri odori.

La festa imminente non sembrava più così spaventosa.

«Resterò al tuo fianco tutta la notte» promise. «E se in qualsiasi momento vuoi che ce ne andiamo, dimmi che sei stanca e torniamo nella nostra stanza, okay?».

La nostra stanza, pensai. «È davvero la nostra stanza?».

Premette la fronte sulla mia. «Sì, Katriana. Tutto ciò che ho è tuo, il che lo rende nostro».

Osservai l'affascinante sconosciuto che mi teneva tra le braccia. Cos'era successo al mostro che mi aveva cacciata via dal suo letto? Quello che mi aveva informata freddamente che non ero la sua compagna? Si comportava così per il bambino? Per tenermi buona fino al parto?

Non mi aveva ancora reclamata davvero.

Non nel modo che contava.

Ma non riuscii a trovare nemmeno un accenno di falsità nel suo sguardo adorante. Ero brava a leggere le persone, lo avevo fatto per tutta la vita. Quell'uomo, però, era un enigma. Un maschio dominante avvolto in un abito soffice ed elegante.

Annuii, incerta su ciò che stavo accettando. Ma non importava.

Mi aiutò a rimettermi in piedi e sorrise. «Fa' attenzione quando mi chiudi i pantaloni, gattina. Sono ancora *molto* duro e lo sarò finché non potrò darti di nuovo il mio nodo».

Rabbrividii al pensiero e mi ritrovai di nuovo tutta bagnata.

«Mmm, adoro quel profumo» commentò, sistemandomi l'abito mente io facevo lo stesso col suo.

Quando ebbi finito di riabbottonargli i pantaloni, si mise in ginocchio e mi leccò tra le cosce. Un basso ringhio gli fece vibrare il petto.

Un'altra ondata di eccitazione si riversò tra le mie cosce in risposta alla chiamata dell'alfa. Mi sfiorò il clitoride con i denti, facendomi precipitare inaspettatamente nell'oblio. Mi cedettero le gambe. La sua mano volò sul mio ventre e mi tenne appoggiata alla parete, dove non feci che contorcermi contro la sua lingua.

Santo cielo, mi ucciderà.

Riconobbi a stento le parole che mi uscirono dalle labbra; la maggior parte erano mugolii intelligibili intrecciati al suo nome. Quando l'orgasmo finalmente sfumò, avevo gli arti di gelatina, la pelle rovente e la fronte lucida di sudore.

Non sapevo come avesse fatto.

Ma non avevo nessuna intenzione di lamentarmi.

Non mi ero mai sentita così soddisfatta. Beh, forse quando avevamo passato una settimana a fare il nido. Ma c'era qualcosa di liberatorio in quello che era appena accaduto. Di profondamente intimo. Sottolineato da promesse che nessuno dei due aveva espresso ad alta voce.

«*Adesso* siamo pronti per la festa» disse, abbassandomi il vestito in modo che il tessuto tornasse a sfiorare il pavimento. Poi si alzò. Tracce della mia estasi gli luccicavano sulle labbra.

Mi misi in punta di piedi per baciarlo, ma mi fermò con un sorrisetto malizioso. «Oh, no, Katriana. Voglio che vedano».

Allungò la mano dietro di me e premette un pulsante. Ricominciammo a scendere.

ΛNDER

GLI OCCHI di tutti erano puntati su Katriana. Non potevo biasimarli: era splendida nel suo abito di seta nera, con i capelli arruffati tipici di chi aveva appena scopato. Avevo fatto del mio meglio per domare i suoi ricci ramati, ma avevano una volontà tutta loro. Un po' come l'omega al mio fianco.

La baciai sulla testa e mi misi a chiacchierare con due dei miei più vecchi amici, Burje e Alyona, senza che la mia mano abbandonasse la sua schiena.

Mi ero assicurato che gli alfa venissero senza le loro compagne. Ma avevo chiesto espressamente a Burje di portare Alyona; ero abbastanza sicuro che lei e la mia omega sarebbero andate d'accordo fin da subito. E così fu, anche se lo sguardo di Katriana continuava a spostarsi sui maschi che non si preoccupavano di nascondere il loro interesse.

Sembrava sorpresa dalle loro attenzioni. Io, d'altro canto, non lo ero per nulla. Sotto molteplici punti di vista, Katriana era un'anomalia. Solo che non se n'era ancora resa conto. Un fatto di cui mi sentivo responsabile, ma a cui avevo tutte le intenzioni di rimediare.

I suoi commenti sul non capire i lupi, sull'essere stata

costretta a vivere come tale senza che le fosse spiegato nulla, mi avevano colpito dritto al cuore.

L'avevo lasciata sola. Avevo fallito.

In quanto suo futuro compagno, avrei dovuto essere io a illustrarle la vita da mutaforma. E invece mi ero limitato a dare per scontato che lo sapesse già, visto che suo padre era un lupo X-Clan. Per non parlare del fatto che non ero minimamente abituato a dovermi occupare di qualcuno di così inesperto. La maggior parte dei lupi nasceva così, non veniva creata geneticamente in laboratorio.

A dirla tutta, la seconda opzione era estremamente rara. La tecnologia di Andorra era di gran lunga superiore a quella degli altri settori; il nostro era l'unico, tra tutti quelli occupati dai lupi X-Clan, in cui i mutaforma venivano creati al di fuori dei normali processi riproduttivi. Certo, la maggior parte degli umani moriva durante la trasformazione. E quella era un'altra ragione per cui tutti volevano incontrare la mia Katriana: lei era una sopravvissuta. Non solo alla trasformazione, ma anche al mondo popolato dagli Infetti.

«Ecco... ehm...». Katriana si schiarì la voce e si strinse ancora di più a me, come se potessi farle forza. «Vivevo nelle caverne».

Alyona le aveva appena chiesto della sua vita al di fuori della cupola. La risposta di Katriana le fece spalancare i suoi begli occhi nocciola. «Ma come? Eri soltanto un'umana, e fuori fa così freddo...».

«Meno che a casa» intervenni con un sorriso. Ero cresciuto con Alyona nel territorio governato da mio padre. Nonostante fosse un'omega, non mi ero mai sentito attratto da lei. In più, fin da piccola era sempre stata innamorata di Burje. Il colosso in questione, alto più di due metri, era in piedi accanto a lei, con la punta della barba che le sfiorava la sommità del capo.

«A casa?» ripeté Katriana, lanciandomi un'occhiata.

«Scandinavia» mormorai. «Norvegia meridionale, per essere precisi. Dove oggi si trova il settore Norse».

Mi guardò con le sopracciglia aggrottate. «Se sei cresciuto lì, come mai ora sei nel settore Andorra?».

«Perché era un alfa troppo potente per accontentarsi di essere il vice di suo padre» spiegò Elias, unendosi a noi con Daciana al suo fianco. «Così ha trovato un nuovo clan qui, appena prima che iniziasse l'apocalisse zombie». Il mio migliore amico amava usare quell'espressione.

Scossi la testa. «Prima del Contagio» lo corressi.

«Sì, esatto, quello». Bevve un sorso di birra, poi si rivolse a Katriana. «Ti ha già raccontato della vita negli igloo?».

Alzai gli occhi al cielo. «Va' al diavolo, E». Sapevamo entrambi che non ero mai vissuto in un dannato igloo. «Nemmeno quelli del settore Winter ci vivono, e loro si trovano al circolo polare artico».

Elias sorrise. «Okay, ma adoro immaginarti mentre vai in slitta».

«Mi ricordi di nuovo perché ti tollero?».

«Perché sono fantastico». Elias alzò e abbassò velocemente le sopracciglia un paio di volte. «E perché ho tenuto in piedi questo settore mentre te la spassavi con la tua bella omega. Che, tra l'altro, sono stato *io* a trovare nella foresta».

«Va bene, va bene». Incontrai il suo sguardo sopra la testa di Katriana e lo ringraziai tacitamente. Mi rispose facendomi l'occhiolino; sapeva quanto gli fossi grato.

«L'hai trovata nella foresta?» chiese Daciana a bassa voce. Sembrava molto più rilassata di quando l'avevo incontrata per la prima volta. Stare con Elias l'aveva resa più coraggiosa, perfino un po' raggiante. E lei lo guardava con un rispetto tale da farmi male al cuore.

Katriana non mi guardava mai così.

Ma volevo che lo facesse.

«Il suo clan umano ha cercato di rubare uno dei nostri carichi di cibo» spiegò Elias. «Non è andata a finire bene per gli altri. Ma Kat ha dimostrato un istinto di sopravvivenza che l'ha distinta dal resto del gruppo. Così l'abbiamo ricompensata adeguatamente».

«Trasformandomi in un lupo» disse Katriana. La sentii irrigidirsi. «Grazie per la *ricompensa*».

«Prego, omega, non c'è di che!». Il tono di Elias conteneva un sottile avvertimento: il sarcasmo di Katriana non era passato inosservato. Per quanto apprezzasse il suo atteggiamento in privato, non poteva lasciare che gli mancasse di rispetto in pubblico. Soprattutto non quando eravamo circondati da alfa e la sua posizione poteva essere messa in discussione.

Mi schiarii la voce e catturai il mento della mia omega per far sì che mi guardasse negli occhi. «Vuoi qualcosa da bere, tesoro?».

Era un invito ad allontanarci dal resto del gruppo, per poter parlare in privato. E le suggerii con lo sguardo di accettare.

Lei annuì, deglutendo a fatica.

Premiai la sua silenziosa obbedienza con un bacio affettuoso, poi, dopo aver rivolto ai miei amici un cenno del capo e un sorriso, la condussi dall'altro lato della sala.

«Mi dispiace» iniziò, ma la zittii immediatamente premendo la bocca sulla sua. Le accarezzai i capelli e le schiusi dolcemente le labbra con la mia lingua.

Non ero arrabbiato e volevo che lo sapesse.

Volevo anche che tutti i presenti ci vedessero, che sapessero quanto fosse difficile non saltarle addosso e che, di conseguenza, non si facessero troppe domande sul nostro bisogno di stare un po' da soli.

Katriana mi afferrò la giacca e premette le sue morbide curve sul mio corpo. La baciai con più passione, facendole assaporare il suo stesso piacere, di cui era ancora impregnata la mia lingua. Gemette in risposta, un suono che apprezzai nel profondo. Nonostante la sua parte umana non capisse, sapevo che la sua lupa aveva compreso cosa stava succedendo.

Una rivendicazione pubblica.

Un modo per mostrare a tutti che l'avevo scelta.

Nessuna delle omega disponibili si sarebbe avvicinata a me. Non che qualcuna ci avesse provato; fin dal momento in cui ero entrato nella stanza sapevano che ero off-limits, nonostante il mio odore rivelasse che non avevo ancora ufficialmente una compagna.

Purtroppo, quello non sarebbe stato sufficiente a far desistere anche gli alfa. Soprattutto quelli che stavano già mettendo in discussione la mia autorità.

Come Enzo.

Mi sentivo i suoi occhi addosso. Era dall'altro lato della sala e mi fissava con un odio ardente, malamente dissimulato. Nemmeno Artur era esattamente un mio fan, ma almeno era in grado di mantenere un'espressione impassibile, quando la situazione lo richiedeva.

Avvolsi la mano attorno alla nuca di Katriana e interruppi delicatamente il nostro bacio, per poi posare la fronte sulla sua. «Stai andando benissimo, tesoro» le dissi piano, in modo che mi sentisse soltanto lei.

Il chiacchiericcio e la musica soffusa della sala da ballo avrebbero soffocato le nostre voci, permettendoci di parlare in privato. Nemmeno i lupi che cercavano di origliare sarebbero stati in grado di farlo.

«Quella cosa che ho detto... l'ho detta senza pensare» sussurrò. «Mi è venuta fuori così».

«Non lasciarti turbare dall'atteggiamento di Elias». Le

sfiorai il naso col mio in un gesto affettuoso. «Ha una reputazione da proteggere, e anch'io. Probabilmente gli altri staranno pensando che ti stia rimproverando». Le presi il viso tra le mani e la guardai negli occhi, scorgendo una certa confusione nelle loro profondità azzurre.

Giusto. Perché non capiva le nostre regole, tantomeno come funzionasse la nostra società.

Le accarezzai le labbra col pollice, seguendo il movimento con lo sguardo.

«I mutaforma sono in cima alla catena alimentare» le spiegai in un sussurro. «Siamo potenti e superiori agli umani. Non lo dico per essere crudele, è semplicemente un dato di fatto. Di conseguenza, la maggior parte delle persone vedono la trasformazione come un dono per cui dovresti essere grata, perché ha migliorato la tua posizione».

Katriana si morse il labbro inferiore. «Pensi anche tu che dovrei esserne grata?».

«Sì» risposi. Volevo essere completamente onesto con lei. «Senza il nostro dono, saresti ancora a cercare di sopravvivere in quella caverna. O saresti morta. Di certo comprendi i vantaggi dell'esserti unita a noi».

Indicai con un cenno del mento il resto della sala, decorata con mobili chiaramente costosi, in cui al centro troneggiava un buffet di cibo raffinato pronto per essere divorato. Alcuni dei presenti stavano già mangiando, seduti ai tavoli rotondi disseminati per la stanza. Altri, invece, tenevano in mano dei piattini e si stavano godendo le loro tartine. Tutti indossavano abiti formali e molti stavano sorseggiando un drink.

«È una vita all'insegna del lusso» continuai. «Una vita che la maggior parte degli umani può solo sognare, perché anche nei loro settori vivono in povertà, un po' come facevate nella tua caverna».

«Ci sono settori appartenenti agli umani?» esclamò, spalancando gli occhi.

«Sì. Non in Europa, ma in altre aree del mondo. Non ne so molto, visto che non facciamo affari con loro; noi commerciamo solo con i lupi. Ma come ci sono altri settori popolati da creature soprannaturali, ne esistono anche di abitati dai mortali. Ognuno ha fatto ciò che ha ritenuto più opportuno per salvarsi dagli Infetti. Noi abbiamo deciso di sfruttare le nostre conoscenze scientifiche e tecnologiche, da cui la cupola sopra le nostre teste».

«Ma i lupi sono immuni».

«I lupi X-Clan sì, ma non tutte le specie lo sono». Lanciai un'occhiata verso le timide omega provenienti dal settore Shadowlands. «Per esempio, i lupi Ash non lo sono. Quindi c'è sempre la possibilità che il virus possa mutare e infettare anche noi. Ecco perché investiamo così tanto tempo ed energie per escogitare delle misure protettive. E anche perché cerchiamo di migliorare costantemente le nostre tecnologie in un mondo che non le apprezza più come faceva un tempo».

«Prima del Contagio» disse. Una nuova consapevolezza le illuminava lo sguardo. «Ho visto delle fotografie, nelle riviste, di oggetti simili al tuo orologio, ma mai così…».

«All'avanguardia» terminai per lei. «Già. Nel corso degli anni abbiamo migliorato gli strumenti a disposizione e ne abbiamo creati di nuovi. Siamo anche riusciti a trovare dei modi di produrre elettricità usando risorse naturali e rinnovabili. Viviamo più o meno come cento anni fa, solo in un ambiente più pulito e più sicuro».

«Mentre tutti gli altri soffrono».

Mi strinsi nelle spalle. «Come ho detto, non consideriamo gli umani nostri pari. Non l'abbiamo mai fatto. Ma li lasciamo vivere sulle nostre terre, nelle nostre caverne, quando potremmo facilmente cacciarli via. E le risorse a cui avevi accesso sulle montagne, i frutti che crescono in primavera e che raccoglievi per nutrirtene durante il resto dell'anno, esistono solo perché abbiamo reso la terra fertile. Non inviteremo mai gli umani sotto la cupola, ma abbiamo fatto del nostro meglio per rendere le loro vite più facili».

Le passai le dita tra i capelli, sistemandoglieli dietro l'orecchio. Aveva le labbra arricciate di lato; potevo leggerle in faccia cosa stesse pensando.

«Ritieni che potrei fare di più, ma non consideri tutti i lupi sotto la mia tutela. Siamo in centinaia sotto la cupola. Tutti hanno bisogno di risorse per un periodo molto più lungo della vita media di un essere umano. Come ti dicevo, possiamo vivere per secoli». Spostai la mano dai suoi capelli e gliela posai sul ventre. «E dobbiamo pensare anche ai nostri piccoli».

Abbassò lo sguardo sulla mia mano. La sua espressione si addolcì. «Il nostro bambino».

«Sì. Il *nostro* bambino». Premetti la fronte sulla sua. Chiusi gli occhi e inspirai il suo profumo. «Sarai una mamma meravigliosa, Katriana».

«Ander...».

Un gridolino interruppe il nostro momento. Riley ci saltò addosso senza curarsi della nostra conversazione. Jonas mi lanciò un'occhiata di scuse, mentre la sua compagna abbracciava Katriana.

«Ero così preoccupata» disse con enfasi, stritolando la mia omega. I suoi capelli tinti di blu splendevano sotto la luce del lampadario, ed erano dello stesso colore dell'abito che indossava. «Hai un aspetto fantastico» continuò. «E un buon odore». Pronunciò l'ultima parte incenerendomi con lo sguardo.

Ero chiaramente ancora in castigo.

«Facciamo il giro della stanza e salutiamo tutti quelli che non hai ancora conosciuto». Riley prese a braccetto Katriana, ma Jonas si mise sulla loro strada con un sopracciglio inarcato.

Non disse neanche una parola.

Ma raramente ne aveva bisogno.

«Cosa?» lo esortò la sua omega. «Siete entrambi qui. Andrà tutto bene. Inoltre, *qualcuno* ha tenuto la mia nuova amica sotto chiave troppo a lungo, e voglio sfoggiarla con gli altri». Riley mi guardò con un'espressione di sfida.

Una parte di me voleva strozzarla per la sua palese mancanza di rispetto. Ma dal modo in cui Jonas la guardava, mi fu chiaro che più tardi le avrebbe fatto una bella ramanzina. Così decisi di lasciar perdere e mi concentrai su Katriana.

Sembrava un po' incerta e disorientata. I suoi occhi si posarono sui miei in cerca di risposte. «Vuoi fare due passi in giro per la stanza con Riley?» le chiesi dolcemente, accarezzandole la guancia. «Non sarò lontano».

Si inumidì il labbro inferiore con la lingua e annuì lentamente. «Sì. Non mi dispiacerebbe».

Riley le rivolse un sorriso smagliante e la trascinò via.

«Falle bere qualcosa, Riley» dissi con un tono che non ammetteva discussioni.

Per tutta risposta, mi lanciò un'occhiataccia di avvertimento, ma si diresse verso il bar con Katriana.

Sospirai profondamente e scossi la testa. «La tua compagna ha proprio un bel caratterino». Se negli ultimi mesi non avesse aiutato la mia omega, avrei preteso che Jonas la rimettesse al suo posto. Pubblicamente. Ma dato che ero in debito con lei, ero disposto a lasciar correre, almeno per il momento.

«Non preoccuparti. Più tardi la rimprovererò a

dovere». Jonas la guardò allontanarsi, ipnotizzato dal movimento dei suoi fianchi.

«Qualcosa mi dice che non le dispiacerà» mormorai, notando l'occhiata maliziosa che l'omega lanciò al suo compagno.

«Non hai tutti i torti» mormorò, riportando i suoi occhi color ghiaccio su di me. Una tinta appropriata, considerando le sue origini islandesi. «Sembra che le cose tra te e Kat stiano andando meglio».

«Un po' sì» mormorai. *Ma non siamo neanche lontanamente al punto in cui vorrei che fossimo*, aggiunsi tra me e me. Katriana, tenendo in mano un bicchier d'acqua, cercò con lo sguardo la mia approvazione. Le rivolsi un sorriso rassicurante. Invece di ricambiare, si voltò di nuovo verso Riley.

Già. Decisamente non dove volevo che fossimo.

«Anche tra te e Riley le cose sono state difficili, all'inizio» dissi a Jonas. «Come hai risolto?».

Il mio amico ridacchiò. «"Difficili" è un eufemismo. Abbiamo letteralmente fatto schiantare un aereo».

«Ma poi avete risolto i vostri problemi» insistetti.

«Sì... sì, alla fine sì». Si passò le dita tra i capelli biondo chiaro, mentre il suo sguardo tornava a posarsi sulla sua compagna. «Riley aveva bisogno di uno scopo che andasse oltre l'essere un'omega. Temeva di essere definita dalla sua genetica. È per questo che ha finto di essere una beta così a lungo. Ho dovuto dimostrarle che vedevo in lei qualcosa di più del mero bisogno di accoppiarsi».

«Ed è per questo che mi hai cercato» dissi, ricordando il giorno in cui ci eravamo incontrati per la prima volta. «Volevi che le dessi un lavoro».

«Esatto». Riportò lo sguardo su di me. «Riley non sarebbe mai felice a piedi nudi e incinta. Non è come Daciana o le altre omega Ash, che sono state allevate per essere sottomesse. È molto più simile alla tua futura compagna».

Non mi ci volle molto a leggere tra le righe.

Mi stava indirettamente consigliando di dare a Katriana uno scopo al di fuori della camera da letto. «Dimostrarle che non la apprezzo soltanto per il suo corpo mi aiuterà a conquistarla» conclusi ad alta voce.

«È così che funziona con la maggior parte delle donne» rispose Jonas con un sorriso. «Anche con le lupe Ash. Ma le nostre omega hanno bisogno di molto di più. Non ho mai visto Riley così felice come quando è in laboratorio. Non glielo potrei mai portare via».

Quindi devo capire cosa piacerebbe fare a Katriana, presi mentalmente nota. «Grazie del consiglio».

«Non ne avevi davvero bisogno» ribatté Jonas, dandomi una pacca sulla spalla. «Sei già sulla buona strada, avendo messo i suoi bisogni al di sopra dei tuoi. Basta che continui così».

Le mie labbra si incurvarono in un sorriso divertito. Non mi aveva mai parlato così tanto, e non era nemmeno una conversazione lunga. «Chi l'avrebbe mai detto che potessi essere così loquace?» lo stuzzicai.

Grugnì. «Hai chiesto. Ti ho risposto».

«Dovrò farlo più spesso».

Mi lanciò un'occhiata in linea con ciò che disse poi: «No».

«Va bene». Ma sapevamo entrambi che l'avrei fatto, se ne avessi avuto bisogno. Il punto era che di solito non ne avevo bisogno. Un'altra anomalia legata a Katriana: mi rendeva incerto su come procedere. Non mi era mai successo prima.

Avevo governato il nostro settore fin dall'inizio, senza mai vacillare. Eppure questa piccola rossa mi aveva fatto mettere tutto in discussione. E in un certo senso la adoravo per quella nuova esperienza.

«Vuoi andare a bere...». La domanda di Jonas fu interrotta da uno strillo proveniente dall'altro lato della stanza.

Tonic e Darren avevano messo all'angolo una delle nuove omega. Il loro linguaggio del corpo gridava dominio e bisogno incontrollato.

«Merda». Pur sospettando che potesse succedere qualcosa del genere, avevo davvero sperato che non accadesse.

«Meno male che hai stabilito delle procedure» disse Jonas, camminando al mio fianco in direzione dei due maschi. I quali ringhiarono, e il suono riverberò in tutta la sala, risultando in un coro di gemiti provenienti dalle omega non accoppiate. Il richiamo di un alfa era impossibile da ignorare.

«Ragazzini» borbottai, pronto a strozzare quegli idioti con le loro stesse viscere. Ma poi sentii Katriana gridare. Mi voltai di scatto nella sua direzione e la trovai bloccata tra Enzo e Artur. *Cazzo.*

ANDER

Riley praticamente volò tra le braccia di Jonas. Sembrava in preda al panico. «Enzo mi ha spinta via. Non sapevo cosa...».

Ma non rimasi ad ascoltare le sue spiegazioni. Lasciai perdere i due giovani alfa e mi diressi verso l'entrata della sala, dove si stava svolgendo una scena molto più pericolosa. Tonic e Darren erano soltanto un diversivo, e nemmeno particolarmente brillante. Un'altra ragione per cui Enzo non avrebbe mai preso il mio posto: non ragionava in modo strategico.

«Ci penso io» disse Elias passandomi accanto, diretto verso i due idioti che stavano tormentando la povera omega. Sapeva cosa fare. Ne avevamo discusso a lungo prima dell'evento, preparandoci per qualsiasi scenario.

Molti alfa si erano già disposti come previsto, il loro scopo era proteggere le omega. L'autorità che emanavano era palpabile e aveva spinto molte femmine a inginocchiarsi, gementi. L'odore della loro eccitazione permeava l'aria, suscitando un coro di bassi ringhi provenienti dai lupi con minor autocontrollo.

Le stronzate di Enzo avevano innescato una situazione potenzialmente violenta, che avrebbe portato al caos.

Per fortuna, avevo già predisposto delle contromisure per far fronte a una situazione del genere.

Per quanto volessi prenderlo a calci, qualsiasi reazione violenta avrebbe peggiorato le cose, spingendo anche i miei alfa a cedere ai loro istinti animaleschi. Le omega erano notoriamente incapaci di resistere al richiamo di un alfa, di conseguenza la responsabilità ricadeva tutta su di noi. Eravamo noi a doverci controllare.

Ma se un alfa si abbandonava alla frenesia del calore, non riusciva più a tornare in sé.

Mi feci strada a spallate tra Enzo e Artur, incurante di causare qualche livido, e presi Katriana tra le braccia. A differenza della maggior parte delle omega, non fremeva di desiderio, ma di furia.

«Hanno appena detto…».

«Non dirmelo» sussurrai in tono implorante. Se fossero state parole offensive, cosa che mi aspettavo, avrei perso la testa e li avrei ammazzati.

E si sarebbe scatenato l'inferno.

Ero l'alfa con maggiore autorità. Il leader. Se avessi iniziato a usare la violenza, l'avrebbero fatto anche tutti gli altri.

E le omega ne avrebbero pagato il prezzo.

Katriana alzò lo sguardo su di me, infastidita, ma scorgendo la mia espressione aggrottò la fronte. Poi annuì e mi accarezzò la guancia. «Sto bene».

«Certo che stai bene» ringhiò Enzo. «Non ti abbiamo neanche sfiorata».

«Ti consiglio caldamente di andartene, Enzo» dissi, sforzandomi di mantenere un tono pacato. «E porta Artur con te».

«Non abbiamo fatto niente di male» si mise a discutere l'idiota. «Hai organizzato questo evento per far conoscere agli alfa le omega disponibili. E lei lo è».

Mi voltai lentamente, spingendo Katriana dietro di me. «È per questo che non governerai mai questo settore» dissi in tono gelido, catturando il suo sguardo e rivolgendogli un'occhiata ricolma di autorità e dominio. «Parli e agisci senza riflettere».

L'alfa resse il mio sguardo con un atteggiamento di sfida. Aveva una postura rigida, ostile.

Mi avvicinai di un passo, lasciando che capisse come l'avrei completamente *distrutto*, in quello stato d'animo.

Era un punto di non ritorno.

Non avrebbe avuto una seconda possibilità.

L'avrei ucciso, e le mie azioni sarebbero state totalmente giustificate. Il suo piano ridicolo aveva causato già abbastanza problemi.

I ringhi e i gemiti che riempivano il salone si placarono. L'attenzione di tutti era rivolta a noi. Ero l'alfa del loro settore ed ero sul punto di dare sfogo a tutta la mia aggressività.

«Qualsiasi cosa tu abbia intenzione di fare, sarò io ad avere l'ultima parola» avvertii Enzo. «Esattamente com'è successo le ultime due volte in cui hai provato a spodestarmi. Solo che stavolta non ti concederò un'altra possibilità. Lo capisci?».

«Portatele via di qui!» urlò Elias agli alfa abbastanza forti da riuscire a controllare i propri impulsi. I lupi obbedirono immediatamente, scortando le omega fuori dalla sala.

Presi Enzo per il collo prima che potesse rivolgersi ai suoi tirapiedi e portare a termine il suo stupido piano. Il ringhio con cui reagì mi vibrò sotto il palmo, ma il suono non uscì; lo stavo stringendo troppo forte.

«So cosa stai facendo» gli dissi. «Ma sono sempre un passo davanti a te. Anzi, svariati passi. Perché pensi che abbia permesso anche agli alfa già accoppiati di partecipare alla festa?».

Sapevo che potevo fidarmi di loro. Sarebbero riusciti a controllarsi senza problemi. Solo Burje, Elias e Jonas avevano portato con sé le loro compagne. Burje perché lui e Alyona erano vecchi amici e volevo che conoscessero la mia Katriana. Elias perché Daciana era una lupa Ash, ed ero convinto che la sua presenza sarebbe stata di conforto per le altre omega. E Jonas perché sapevo che Riley era perfettamente in grado di badare a se stessa. Tutti gli altri erano lì senza le loro compagne, nel caso in cui avessero dovuto intervenire per proteggere le omega.

«Fatti due conti» lo incoraggiai. «Ti sarà subito chiaro che ho uomini a sufficienza per gestire la situazione».

Nel mio territorio c'erano ventidue maschi già accoppiati.

Venti di loro erano alla festa. Gli altri due erano a proteggere tutte le loro omega, circondati per precauzione anche dai beta. Gli alfa prendevano molto seriamente la sicurezza delle loro compagne. Con le ultime aggiunte, ossia le omega Ash, la tensione fra gli alfa del settore Andorra era cresciuta a dismisura.

Enzo si avvinghiò al mio braccio. Le sue unghie lacerarono il tessuto del mio completo, in un vano tentativo di sottrarsi alla mia presa.

Lo guardai dritto negli occhi. «Rinuncia a sfidarmi e ti lascerò andare».

Mi incenerì con lo sguardo abbastanza a lungo da esprimere quanto profondamente mi odiasse, poi, con una lentezza esasperante, abbassò gli occhi.

Serrai la presa per fargli capire che il sentimento era reciproco, poi lo spinsi brutalmente contro il muro. Temevo fosse tutta una finta e decidesse di reagire.

Ma non lo fece.

Si piegò su se stesso, rantolando una serie di maledizioni.

«Uno di questi giorni finalmente cadrai, Cain» disse Artur in tono leggero. «E io sarò lì ad assistere. Non vedo l'ora».

Risposi al vecchio bastardo con un sorriso. «Okay. Mi assicurerò di salutarti con la mano». Incrociai le braccia sul petto. «Ora sparisci dalla mia vista, prima che prenda la tua affermazione come la sfida che entrambi sappiamo essere».

La sua espressione si incupì, ma fu abbastanza intelligente da recuperare il suo amico e andarsene.

Anche la maggior parte degli invitati aveva lasciato la sala, incluse tutte le omega.

«Sono al sicuro» confermò Elias dal centro della stanza. Gli sanguinava il labbro, probabilmente come conseguenza della rissa con Darren e Tonic.

C'erano una manciata di giovani alfa svenuti sul pavimento.

Il resto era in piedi, con le mani in tasca e l'irritazione stampata in viso.

Beh, tutti tranne uno. Mad. Mi ero dimenticato che avrebbe partecipato anche lui all'evento, in compagnia di Caspian. L'alfa Ash si era tenuto in disparte e aveva un'espressione incuriosita, molto diversa dalla sua solita maschera impenetrabile.

Senza dubbio avrebbe riferito a Dušan tutto quello che era successo. Probabilmente era per quello che aveva deciso di restare, dopo che in mattinata era arrivata anche l'ultima omega.

Beh, per fortuna eravamo riusciti a gestire la situazione al meglio. Enzo aveva rischiato di compromettere la possibilità di future collaborazioni.

Sospirai e mi passai le dita tra i capelli. «Bene. Non è

andata come avevo programmato» informai i presenti. Non feci commenti sul piano di emergenza che avevo ideato in previsione di quello che era effettivamente successo. Era già chiaro a tutti, grazie all'efficienza di Elias e del resto della squadra.

Diversi alfa grugnirono in segno di approvazione, ma uno fece un passo avanti.

Samuel.

«Forse no, ma hai dimostrato una cosa molto importante» disse in tono burbero. Ne rimasi sorpreso, perché di solito Samuel si schierava con Enzo ed era stato caparbiamente contrario all'accordo con i lupi Ash. «Le omega sono compatibili».

«Era già stato provato in laboratorio» gli fece notare Elias. «O hai bisogno di vedere di nuovo la mia compagna?». L'offerta era chiaramente sarcastica; non avrebbe mai riportato Daciana in quella stanza. Il suo tono non lasciava alcun dubbio in merito.

Samuel liquidò il suo commento con un cenno della mano. «Un conto è osservare dall'esterno il legame tra un alfa e la sua omega, un altro è provare attrazione in prima persona».

Ah, quindi una delle femmine aveva attirato la sua attenzione. Interessante. Dovevo scoprire quale. Per quanto io e Samuel non andassimo d'accordo, sarei stato disposto ad aiutarlo. Soprattutto se significava averlo dalla mia parte, per una volta.

«Altri commenti?» domandai ai lupi rimasti. Visto che almeno l'ottanta per cento del consiglio era lì davanti a me, mi sembrava un buon momento per affrontare altre eventuali preoccupazioni. Ma la maggior parte di loro sembrava semplicemente infastidita per la serata rovinata.

«Come assegnerai la priorità per l'accoppiamento?» chiese Samuel, inarcando un sopracciglio.

«Non sarò io a farlo, ma le omega». La mia dichiarazione fu accolta da un fragoroso boato. Katriana si aggrappò alla mia giacca e si strinse a me. Le avvolsi un braccio attorno alla vita e continuai a parlare col consiglio, incurante di quanto la mia posizione potesse sembrare ridicola. «Lo faremo alla vecchia maniera, con il corteggiamento. Se volete che un'omega vi scelga per stare al suo fianco durante il calore, vi suggerisco di impegnarvi».

Era parte del contratto stipulato con Dušan. Voleva che le sue omega fossero trattate bene. Ero assolutamente d'accordo, ma il sopracciglio inarcato di Mad mi rivelò che non era certo che sarei andato fino in fondo.

«Non fingete di essere sorpresi o di sentirvi insultati» esclamò Elias. Gli alfa si stavano agitando di nuovo. «Ander vi aveva detto che questo era parte dell'accordo. Abbiamo votato!».

«Ma le omega sono già qui» protestò Rajan dal fondo del salone. «Perché dobbiamo sottostare alle regole dei lupi Ash, quando abbiamo già ricevuto la nostra parte del carico?».

Intendi a parte il fatto che il vice di Dušan è in questa fottuta stanza ad ascoltare questa cazzo di conversazione?, avrei voluto ringhiare. *Pensa, prima di aprire la bocca, idiota.*

Invece feci un respiro profondo e risposi: «Perché altrimenti non ci saranno più spedizioni». Aspettai qualche istante, in modo che potessero assorbire le mie parole, poi aggiunsi: «Se quello che avete visto stasera vi piace e desiderate un'omega tutta per voi, in futuro, vi suggerisco di far contenti i nostri partner commerciali».

Calò uno splendido silenzio. Splendido perché significava che volevano altre omega. E, di conseguenza, significava anche che il mio accordo, quello a cui si erano opposti per mesi, aveva funzionato.

Dall'altro lato della sala, Elias sorrise. Il suo sguardo mi fece capire che era giunto alla stessa conclusione.

Ero finalmente riuscito a trovare un modo di placare le bestie del settore Andorra.

«Va bene» disse Samuel dopo un po'. «E corteggiamento sia».

Si levò un mormorio di approvazione. La femmina alle mie spalle si rilassò visibilmente.

«E per quanto riguarda la tua omega?» domandò Rajan, facendo un passo avanti. «Ci è permesso corteggiarla, visto che non ha ancora un compagno?».

Ed ecco che il breve momento di serenità svanì.

KΛT

Ogni cosa si bloccò. Il mio cuore. Ander. La stanza. Addirittura i miei polmoni.

"Ci è permesso corteggiarla, visto che non ha ancora un compagno?".

Enzo e il suo amico dall'aria letale mi avevano esposto la loro idea di corteggiamento. Nonostante fossi abbastanza sicura che non corrispondesse all'interpretazione di Ander, dato che aveva detto che sarebbero state le omega a scegliere i loro compagni, i due alfa avevano completamente rovinato la mia percezione del termine.

"Ai nostri tempi, un'omega in età fertile veniva montata da un gruppo di alfa e il proprietario del seme che attecchiva per primo vinceva la possibilità di rivendicare il suo premio".

"Mmm, sì. Ma allora in quel caso Ander avrebbe già vinto" aveva commentato l'alfa dall'aspetto più minaccioso, premendo il palmo sul mio ventre. *"Eppure non l'ha reclamata. Significa che possiamo riprovarci dopo il parto?"*.

"Perché aspettare così a lungo? Se montata dal giusto gruppo di alfa, sicuramente perderebbe il bambino".

"Vero…". A quel punto, l'alfa aveva spostato la mano dal mio ventre ed era salito verso i miei seni. I suoi gesti avevano la sicurezza di un maschio consapevole che

avrebbe potuto farmi tutto quello che voleva. Non avrei mai potuto vincere contro di lui. Ero stata sul punto di urlare, ma uno strillo dall'altro lato della stanza aveva attirato la mia attenzione. Seguito da ringhi e da un bagliore famelico nello sguardo di Enzo e del suo amico.

Un brivido gelido mi corse lungo la schiena ripensando alle loro parole e al modo in cui mi guardavano. Come se fossi un oggetto da possedere, non una persona.

Riley mi aveva avvertita che alcuni avrebbero voluto portarmi via da Ander. Non avevo dubbi che quei due alfa rientrassero nella lista. E il modo in cui l'avevano spinta via come se non fosse nient'altro che un insetto fastidioso...

Premetti il viso sulla schiena di Ander, che mi teneva ancora stretta a sé. Il mio movimento sembrò ridargli l'abilità di parlare.

«No». Lo disse con un tono talmente intriso di dominio da farmi tremare le gambe. Fui travolta dall'impulso di inginocchiarmi ai suoi piedi solo a causa di quella singola parola, finché non mi resi conto del significato.

No. No cosa? Non avrei dovuto stringermi a lui? Mi sarei dovuta allontanare?

«La sto corteggiando io» aggiunse, facendomi rimanere a bocca aperta.

Cosa?

«Ma secondo le regole che hai accettato tu stesso, tutti quanti possiamo corteggiare le omega disponibili. E lei lo è». Era la stessa voce che aveva chiesto se gli alfa avrebbero potuto corteggiare anche me. Non sapevo a chi appartenesse, ma il suo tono fu sufficiente a farmi concludere che avrei preferito non essere corteggiata da lui.

«Katriana non è un'omega disponibile» ribatté Ander. Sentivo il suo corpo fremere. «È mia».

«Non ancora» insistette la voce. «Non è mai stata reclamata».

«Ha ragione» si intromise un altro lupo. «Porterà pure in grembo tuo figlio, Ander, ma non è tua. Possiamo provarci anche noi».

«Ammesso che vogliate sfidare l'alfa del vostro settore, certo. Fate pure». Quel commento fu pronunciato da Elias. Riconobbi la sua parlata strascicata.

«Non ve lo consiglio» aggiunse qualcun altro, qualcuno con una voce roca e profonda.

Tutti i presenti iniziarono a dire la loro. Erano principalmente divisi tra chi pensava di aver diritto di corteggiarmi e chi, invece, riteneva fosse necessario rispettare i desideri di Ander.

Mi avvinghiai alla sua giacca. Tremavo.

Non voglio che provino a sedurmi, pensai. *Non... non voglio niente di tutto questo.*

Tranne forse Ander.

No, niente "forse". *Volevo* Ander. Probabilmente perché suo figlio stava crescendo dentro di me. O magari perché non conoscevo nessun altro. O forse era molto più semplice: la mia lupa aveva riconosciuto il suo come legittimo compagno. Non ne avevo idea. La mia unica certezza era che Ander era l'unico uomo per me.

«Sarebbe giusto che avessimo almeno la possibilità di incontrarla in privato, per testare la nostra compatibilità».

«Nel clan in cui sono cresciuto, un alfa riconosce la sua compagna e la prende. Fine della storia».

«Perché dovremmo permettergli di scegliere chi vuole e accontentarci degli scarti?».

«Avrà il suo bambino. Perché ha bisogno anche di lei?».

«Tu cosa faresti, lupo Ash?».

«Chi se ne frega!».

«È solo per curiosità. Lupo Ash?».

Ci fu un attimo di pausa, poi una voce bassa e profonda rispose: «Questa discussione riguarda te e il tuo branco. Quello che farebbe un membro del settore Shadowlands in questa situazione è del tutto irrilevante».

«Dov'è andato il tuo beta?» chiese Ander. Mi sembrò vagamente minaccioso.

«Oh, sai come sono fatti i beta, Cain. Se l'è data a gambe non appena l'atmosfera si è fatta più aggressiva».

«Non cambiare argomento» ricominciò uno degli alfa. «Non puoi semplicemente rivendicare l'omega a parole, costringendo noi a corteggiare le altre».

«Giusto. Non puoi imporci delle regole e poi non rispettarle, Cain».

«Sentite quello che state dicendo?» intervenne Elias. «Vi state comportando come dei bambini».

«Disse l'alfa appena accoppiato».

«Elias ha ragione» confermò un altro. Era quello con la voce roca che aveva sconsigliato di sfidare Ander. Sospettavo che potesse trattarsi di Burje, ma non l'avevo sentito parlare abbastanza a lungo da poterne essere certa. «Avete spaventato questa povera ragazza. Parlate di lei come se non avesse nessuna voce in capitolo».

«Beh, è così» ringhiò qualcuno. «Le omega si sottomettono. O te ne sei dimenticato, Burje?».

«Scommetto che lascia che sia Alyona a dominare lui» borbottò un altro.

Qualcuno iniziò a ridacchiare, altri lo seguirono. Ci furono fischi e commenti scurrili, finché un ringhio non mise tutti a tacere.

Un ringhio che mi fece stringere le cosce, travolta dal desiderio.

Oh, Ander…

«*Basta così*» intimò il mio alfa. La sua rabbia riverberò su di me, facendomi fremere.

Gemetti, terrorizzata di bagnarmi. *Non adesso. Non adesso!*

«Mettiamolo ai voti» disse la voce sfrontata in tono di sfida. «Visto che ami tanto la diplomazia…».

«Non c'è niente da mettere ai voti» rispose Ander. «Katriana è mia. Porta in grembo mio figlio. E al momento giusto la reclamerò».

«Ah, ma *lei* ti ha scelto?» chiese una nuova voce profonda, che mi fece venire la pelle d'oca. «Non è questo che ha detto, che saranno le omega a scegliere?» si rivolse al resto della sala con un tono chiaramente provocatorio.

Ander si irrigidì. «È così che mi dimostrate la vostra gratitudine, dopo quasi un secolo al comando? Dopo che ho lavorato instancabilmente per fornirvi delle omega?».

La sua domanda retorica fu accolta dal silenzio.

«Affascinante» continuò. Lasciò cadere lungo il fianco il braccio che mi cingeva. «Volete che la mia omega mi scelga pubblicamente, invece di fidarvi del mio trattamento nei suoi confronti». Lo disse in un tono disinvolto che non corrispondeva alla tensione che traspariva dalla sua postura. «Dovrei prenderlo come l'insulto che è, oppure lasciar correre, perché l'odore di omega vi ha chiaramente dato alla testa?».

Trasalii per la durezza delle sue parole, ma capivo perché Ander avesse parlato così.

La gerarchia era molto importante per i lupi, e il suo branco aveva appena dimostrato di non fidarsi della sua parola. Della parola del loro leader. La rabbia di Ander era assolutamente legittima. Compresi anche che non era soltanto la mancanza di fiducia ad averlo fatto infuriare, ma la reale minaccia che aleggiava nell'aria.

Non voleva che mi corteggiassero, perché ero già sua.

Lo aveva dimostrato nel corso della serata, sia in ascensore che in quella stessa sala. Non mi aveva mai staccato gli occhi di dosso, praticamente ignorando le altre omega. Anche in quel momento, sentivo la sua rivendicazione fin dentro le ossa. Il suo lupo gli si agitava sotto la pelle, in attesa di essere libero di ottenere giustizia.

«Tutto questo può essere risolto con qualche parola da parte dell'omega» suggerì una voce roca. «Lascia che comunichi la sua decisione, e potremo farla finita con questa pagliacciata».

«Quindi anche tu non ti fidi della mia parola?» domandò Ander. Il suo stupore mi colpì come un pugno alla bocca dello stomaco. Era stato qualcuno di cui si fidava a parlare. Un amico.

Mi resi conto di quanto tutta quella sfiducia dovesse turbarlo. Quasi un secolo al comando, e stavano mettendo in dubbio che mi avesse trattata in modo equo.

Forse all'inizio sarei stata d'accordo con loro. Mi aveva presa in un momento di debolezza, ma non c'era stato un attimo in cui non lo avessi desiderato. Certo, era stato il mio corpo a reagire, senza il consenso della mia mente. Eppure, all'epoca mi andava bene così: avrei potuto usarlo contro di lui in futuro.

Solo che mi aveva distrutta prima che avessi la possibilità di reagire.

Mi aveva detto che non ero la sua compagna.

E quello mi aveva fatto più male di qualsiasi altra tortura avesse potuto infliggermi, perché a quel punto l'avevo già scelto, solo che non me n'ero ancora resa conto.

La mia metà animale era molto più semplice del mio lato umano. Quando vedeva qualcosa che desiderava, cercava di ottenerlo, mentre la mia mente umana non faceva che analizzare troppo ogni situazione.

Ma avevo riconosciuto Ander come compagno fin

dall'inizio, quando il mio corpo voleva arrendersi a lui prima ancora che capissi cosa diavolo stessi facendo.

«Non si tratta di quello che penso io» rispose infine la voce roca. «Gli altri hanno bisogno di un po' di rassicurazione».

«Mettendo in difficoltà la mia compagna, chiedendole di scegliere davanti a tutti» commentò Ander. «Una cosa che non chiedereste mai a un altro alfa, soprattutto a uno nella mia posizione».

Mi accigliai. Pur comprendendo l'insulto implicito in quel suggerimento, per me non sarebbe stato un problema intervenire e mettere a tacere ogni protesta.

Ma forse per Ander era una questione di principio.

Oppure teme che non lo scelga.

Il pensiero mi colse all'improvviso, facendomi schiudere le labbra per lo shock.

Oh, santo cielo. Ecco perché continuava a opporsi. Pensava che l'avrei rifiutato.

Mi tornò in mente la conversazione in ascensore, in cui io continuavo a dire di no, mentre lui sosteneva che non c'era scelta, che gli appartenevo già.

La mia resistenza non aveva nulla a che vedere con le sue affermazioni, ma con il fatto che non mi aveva ancora reclamata. Quindi no, non gli appartenevo. Non ufficialmente.

D'altro canto, aveva appena detto a un salone pieno di alfa che sarei stata la sua compagna. Mi aveva presa prima che arrivassimo all'evento, assicurandosi che chiunque potesse sentire il mio odore su di lui e viceversa. Le sue intenzioni non avrebbero potuto essere più ovvie. Solo che, fino a quel momento, non l'avevo capito.

«Stai temporeggiando» lo accusò uno dei presenti.

«Non sto *temporeggiando*» sibilò. Ma mi resi conto che stava mentendo. «Sono furioso perché questo dannato consiglio sta minando la mia posizione. *Di nuovo.* C'è un motivo se sono l'alfa di questo settore. Se volete rimuovermi, provateci. Ma non lascerò che la mia autorità sia messa in discussione in questo modo».

Un'altra ondata di aggressività mi fece tremare le gambe. La rabbia di Ander era palpabile ed esigeva sottomissione.

No, mi dissi, costringendomi a restare in piedi. *No.*

Non potevo inginocchiarmi. Non quando aveva bisogno di me. Non quando avevo qualcosa da dire.

Feci un passo indietro. Il rumore dei tacchi sul marmo riecheggiò in tutta la sala. Ander si voltò. In quel momento riuscii a vedere tutti gli alfa presenti.

Ce n'erano almeno sessanta.

In base a quello che mi aveva spiegato Riley sulle proporzioni tra alfa, beta e omega, sapevo che sotto la cupola ce n'erano molti di più. Forse solo un gruppo ristretto era stato autorizzato a partecipare all'evento. Più tardi avrei chiesto spiegazioni ad Ander. Insieme ad altre tremila domande che mi si agitavano nella mente.

Deglutii a fatica e incontrai il suo sguardo ardente. «Tutto bene?» chiese piano, in un tono molto più gentile di quello con cui si era rivolto agli alfa.

«No» ammisi. «Per niente». Tossicchiai, cercando di trovare la voce e le parole che avevo bisogno di pronunciare.

Sarebbe stato così facile usare quel momento per rinfacciargli la sua affermazione spietata. *"Non sei la mia compagna"*. Qualche settimana prima l'avrei fatto, solo per fargli capire quanto fosse orribile sentirselo dire. Ma vedendo la preoccupazione che gli incupiva lo sguardo, e non solo perché avevo ammesso di non sentirmi bene, sapevo che quelle parole l'avrebbero ferito molto di più di quanto avessero ferito me.

Perché lo avrei umiliato davanti agli altri alfa.

Per non parlare del fatto che l'avrei rinnegato pubblicamente, proprio la sera in cui lui aveva fatto l'esatto contrario.

Così raddrizzai la schiena e mi rivolsi ai maschi presenti nella stanza, facendo del mio meglio per ignorare i loro sguardi accesi.

Mi schiarii la voce e feci un respiro profondo. «Scelgo Ander Cain».

KAT

LA MIA DICHIARAZIONE fu udita da tutti i presenti, ma solo uno di loro aveva bisogno di sentire quelle parole.

L'alfa in piedi davanti a me. La sua espressione sciocata confermò i miei sospetti. Pensava che lo avrei rifiutato come lui aveva fatto con me. Ma il suo sconcerto mi rivelò anche un'altra cosa: era convinto di non meritarmi.

E dopo tutto quello che mi aveva fatto, forse aveva ragione. Tuttavia, la trasformazione mi aveva dato l'opportunità di ricominciare da zero. Di ricreare me stessa. Di diventare chiunque volessi, seppur nei parametri della società in cui vivevo.

Il branco di Ander aveva cambiato il mio destino.

Ma sarei stata io a determinare il mio futuro e la mia posizione nel mondo dei lupi X-Clan.

Scegliendo Ander Cain.

Nessun altro maschio presente nella stanza mi eccitava come faceva lui, un aspetto che diventò estremamente evidente quando tutti iniziarono a ringhiare.

I suoni emessi dagli alfa non ebbero alcun effetto su di me; fu solo nel momento in cui cominciò a farlo anche Ander che mi ritrovai a fremere.

Mi bastò lanciargli un'occhiata per essere travolta da

un'ondata di desiderio che minacciò di colarmi lungo le cosce.

Eppure non era soltanto semplice lussuria.

C'era anche una strana connessione che la mia metà umana non era in grado di definire. Ma la mia lupa sì. Era una fusione di anime che mi avrebbe fatta sentire sua in eterno, a prescindere da tutto.

Ander mi afferrò e mi trascinò in un bacio che mi marchiò fin nel profondo. Gli gettai le braccia al collo e lui mi sollevò. Poi mi portò fuori dal salone, lasciandosi dietro i suoi lupi senza dire una parola.

O la mia dichiarazione era stata sufficiente per metterli a tacere, o non gli importava. Forse entrambe le cose.

La sua lingua accarezzava la mia.

Il suo tocco mi bruciava la pelle.

Chiusi gli occhi e mi diedi completamente a lui. Tutto quello che sentivo, dolore, adorazione, paura, confusione... tutto divenne suo, in un bacio appassionato che fece impallidire ogni precedente momento di intimità.

Perché i nostri lupi stavano comunicando a un livello totalmente nuovo, non fondato sul desiderio ma su qualcosa di molto più intenso.

Mi *assorbì*, prendendo su di sé il tormento degli ultimi mesi e alleviando il mio dolore con delle tenere carezze. Ebbi l'impressione che mi stesse ricomponendo, pezzo dopo pezzo.

Mi sta sfiorando l'anima.

Una sensazione così inebriante, in cui non riuscivo a distinguere tra realtà e immaginazione. Qualsiasi fosse la causa, mi ci gettai a capofitto, accettando tutto quello che poteva darmi e anche di più.

«Avvolgi le gambe attorno a me» disse, tenendomi in equilibrio contro la parete, mentre premeva il pulsante per chiamare l'ascensore.

Il vestito mi si sollevò fino alla vita, esponendomi alla vista di chiunque si trovasse nei paraggi. *Che guardino pure*, pensai. *Che vedano l'effetto che quest'alfa ha su di me.*

Premetti il sesso sull'erezione che gli tendeva i pantaloni e glieli bagnai istantaneamente. *Mio.*

L'ascensore arrivò e la mia schiena si spostò dal muro alla parete di metallo. In qualche modo, Ander riuscì a digitare il codice per raggiungere il suo attico.

Trascinai i denti sul suo labbro inferiore e glielo morsi.

Lui ringhiò in risposta, facendomi inarcare verso di lui, smaniosa. «Ander...».

«Ho bisogno di scoparti, Katriana» gemette. «Ho bisogno di sentirti gridare il mio nome. Ho bisogno di sentirti venire su di me e di darti il mio nodo... di spingerlo così a fondo che ti sembrerà di avermi ancora dentro di te per giorni».

Rabbrividii al solo pensiero. «Sì».

«Farà male, piccola».

«Lo so».

«Ma sarà anche bellissimo» promise.

«Lo so» ripetei.

L'ascensore si aprì. Ander mi portò nel suo appartamento, chiudendosi la porta alle spalle con un calcio.

Le sue labbra e la sua lingua continuavano ad accarezzarmi il collo.

La sua presa si stringeva e si allentava.

La sua erezione premeva tra le mie cosce.

Così tanto calore. Così tanta vitalità. Così tanto piacere. Ma troppi vestiti.

Mi ritrovai a tentare di strappargli di dosso l'abito elegante prima ancora che la mia mente se ne rendesse conto. La sua risatina divertita ebbe un effetto indescrivibile, concentrato principalmente tra le mie gambe.

Mi gettò al centro del suo letto, seguendomi a ruota con la giacca che gli pendeva da un braccio e la camicia a cui già mancava qualche bottone. «Afferra la testiera» disse. «E non lasciarla andare finché non ti avrò dato il permesso di farlo».

Le mie labbra si arricciarono in un ringhio, infastidita dal suo ordine. Eppure gli obbedii, avvolgendo le dita attorno al metallo dietro di me.

«Brava, omega» mi lodò, posando il palmo sulla mia gola, per poi trascinarlo giù, lungo la scollatura dell'abito.

«Katriana» lo corressi bruscamente. Se mi avesse chiamata di nuovo "omega" durante il sesso, l'avrei ucciso.

Sorrise. «Katriana» concordò, poi mi afferrò il vestito e lo strappò.

Sussultai, sorpresa. Poi Ander si dedicò alle scarpe, sfilandomele con un paio di gesti abili. E alla fine rimase a osservare il mio corpo nudo. Ogni curva, ogni dettaglio.

«Splendida» commentò, per poi chinarsi sul mio seno e catturare un capezzolo tra i denti. Fui quasi sul punto di lasciar andare la testiera, ma il bagliore di avvertimento nel suo sguardo mi bloccò.

Il suo nome abbandonò le mie labbra come una maledizione.

Avevo bisogno di lui.

Del suo cazzo.

Delle sue spinte profonde.

Gemetti il suo nome, contorcendomi sotto la sua bocca esperta. «Mi hai scelto» sussurrò in tono meravigliato. I suoi occhi dorati trovarono i miei.

«Non ho mai avuto altra scelta» risposi, inarcando il bacino. «Lo sappiamo entrambi».

Mi studiò per qualche istante. Il calore del suo respiro mi solleticò il seno. «Non volevi una scelta. Non davvero».

«Forse» mormorai, stringendo la presa sulla testiera. «O forse sei stato tu a scegliere per me, sapendo che prima o poi ne avrei tratto la stessa identica conclusione».

«Che siamo fatti l'uno per l'altra» disse, per poi succhiarmi con forza il capezzolo.

«Sì...» sibilai.

Wow, era tutto *molto* più eccitante del solito.

Perché per la prima volta la mia parte umana e quella animale erano perfettamente in sintonia.

«La mia lupa ti conosce» dissi in tono meravigliato, scuotendo il capo. «Non ha senso, ma *sento* dentro di me che è la verità».

«Anime gemelle» mormorò. Diede un'ultima leccata al mio seno, poi iniziò a tracciare un sentiero con la lingua verso il punto in cui lo desideravo di più. «Siamo anime gemelle, Katriana». Le sue parole si infransero sul mio clitoride.

«Sì... sì» ansimai. Non avevo mai creduto nell'esistenza di un tale legame, principalmente perché non ne avevo mai contemplato la possibilità. Mi ero sempre aspettata di morire giovane, di conseguenza non mi ero mai concessa il lusso di fantasticare.

Ma il settore Andorra mi aveva offerto un'esperienza completamente nuova, da cui all'inizio ero stata infastidita. Volevo essere io la creatrice del mio destino, non mi piaceva l'idea di trovarmici invischiata. Eppure rifiutare ciò che mi veniva offerto sarebbe stato completamente folle. L'immortalità, un compagno potente, dei figli. Un mondo in cui non dovevo vivere nella paura, chiedendomi se ogni giorno sarebbe stato l'ultimo.

Ander Cain era la mia anima gemella.

Era per quello che non si era mai preso una

compagna? Non poteva essere solo la carenza di omega nel settore Andorra, perché Ander era al mondo ben prima che il settore fosse creato. Che in qualche modo mi stesse aspettando?

I suoi denti graffiarono la mia carne più sensibile, la sua lingua si insinuò dentro di me e mi fece vedere le stelle. Ma qualche secondo più tardi Ander mi lasciò andare, inginocchiandosi sul materasso.

Aprii la bocca per protestare, ma le sue dita mi zittirono. Si sciolse il nodo della cravatta e si sbottonò la camicia, mettendo a nudo i suoi meravigliosi pettorali. La peluria che, partendo dall'addome, spariva sotto ai boxer stuzzicò i miei istinti più animaleschi, spingendomi ancora una volta a voler abbandonare la testiera del letto. Cercai di resistere. Desideravo leccare ogni centimetro di lui, memorizzando ogni muscolo, per poi avventurarmi più in basso.

«Sembri affamata» disse in tono divertito.

«Lo sono» ammisi. «Ma non di cibo».

Piegò la testa di lato. «Ti ho già nutrita nell'ascensore, gattina. Non è possibile che tu abbia già bisogno di averne ancora. A meno che non fosse abbastanza…».

«Non era neanche lontanamente abbastanza». Fremente, guardai la sua giacca cadere sul pavimento, seguita dalla camicia e dalla cravatta. «Ander, ho bisogno che mi scopi».

La sua mano indugiò sulla fibbia della cintura. «Ah sì? Mi vuoi dentro di te, piccola?».

«Spero per te che sia questo il dolore su cui mi hai messa in guardia» dissi, stringendo le cosce alla ricerca di un po' di sollievo. *«Perché mi stai facendo morire».*

Posò le mani sulle mie ginocchia, costringendomi a spalancare le gambe. Ogni parte di me fu alla mercé del suo sguardo. «Non muoverti».

Ringhiai. Un incendio divampò dentro di me, concentrandosi nel mio ventre. L'odore della mia eccitazione permeava l'aria. Il desiderio mi colava lungo le cosce in segno di benvenuto all'alfa, implorandolo di fare il suo dovere. «*Ander*».

«Katriana». Si limitò a rimanere seduto sui talloni a osservarmi. «Sei veramente bagnata».

Ma davvero?!, avrei voluto gridare. Invece riuscii solo a emettere un piccolo mugolio disperato.

«Adoro vederti così» disse, ricominciando a slacciarsi la cintura. *Finalmente, cazzo.* «Bagnata. Vogliosa. Sul punto di sfidarmi. Dimmi quanto vorresti lasciar andare la testiera e toccarti, Katriana».

«Non funzionerebbe» ammisi a denti stretti. «Non sarebbe abbastanza».

Ander ridacchiò. «Hai ragione. Peggiorerebbe solo il tuo tormento». Si chinò per baciarmi tra le cosce. Poi mi leccò, strappandomi un brivido che mi scosse dalla testa ai piedi. «Ma che brava gattina» sussurrò. «Mmm… voglio sentirti fare le fusa per me».

Stavo per dirgli che non potevo, quando mi succhiò il clitoride con una tale violenza da spingermi oltre il limite. Il grido con cui venni mi fece dolere le orecchie, ma non fu nulla in confronto all'agonia che mi stava spaccando in due.

Nonostante l'estasi che mi turbinava nel ventre, l'orgasmo non mi aveva minimamente soddisfatta. Semmai mi aveva lasciata ancora più smaniosa. Più disperata. «Ander» urlai con le lacrime agli occhi.

Le dita mi dolevano, strette com'erano attorno alla testiera del letto. Le cosce mi tremavano per lo sforzo di tenerle aperte.

Faceva male.

Veramente male.

Se non mi avesse scopata al più presto, sarei morta. Mi sarei frantumata in un milione di pezzi.

Un singhiozzo mi squarciò il petto. Il doloroso orgasmo mi vibrava ancora tra le cosce. «Ander, ti prego».

«Ssh, sono qui» sussurrò. La sua bocca cercò la mia, mentre la sua erezione scivolò dentro di me con una precisione infallibile. Non mi ero nemmeno accorta che aveva finito di spogliarsi. Ero troppo persa nelle sensazioni che mi avevano assalita.

Ma… oh… era stupendo. Meraviglioso. Ogni spinta, il modo in cui affondava sempre di più dentro di me, toccando un punto che mi faceva vedere le stelle…

E le sue labbra perfette. Ipnotiche…

Mi scopò la bocca con la lingua, dominandomi in ogni modo possibile. Gemetti. Avevo bisogno di toccarlo, e in qualche modo lo sapeva. «Abbracciami, piccola» disse dolcemente. Mi leccò il labbro inferiore, per poi immergersi in profondità, togliendomi il respiro.

Lo afferrai con più forza di quanta ne avessi usata per la testiera del letto, aggrappandomi a lui come se ne andasse della mia vita. Aumentò il ritmo fino a raggiungere una velocità brutale che mi sollevò dal materasso.

Di più, di più, di più, cantilenava la mia lupa. Voleva che mi mordesse. Che affondasse i canini nella mia carne e mi reclamasse come avrebbe dovuto fare già da mesi.

Ma Ander continuò a baciarmi, possedendo il mio corpo in un modo completamente diverso. Non mi diede il tempo di lamentarmi, né tantomeno di pensarci, perché ogni colpo del suo bacino contro il mio mi spingeva sempre più in alto, in uno stato di beatitudine che minacciò di distruggere il mio concetto stesso di realtà.

Ansimai.

Gli graffiai la schiena.

Urlai il suo nome.

Il desiderio mi trasformò in una bestia selvaggia.

Ma lui mantenne il controllo, guidandoci entrambi oltre il limite.

Io lo imploravo. Lui mi accontentava. Tremavo e lui spingeva. Sospiravo, frustrata. Lui gemeva.

Dare e ricevere.

Avanti e indietro.

Più forte e più veloce.

Il suo nodo si stava ingrossando sempre di più.

Ecco, pensai, travolta da un'ondata di euforia che tinse il mondo di nero, lasciandomi senza fiato. E Ander precipitò nell'estasi con me.

Una parte di me capiva che quel genere di scopate avrebbe ucciso una mortale, o quantomeno le avrebbe provocato qualche danno.

Ma io accettavo con gioia la sua violenza. Mi faceva sentire viva. Completamente posseduta dal mio alfa.

«Non mi hai morsa» riuscii a dire con un filo di voce, mentre il suo seme continuava a riversarsi dentro di me.

«Non ancora» sussurrò. «Ma lo farò».

«Quando?» insistetti, strappandogli una risatina.

«Presto» giurò. «Prima voglio mostrarti una cosa».

Aggrottai le sopracciglia. «Cosa?».

«Vedrai» rispose, sfiorandomi il collo con le labbra. «Fidati di me».

ANDER

Stavo passando un altro cuscino a Katriana, quando il mio polso vibrò. Vidi il nome di Elias e decisi di ignorare la telefonata, tornando a concentrarmi sulla mia futura compagna.

Aveva iniziato a costruire il nido circa quattro ore prima. Avevo tentato di aiutarla, ma mi aveva spinto via ringhiando. Così avevo deciso di cambiare tattica e avevo cominciato a passarle oggetti provenienti da tutto l'appartamento, incluso uno dei cuscini del divano.

Che aveva gettato a terra fulminandomi con lo sguardo.

Okay...

Tornai davanti al mio guardaroba e frugai tra la biancheria sporca. Afferrai una manciata di camicie e le portai a Katriana.

Lei le annusò una per una, poi scelse quella che le sembrava più adatta e me la strappò dalle mani. La aggiunse con cura alla sua opera d'arte, ma capii dai suoi movimenti nervosi che gliene servivano di più. Andai alla ricerca di altra biancheria sporca e le diedi tutto quello che riuscii a trovare.

Poi tentai anche con qualche vestito pulito. Il dispositivo sul polso riprese a vibrare, così lo spensi del tutto. Di qualsiasi cosa avesse bisogno Elias, poteva aspettare. Il nido di Katriana era molto più importante; significava che si sentiva di nuovo viva, che era finalmente guarita. E io volevo essere al suo fianco in ogni fase del percorso.

Afferrò un paio di jeans dal cumulo di abiti che le avevo offerto e sfiorò il tessuto con le dita, quasi con devozione. Li piegò e li sistemò sul mio comodino. Poi prese la camicia di cotone che mi pendeva dal braccio e la aggiunse alla sua creazione.

Con le mani piantate sui fianchi nudi, piegò la testa di lato ed esalò un sospiro soddisfatto. Io rimasi immobile. Si posò un palmo sul ventre, in un gesto protettivo che mi scaldò il cuore. «Sì» sussurrò. «Sì, questo andrà bene».

Entrò nel suo nido e, dopo qualche istante, trovò la posizione perfetta. Poi mi guardò, come aspettandosi che mi unissi a lei.

Oh, non avevo nessuna intenzione di rifiutare l'invito della mia omega.

La accontentai senza dire una parola. La guardai negli occhi; mi stava studiando, anzi, era la sua lupa a farlo. Mi accarezzò la guancia, seguendo col pollice il mio labbro inferiore. «Grazie dell'aiuto».

«Sei stata tu a fare la maggior parte del lavoro». Avvolsi la mano attorno alla sua nuca. «Io ti ho solo dato un po' di materiale».

«È così strano» sussurrò. «Questo impulso di costruire una tana, intendo».

«Le omega si sentono protette, quando costruiscono una tana» spiegai dolcemente, usando la stessa espressione che aveva scelto lei. «E le femmine incinte diventano molto protettive nei confronti dei loro nidi, nelle ultime fasi della gravidanza».

«Davvero?».

Annuii. «Sì. E dopo il parto sarai ancora più feroce. Scommetto che non mi lascerai neanche tenere in braccio il nostro bambino senza prima metterti a discutere». Sorrisi al pensiero e la tirai verso di me, in un bacio lento che presto si fece rovente, quando la sua lingua scivolò tra le mie labbra.

Sentirla annunciare a tutto il consiglio che mi aveva scelto, due sere prima, aveva liberato qualcosa dentro di me. Volevo reclamarla più che mai, ma avevo bisogno di farlo in modo appropriato.

Il che mi diede un'idea.

Un'idea che avrei messo in pratica non appena avessimo battezzato il nuovo nido.

Mi misi sopra di lei, sistemandomi tra le sue cosce già umide. Non era necessario nessun richiamo all'accoppiamento: Katriana era sempre pronta per me.

Mi accolse dentro di lei gemendo. Iniziai a muovermi con un ritmo languido. Volevo assaporarla. Divorarla. Memorizzare ogni suo singolo gemito. E poi fare tutto di nuovo, solo per vedere se fossi riuscito a farla reagire in modo diverso.

Le spinte veloci la facevano ansimare.

I colpi più lenti le strappavano dei mugolii imploranti.

I movimenti più brutali le toglievano il respiro e le facevano maledire il mio nome.

E quando le afferravo il sedere e la inclinavo in modo da prendermi ancora più a fondo, gridava. Proprio come in quel momento.

Mmm... quella era la reazione che preferivo.

Mi avventai sulla sua bocca e la baciai con tutta la devozione di cui ero capace, spingendomi ancora una volta dentro di lei.

«Ander, Ander, Ander» mormorò sulle mie labbra. Sapevo cosa voleva e glielo diedi, perché lo desideravo anch'io. Uno sfogo estatico, la passione di entrambi che fluiva tra i nostri corpi. Il mio nodo si fissò dentro di lei. Mi prosciugò. Finito di inaugurare il nostro nido, ci abbandonammo tra le lenzuola con un sospiro soddisfatto.

Dopo qualche istante, rotolai sul materasso, facendo sì che Katriana si ritrovasse sopra di me. Lasciai che si rilassasse con la testa posata sul mio petto. L'odore del sesso ci avvolgeva in un'inebriante coltre di piacere.

«Potrei restare così per sempre» mormorò, disegnando con le dita dei pigri ghirigori sulla mia pelle. «Quindi spero tu sia comodo».

Una risata mi rimbombò nel petto. «A un certo punto dovremo mangiare».

Allungò la mano tra i nostri corpi e se la passò tra le cosce. Poi si portò alla bocca il frutto dei nostri orgasmi.

«Cazzo, Katriana» gemetti, guardandola rapito mentre si succhiava le dita. In un attimo la mia erezione era tornata. «Mi ucciderai».

Un sorrisetto le incurvò le labbra. «Allora è un bene che i lupi non muoiano così facilmente». Venne più avanti e si chinò per condividere con me i nostri sapori.

Ma un odore invadente mi fece scattare. Rimisi Katriana sotto di me ed emisi un ringhio di avvertimento. «Sei fortunato che apprezzi il tuo aiuto come mio vice, Elias».

Il mio amico sbuffò. «Non rispondi alle telefonate».

Scostai le lenzuola abbastanza da poterlo fulminare con lo sguardo. Era sulla soglia della camera da letto. «Perché sono occupato, idiota».

«Lo ero anch'io, quando Jonas è venuto a bussare alla mia porta. A quanto pare, stai ignorando anche lui». Il suo tono irritato rivaleggiava con il mio. «Lo sai che non ti disturberei mai, se non si trattasse di qualcosa di importante».

Aveva ragione. «Cos'è successo?» domandai.

«Qualcuno ha scassinato gli armadietti del magazzino e ha rubato una decina di fiale di siero X-Clan».

Okay, la situazione era abbastanza grave da schiarirmi la mente. Mi allontanai da Katriana e mi misi a sedere sul letto. Lei si raggomitolò attorno alla mia gamba, nascondendosi sotto le coperte.

«Dalla tua espressione, sembra che tu sappia già chi è stato» dissi.

Annuì. «I video della sorveglianza hanno ripreso l'irruzione di Caspian durante l'evento di due sere fa».

«Merda» borbottai, passandomi una mano sul viso. «Sapevo che c'era qualcosa di strano nella sua assenza». In qualche modo mi aveva messo a disagio. «Avevo anche chiesto a Mad che fine avesse fatto».

«Lo so, ma erano tutti troppo concentrati sulla tua omega per ragionare» rispose Elias. «Avresti dovuto vederli dopo che te ne sei andato con lei». Scosse il capo. «L'unico lato positivo è stato che Samuel finalmente è rinsavito. Ha detto agli altri alfa che il corteggiamento è la strada giusta, che è un modo di mostrarci rispettosi, nel caso in cui volessimo acquisire altre omega».

«Una breve vittoria, rovinata dalla stupidità di Caspian» sospirai, ritrovandomi anch'io a scuotere la testa. «Posso solo immaginare cosa stiano dicendo Enzo e Artur».

«Sono assetati di sangue».

«Non avevo dubbi. Non conoscono altri modi per risolvere i problemi». Erano incapaci di ragionare in modo strategico e pensare fuori dagli schemi. «Fammi indovinare, vogliono organizzare un raid aereo sui territori dei lupi Ash?».

«No. Enzo vuole uccidere tutte le omega, perché è convinto che siano delle spie».

Le sue parole furono come una secchiata di acqua gelida. «*Cosa?*».

«Ora capisci perché ti ho interrotto?».

«Perché cazzo non hai esordito con quello?» chiesi, lasciando il conforto del letto. Afferrai una vestaglia appesa lì accanto. Elias mi aveva visto nudo un milione di volte, ma avevo bisogno di mettermi qualcosa addosso prima di iniziare con le telefonate.

«Ho incaricato un gruppo di alfa fidati di proteggerle» disse Elias. Si appoggiò allo stipite della porta, sembrava il ritratto della serenità.

«E Daciana?».

«È con loro e sta cercando di tranquillizzarle. Uno degli idioti di Enzo ha pensato bene di mettere in pratica i suoi ordini e ha aggredito una delle ultime arrivate, Narcisa. Proprio Samuel, tra tutti, li ha trovati e ha tagliato la gola dell'alfa».

«Chi era?».

«Tonic».

Scossi il capo. «Dimmi che è morto».

«No. È stata una ferita superficiale, l'ha solo messo al tappeto. Ma l'ho fatto rinchiudere nelle segrete in attesa di una tua decisione».

«Ora capisco perché hai continuato a chiamare».

«E sarei venuto anche prima a trascinarti fuori dal letto, se non fossi stato occupato a fronteggiare il caos che si sta scatenando nel *tuo* settore».

«È per questo che sei il secondo in comando» dissi ad alta voce, riconoscendo mentalmente che ero in debito con lui.

«Già». Inarcò un sopracciglio. «Allora, da cosa vuoi iniziare?».

«Devo parlare con Dušan» risposi, riaccendendo il mio dispositivo. «Rubare il nostro siero non ha alcun senso. Se l'avesse voluto, avrebbe potuto chiederlo come parte dello scambio». E l'alfa Ash non aveva menzionato nemmeno una volta la nostra capacità di creare lupi X-Clan.

Iniziai a camminare verso la porta, ma poi mi ricordai dell'omega che avevo lasciato sotto le coperte. Tornai indietro e sbirciai nel nostro nido. «Hai bisogno di qualcosa, gattina? Cibo? Acqua? Un bagno?». Avrei potuto prepararglieni uno mentre parlavo con Dušan.

Si stiracchiò, allungando le braccia sopra la testa e mettendo in mostra il suo fisico atletico. «Per quanto starai via?».

«Non sto andando via». Mi chinai e le posai un bacio sul naso. «Posso chiamare l'alfa del settore Shadowlands da qui».

«Oh». Corrugò la fronte. «E le omega?».

«Confido che Elias le stia tenendo al sicuro» dissi, lanciando un'occhiata all'alfa in questione. Il suo cenno d'assenso confermò le mie parole. Non avrebbe mai lasciato la sua compagna con qualcuno di cui non si fidava. «Non appena avrò sentito Dušan, parlerò anche con gli altri. La cosa si risolverà in fretta».

Perché il mio istinto mi diceva che Dušan non c'entrava nulla col furto.

Enzo e Artur stavano solo cercando un modo per ostacolarmi, e far fuori le omega sarebbe stata la soluzione ideale.

Ma non avevano tenuto in considerazione che molti degli alfa volevano le omega Ash. Ero pronto a scommettere che la maggior parte del consiglio avrebbe preferito tenerle in vita, che ucciderle per qualcosa che non avevano fatto. Per non parlare di tutto il tempo e gli sforzi investiti nel portare a termine l'accordo con Dušan.

«Magari un po' di succo?» chiese Katriana.

Le sorrisi. «Subito!».

Elias mi seguì in soggiorno, e poi in cucina, con un ghigno enorme stampato in faccia. «Dì quello che devi dire» lo pungolai. Aprii il frigo. Il succo d'arancia era sul secondo ripiano, accanto a un piatto di formaggi e salumi appena tagliati. Afferrai entrambi e li misi sul bancone, poi presi un bicchiere.

«La vita domestica ti dona, Ander».

«Puoi fare di meglio» lo provocai.

«No, non posso, perché sono nella tua stessa situazione». Sorrise. «È una bella sensazione, vero?».

Finii di riempire il bicchiere di succo per Katriana mentre riflettevo sulle sue parole. «Sì» ammisi. «Sì, lo è». Riposi la bottiglia nel frigo, poi inviai un messaggio a Dušan, avvertendolo che nel giro di un paio di minuti gli avrei telefonato. «Resta qui» dissi a Elias. «Torno subito».

Quando mi riaffacciai in camera, Katriana era seduta sul letto, con un lenzuolo che la copriva fino al petto. Appoggiai il piatto col cibo e il succo sul comodino, poi mi chinai per baciarle la testa. «Non ci vorrà molto. Nel frattempo, puoi mangiare e farti una doccia. Poi possiamo andare a correre. Cosa ne dici?».

Il mio lupo non vedeva l'ora di uscire e sgranchirsi le zampe. In più, volevo fare a pezzi una certa coppia di alfa, e un po' di esercizio sarebbe stato un ottimo sfogo. Mi avrebbe anche permesso di realizzare il piano che avevo in mente riguardo il nostro accoppiamento.

Katriana non mi aveva ancora visto in forma di lupo, né avevamo legato in modo appropriato.

Una volta risolto il problema, l'avrei reclamata.

E avremmo passato la notte a scopare sotto le stelle.

«Andare a correre?» ripeté, sgranando gli occhi. «Fuori?».

Ridacchiai. «Sì, gattina. Fuori».

«All'aria aperta?».

«E dove, se no?» domandai, divertito dalle sue domande. Finché non capii *perché* me le stesse facendo. «Oh. Non ti è permesso uscire». Dannazione. Ero proprio un idiota. «Le cose cambieranno» le promisi in un tono quasi solenne. «Stanotte andremo a correre. Fuori. Nella neve. Insieme. Va bene?».

Si illuminò. «Davvero? In forma di lupo?».

«Sì».

Lasciò cadere il lenzuolo e si inginocchiò sul materasso per trovarsi alla mia stessa altezza, poi mi gettò le braccia al collo. Ma non riuscii a godermi quel momento di gioia: il mio polso si era messo di nuovo a vibrare. Dušan mi aveva risposto. Le diedi un rapido bacio, ammirando la sua espressione felice. Adoravo il modo in cui mi guardava, con un enorme sorriso elettrizzato stampato in faccia. «Ora devo occuparmi della situazione che si è creata con le omega, poi possiamo andare. Prima, però, devi mangiare. Avrai bisogno di essere in forze per trasformarti».

Annuì con entusiasmo. «Okay. Sì. Adesso mi metto subito a mangiare».

Le diedi un altro bacio. «Bene. Sarò in salotto con Elias. Raggiungimi appena sei pronta. I tuoi vestiti nuovi sono nel guardaroba. E mettiti un paio di stivali». Avremmo dovuto camminare fino al confine del settore in forma umana.

Sentivo il mio lupo fremere sotto la pelle, impaziente di essere finalmente libero di correre. Erano passate settimane dall'ultima volta che mi ero trasformato. Un record, ma l'importanza di restare a fianco della mia futura compagna aveva messo in secondo piano i miei bisogni. Ora che finalmente si stava riprendendo, però, potevo darle un assaggio di quella che sarebbe stata la nostra vita insieme.

A cominciare da una scampagnata notturna sulle montagne.

Dopo essermi occupato di Dušan.

Salutai Katriana e raggiunsi Elias, che si era accomodato su una delle mie poltrone reclinabili. «Sa di nuovo» osservò.

«Sì. Katriana ha distrutto quella vecchia».

Scoppiò a ridere. «Giusto. L'avevo scordato».

«Non è vero» lo accusai, prendendo posto di fronte a lui. «È per questo che hai detto che sa di nuovo, cosa tra l'altro non vera, dato che ho rimpiazzato tutta la mobilia quasi tre mesi fa».

Mi fece l'occhiolino. «Ecco perché sei tu l'alfa del settore, Cain. Riesci a leggere nel pensiero».

«Sì, come no». Selezionai il numero di Dušan sul mio dispositivo e premetti il pulsante per chiamarlo. «E ora vediamo di farla finita anche con questa seccatura».

KAT

Arricciai le labbra. *Devo tagliarmi i capelli.* Mi arrivavano a metà schiena, annodandosi continuamente. Solo che non ero riuscita a trovare delle forbici né dei coltelli con cui poterlo fare. Ma dovevano essere da qualche parte, perché le ciocche corvine di Ander gli sfioravano le orecchie, e non l'avevo ancora visto con un taglio più lungo.

Dopo la doccia, lasciai asciugare i capelli all'aria, e mi misi a frugare tra i miei vestiti nuovi. Volevo mettermi qualcosa di appropriato per l'occasione. Ander non si era risparmiato: ora metà del suo guardaroba conteneva abiti per me.

Jeans. Maglioni. Stivali. Magliette a maniche lunghe. Pantaloni elasticizzati. Vestiti eleganti. E tutto in taglie diverse, in modo da adattarsi alle varie fasi della gravidanza.

La sua premura mi scaldò il cuore. Scelsi un paio di jeans e un maglione nero. In passato, non avevo mai indossato biancheria intima; i vestiti scarseggiavano. Così ignorai il cassetto pieno di mutande e reggiseni. Qualcosa mi diceva che tanto non mi sarebbero piaciuti. Ma presi un paio di calzini.

Stavo finendo di allacciarmi gli stivali, quando la voce di Ander risuonò tutto attorno a me.

«Lupi del settore Andorra, buonasera. Come forse avrete sentito, di recente abbiamo subito un furto: uno dei lupi Ash in visita nel nostro settore ha rubato dodici fiale di siero X-Clan. Dopo una lunga conversazione con l'alfa del settore Shadowlands, ritengo che la questione sarà risolta in modo rapido ed efficiente. Mi ha assicurato che si è trattato di un atto compiuto da un singolo individuo, non parte di un piano orchestrato dai lupi Ash. Ha anche confermato che il colpevole riceverà una punizione adeguata».

Mi guardai attorno, accigliata, alla ricerca dell'alfa. «Come fai?» sussurrai, sbirciando nel bagno vuoto. Non era nemmeno in camera da letto.

«Alcuni di voi hanno proposto una vendetta inaccettabile. Le omega Ash sono ufficialmente parte del settore Andorra e altrettanto ufficialmente sotto la mia protezione. Chiunque tenti di assalire una delle femmine sarà immediatamente portato in giudizio e perseguito».

Lanciai un'occhiata nella zona giorno e lo trovai seduto al tavolo della sala da pranzo, di fronte a Elias. Quest'ultimo si sfiorò le labbra con l'indice per invitarmi a fare silenzio, mentre Ander mi rivolse uno sguardo affettuoso. Poi tornò a concentrarsi sullo schermo traslucido davanti a sé.

«La questione non sarà oggetto di discussione nel consiglio degli alfa. Le negoziazioni con il settore Shadowlands richiedono rispetto e fiducia. Dušan mi ha dato la sua parola che si sarebbe occupato di risolvere il problema con i suoi, e io ho deciso di fidarmi. Derubarci è stato un gesto gravissimo. Dušan l'ha riconosciuto e si è scusato a nome del suo sottoposto. Vi aggiornerò sulla situazione man mano che anch'io avrò novità. Per il momento, ricordate che qualsiasi violenza all'interno del nostro settore non sarà tollerata». Fissò lo schermo con un'espressione talmente feroce da farmi venire la pelle d'oca.

Oh, non avrei mai voluto subire un'occhiata del genere.

Mi avrebbe messa in ginocchio in un attimo. Non mi stava nemmeno guardando, e provavo comunque l'impulso di inchinarmi.

Quello era l'alfa del settore Andorra. L'uomo al comando su cui tutti facevano affidamento. E aveva appena emanato un ordine. Disobbedire sarebbe stata una follia.

«Godetevi il resto della serata» concluse, poi premette un pulsante e si lasciò cadere contro lo schienale della poltrona. Inarcò un sopracciglio in direzione di Elias. «Soddisfatto?».

«Non è a me che dovresti chiederlo, Cain». Si alzò in piedi. Era alto quasi quanto Ander. «Dirò alle guardie di restare a sorvegliare le omega. Dubito che Enzo, Artur e i loro scagnozzi rispetteranno i tuoi ordini».

Ander annuì. «È sempre più necessario che le lupe Ash trovino un compagno. Finché non avranno degli alfa a proteggerle, continueranno a essere in pericolo».

«Parlerò con i maschi che hanno espresso un interesse e vedrò anche cosa ne pensano le omega. Visto che tieni tanto al corteggiamento e a tutte quelle cose lì». Pronunciò l'ultima frase facendomi l'occhiolino, poi si diresse verso l'atrio. «Buona corsa. Mi assicurerò che nel frattempo non succeda nulla di irreparabile».

«Sei un bravo vice» gli urlò dietro Ander.

«Lo so» fu la risposta di Elias, seguita dal rumore della porta d'ingresso che si chiudeva.

Ander ridacchiò e spostò alcuni schermi muovendo le dita nell'aria, poi premette un pulsante che li fece svanire tutti quanti. A quel punto, rivolse la sua attenzione su me, osservandomi con un luccichio affamato nello sguardo. «Sei bellissima, mia futura compagna» mormorò. Si alzò e venne verso di me. Giocò con le mie ciocche umide, arrotolandosene una attorno alle dita, poi aggiunse: «Devo trovarti un cappello».

«E delle forbici» suggerii. «Voglio tagliarmi i capelli».

Diede un piccolo strattone alla ciocca e sorrise. «Se vuoi posso aiutarti io, quando torniamo dalla corsa».

«Sul serio?».

Mi baciò. Adoravo il calore delle sue labbra sulle mie. «Ma certo».

«Grazie, mi farebbe piacere».

«Anche a me». Mi accarezzò la guancia, poi aggiunse: «Fammi mettere qualcosa di più adatto di questa vestaglia, così possiamo andare».

«Okay». Mentre si cambiava, mi misi a esaminare il tavolo. Non sembrava ci fosse niente di particolare sulla superficie lucida. Solo legno. Niente pulsanti. Nessun pannello nascosto. «Ma allora da dove compaiono gli schermi?» mi domandai a voce alta, iniziando a controllare la sedia su cui era seduto Ander.

«Dal mio orologio» rispose Ander, che nel frattempo era tornato. Indossava un paio di jeans e un maglione grigio. Riconobbi i pantaloni: erano quelli che avevo appoggiato sul suo comodino.

Alzò il polso davanti a sé per mostrarmi meglio il dispositivo.

«Sembra un normale orologio vecchio stile, ma se schiaccio questo pulsante...» spiegò, premendo il pollice sul lato destro del quadrante «appare un piccolo schermo che mi scansiona la retina per attivare il dispositivo. Così ho accesso a tutti i miei sistemi, incluso il mio tablet e il computer dell'ufficio. Anche quelli funzionano nello stesso modo». Mosse vari schermi nell'aria per mostrarmi di cosa stesse parlando.

«E l'hai usato anche per parlare a tutti quelli che vivono nel settore?».

Annuì. «Sì. L'intera città è connessa. Sotto la cupola, ogni casa, anzi, ogni stanza può essere raggiunta attraverso una frequenza particolare, che sfrutto soltanto in caso di emergenza. Bypassa qualsiasi altro sistema. Non la uso spesso, ma ho pensato che la minaccia nei confronti delle omega lo richiedesse». Ander chiuse tutti gli schermi con un movimento del polso, poi mi posò la mano sulla schiena, spingendomi delicatamente verso il corridoio.

«Pensi che il tuo ordine li fermerà?» domandai nell'atrio.

«No». Strinse le labbra. «Ma i miei uomini sì».

«E poi cosa succederà?».

«Mi libererò di un problema che non ha fatto che aggravarsi per troppo tempo» rispose, aprendo la porta d'ingresso.

«Enzo e il suo amico dall'aspetto letale» ipotizzai. Ci eravamo fermati davanti all'ascensore.

«L'amico dall'aspetto letale...» ripeté, premendo un pulsante sul pannello. «Oh, intendi Artur. Sì, in effetti penso sia il più letale tra i due. Ma Enzo è pericoloso perché ha la lingua lunga. Sono anni che cerca di prendere il mio posto. Non ci è mai riuscito».

«E Artur?».

«Non ha mai provato a sfidarmi». Le porte dell'ascensore si aprirono e Ander mi guidò all'interno, poi digitò una combinazione di numeri. «Quattro. Uno. Sette. Tre. Cancelletto. Questo porta al piano terra».

Lo guardai con un'espressione sconcertata. «Cosa?».

«È il codice per scendere e raggiungere la porta

d'ingresso, nel caso volessi prendere una boccata d'aria fresca. Oppure puoi salire sul tetto. C'è una piccola area dove potersi sedere, lassù, ma in inverno fa davvero freddo. La situazione migliorerà con l'arrivo della primavera, tra un mese o due». Mentre parlavamo, le porte di metallo si aprirono su un'ampia sala col pavimento di marmo. «Di qua, gattina».

«Mi stai mostrando come uscire» sussurrai, meravigliata. «Pensavo non mi fosse permesso uscire».

«Ti avevo detto di non *scappare*» specificò. «Ma non sei una prigioniera, Katriana. Avrei dovuto essere più chiaro. Avrei anche dovuto portarti fuori a correre mesi fa, e di questo mi scuso. Ci sono troppe cose che non ti ho spiegato, ma non commetterò di nuovo lo stesso errore».

Ci avvicinammo all'uscita dell'edificio. Due guardie chinarono il capo e aprirono le porte di vetro, e Ander le ringraziò chiamandole per nome. Lo sentii a malapena, troppo concentrata sulla neve che copriva i marciapiedi e la brezza fresca che si infiltrava nei miei polmoni.

Aria. Inspirai profondamente e chiusi gli occhi, felice, lambita dagli elementi. Oh, come mi erano mancati gli odori del mondo esterno.

Mi misi a volteggiare sul marciapiede. Gli stivali mi aiutarono a mantenere l'equilibrio sul sottile strato di fiocchi candidi. Qualcuno doveva aver spalato la strada di recente, perché gli alberi e i cespugli lì attorno erano coperti da almeno trenta centimetri di neve. No, sicuramente di più; mi arrivava quasi alle ginocchia.

Affondai le mani in quella gelida meraviglia, godendomi la sensazione del freddo sulla pelle. Ander mi calò un cappello sulla testa. Trasalii e lo guardai con un'espressione stupita. «E questo da dove sbuca?».

«Dalle mie tasche. Insieme a questi» aggiunse, porgendomi un paio di guanti.

«E tu come farai?» domandai, lasciando che me li infilasse.

«Ho la mia pelliccia». Mi fece l'occhiolino.

Aggrottai le sopracciglia. «Quella ce l'ho anch'io».

«È vero» concordò. «Cosa ne dici di prendermi per mano? Me la terrai al caldo mentre camminiamo. Poi potremo cambiarci in qualcosa di più... imbottito». Intrecciò le dita con le mie e mi strinse a sé. «Sulle montagne c'è molta più neve. Su, andiamo a giocare un po'».

Una sensazione di calore mi sbocciò nel petto. *Giocare.* «Mi sembra un'ottima idea».

«Bene». Si infilò l'altra mano in tasca e si avviò lungo il marciapiede a passo spedito.

Mi sforzai di mantenere il suo ritmo, pur continuando a guardarmi attorno e ammirare il paesaggio, mentre ci avventuravamo nel cuore del settore Andorra.

La neve e il ghiaccio scintillavano al chiaro di luna. L'atmosfera fiabesca non era particolarmente disturbata dalle luci della città, fioche o addirittura spente. O forse erano le finestre a trattenere tutta la luce all'interno. In ogni caso, tra la neve, la luna e gli abeti, era come passeggiare in un quadro.

«È veramente bellissimo qui» ammisi, vedendo sul serio, per la prima volta, quella che era la sua casa. Dall'esterno della cupola era possibile cogliere qualche scorcio, ma assistere alla magia dell'inverno dall'interno era un'esperienza completamente diversa.

«Lo è» mormorò. «Ma la mia visuale preferita la si ha dalle montagne». Indicò con un cenno del mento una delle cime che circondavano la cupola. Quella non l'avevo mai scalata, ma tutta la zona mi era familiare; era ciò che vedevo ogni mattina, appena alzata, nel momento in cui mettevo il naso fuori dalla grotta.

«È lì che stiamo andando?» chiesi, meravigliata.

«Sì». Ebbi la netta impressione che il suo lupo mi sorridesse attraverso i suoi occhi dorati. «Hai detto che avevi voglia di correre».

«Pensavo intendessi all'interno della cupola».

«Che divertimento ci sarebbe?» domandò, guidandomi lungo uno stretto passaggio costeggiato da alti edifici. Conduceva in un campo, che a sua volta terminava con una parete di vetro. «Ci sono delle aree, all'interno, in cui possiamo scorrazzare, ma la maggior parte di noi preferisce avventurarsi nei boschi».

È sicuro?, fui sul punto di chiedergli. Ma poi mi resi conto dell'assurdità della domanda. Cos'avrebbe mai potuto temere un lupo X-Clan? In quell'area, erano in cima alla catena alimentare. Anzi, forse lo erano ovunque. Gli umani erano troppo deboli per rappresentare una reale minaccia, e i mutaforma erano immuni ai morsi degli Infetti. Perché non girovagare liberamente?

L'unico pericolo che mi venne in mente erano i lupi Ash, ma loro vivevano a migliaia di chilometri di distanza.

«Tutto a posto?» chiese Ander. Si fermò nel bel mezzo del campo e mi guardò.

«Sì. Sì, assolutamente». A dirla tutta, l'idea di correre sulle montagne mi entusiasmava. «Ma potrei avere bisogno di aiuto con... ehm... la trasformazione». Non l'avevo fatto da prima di...

Un attimo...

Mi appoggiai la mano sulla pancia e incontrai lo sguardo divertito di Ander. «Posso trasformarmi mentre sono incinta?».

Ogni traccia di divertimento svanì in un istante dalla sua espressione. «Ho veramente fallito con te, eh?».

«Cosa?». Abbassai gli occhi. «Intendevo solo...».

Mi catturò il mento per costringermi a guardarlo di

nuovo. «Non sai nulla sull'essere un lupo X-Clan, e ti ho lasciata da sola per settimane senza spiegarti niente. Se c'è qualcuno che dovrebbe sentirsi mortificato, quello sono io. Mi dispiace, ho dato troppe cose per scontate a causa di tuo padre».

«Mio padre?» ripetei, corrugando la fronte. «Non ho mai conosciuto mio padre».

«Ma tua madre sì».

«Non credo che lo conoscesse bene». Mi mordicchiai l'interno della guancia, valutando come formulare la frase. «Non mi ha mai parlato molto di lui, se non per assicurarmi quanto tenesse a me. Ma ho sempre sospettato che lui non sapesse nemmeno della mia esistenza. Penso che se ne sia andato o che sia morto prima che lei potesse dirgli che era incinta».

Le sue parole mi erano sempre sembrate quelle di una madre che cercava di soddisfare la curiosità della sua bambina senza farla soffrire. Una volta cresciuta, però, non lo nominò praticamente più. Se davvero gli fosse importato così tanto di me, sicuramente mia madre avrebbe continuato a rassicurarmi sul suo affetto, assicurandosi che le credessi. Non avrebbe semplicemente lasciato perdere.

«Quello là fuori è un mondo duro e crudele» aggiunsi, stringendomi nelle spalle. «Probabilmente mia madre non si aspettava nemmeno di riuscire a portare a termine la gravidanza».

«Quindi non avevi idea che tuo padre fosse un lupo?» mi domandò Ander.

Lo fissai a bocca aperta. «*Cosa?*».

«Lo prendo per un no» borbottò, passandosi le dita tra i capelli. «Dannazione, pensavo lo sapessi. È per questo che sei un'omega. O almeno questa è la nostra teoria. I suoi geni devono aver innescato qualcosa che ti ha predisposto alla sottomissione».

Mossi le labbra, ma non ne uscì alcun suono. Non che sapessi cosa dire...

Mio padre era un lupo?!

«Spiegherebbe anche come hai fatto a sopravvivere così a lungo» continuò Ander. «Eri già in parte lupo. Con il nostro intervento, ti sei evoluta in un'omega X-Clan a tutti gli effetti». Mi sfiorò la guancia. «Non avevo previsto di avere questa conversazione qui. Se preferisci tornare indietro e continuare a parlarne, possiamo andare a correre un'altra volta».

«N... no» balbettai. «Voglio... voglio correre». No. Avevo *bisogno* di correre. Di fare qualsiasi cosa che non fosse restare lì, pietrificata, incapace di elaborare quello che avevo appena scoperto. Avevo bisogno di spegnere il cervello. Di sfuggire alla follia che mi attanagliava la mente. «Per favore» sussurrai. «Corriamo».

Ander annuì. La sua mano intrecciata alla mia fu tutto ciò che mi spinse a proseguire.

Mio padre era un lupo.

Mia madre lo sapeva?

Dov'era andato a finire?

Che sia nel settore Andorra? Ancora vivo? Sarei mai riuscita a incontrarlo?

Le domande si rincorrevano nella mia testa. Seguii Ander automaticamente, senza nemmeno pensarci. Quando si fermò, con la cupola almeno mezzo chilometro dietro di noi, ebbi l'impressione che fosse passato solo qualche secondo.

«Sei sicura, Katriana?» mi chiese dolcemente, accarezzandomi il viso. «Sembri sotto shock».

«Sì, beh, mi hai appena detto che mio padre era un lupo». Come si aspettava che reagissi? Saltellando allegramente? Mi venne quasi da ridere.

«Ero convinto che lo sapessi» mormorò.

«Come diavolo avrei fatto a sapere una cosa del genere?» scattai, con un tono almeno un'ottava al di sopra del normale.

«Hai ragione» rispose. Poi scosse la testa. «Ho fatto un sacco di supposizioni sulla base di quell'unico dato, senza nemmeno chiederti se ne fossi a conoscenza o meno. Mi dispiace, Katriana. Mi sto dimostrando un pessimo compagno». Il suo volto si intristì, la sua mano abbandonò la mia guancia. «Ma mi farò perdonare. E penso di sapere come».

«Come?».

«Insegnandoti tutto quello che devi sapere sull'essere un lupo». Si tolse il maglione e lo lasciò cadere sulla neve. «Spogliati. Inizieremo con come trasformarsi».

ANDER

KATRIANA ERA NUDA E TREMANTE. Teneva le braccia strette attorno al corpo in un vano tentativo di scaldarsi. «N... n... non f... funziona».

Sì, me n'ero accorto. La maggior parte dei lupi nascevano tali, la nostra capacità di trasformarci era un'abilità innata. Ma Katriana sembrava incapace di invocare la sua lupa, nonostante la bestia si agitasse proprio sotto la superficie.

Le camminai attorno. I miei piedi nudi protestarono per il contatto prolungato con il suolo gelato, ma la mia attenzione era tutta rivolta alla mia futura compagna. «Posso chiamare io la tua lupa. Ma se lotti, ti farà male».

«S... sarà s... sicuram... mente m... meglio di... di q... questo». Indicò con un cenno del mento il suo corpo tremante. Era in piedi sul mio maglione, con le gambe incrociate, tentando di tenersi al caldo.

La nostra genetica ci aiutava a combattere il freddo meglio di quella umana, ma, senza la nostra pelliccia, eravamo comunque in balia degli elementi.

«Quando lo farò, inizierai a trasformarti. A prescindere che tu sia pronta o meno» la avvertii.

«F... forzerai l... la trasformazione?».

Annuii. «Esatto».

«C... come?».

«Ringhiando» dissi. Mi fermai di fronte a lei. «Le omega sono fatte per soddisfare i desideri degli alfa. Ciò mi permette di controllare la tua forma. Se ti voglio come lupo, posso chiamare quella parte della tua natura. E poi, altrettanto facilmente, farti tornare umana».

«O... oh» boccheggiò. Il suono fu sovrastato da quello dei denti che battevano.

Mi avvicinai a lei e le avvolsi il palmo attorno alla nuca, tirandola verso di me. Verso il mio calore. Poteva averlo tutto, purché la aiutasse a smettere di tremare.

Accostando le labbra al suo orecchio, aggiunsi dolcemente: «E se ti volessi tutta bagnata e pronta a ricevere il mio cazzo, potrei fare anche quello. Perfino qui, sulla neve».

«L'hai... l'hai già fatto».

«Sì. Il richiamo all'accoppiamento è il più naturale di tutti. Ma ho anche la capacità di farti trasformare. Forse ti aiuterà a capire dove si sta nascondendo la connessione con la tua lupa».

«O... okay» disse, premendo il viso sul mio petto. «Aiu... aiutami».

Le baciai la testa e chiusi gli occhi. «Ti prometto che lo farò esclusivamente quando sarai tu a chiedermelo» dissi in tono solenne. «Il richiamo per la trasformazione, intendo». Quello per l'accoppiamento l'avrei usato a prescindere, perché sapevo che entrambi ne avremmo apprezzato il risultato.

La strinsi tra le braccia e permisi al mio lupo di emergere. I nostri pensieri si unirono in un unico flusso, generando un basso ringhio che mi rimbombò nel petto. Katriana rabbrividì in risposta. Un mugolio sommesso le sfuggì dalle labbra quando intensificai la vibrazione, esortando il suo animale a uscire a giocare.

Lei gemette, iniziando a tremare violentemente. «La... la sento».

«Ascolta la chiamata, piccola» sussurrai, lasciandola andare. «Permetti alla tua lupa di prendere le redini. Ti guiderà lei».

Feci un passo indietro. Katriana cadde in ginocchio. I suoi arti avevano già iniziato a mutare. Uno splendido sorriso le illuminò il volto, seguito da un sospiro; si era abbandonata alla trasformazione.

Era passato troppo tempo dall'ultima volta, ed era tutta colpa mia. Avrei dovuto starle vicino fin dall'inizio, spiegarle tutto per filo e per segno.

Sospirai e cercai di accantonare il senso di colpa. Potevo continuare a biasimarmi per il mio comportamento, oppure fare qualcosa. E io ero sempre stato un tipo proattivo. Avremmo recuperato il tempo perduto e avrei mostrato a Katriana tutto quello che aveva bisogno di sapere sulla vita da mutaforma.

La mia piccola omega uggiolò durante l'ultima fase della trasformazione, in cui una folta pelliccia rossa le spuntò su ogni centimetro del corpo. La accarezzai. Era così bella e setosa. Lei si abbandonò al mio tocco, accogliendo il mio affetto con un flebile mugolio di approvazione.

«Sei stupenda, Katriana» dissi dolcemente. Poi mi accovacciai accanto a lei e lasciai libero il mio lupo, che praticamente mi saltò fuori dalla pelle. Quasi un secolo di pratica mi permetteva di passare da una forma all'altra con estrema facilità.

In certi punti faceva ancora male, e a quello non c'era rimedio. Ma avevo imparato fin da giovane a sopportare il dolore. Il problema principale era la mascella, che doveva modificarsi ogni volta per formare il muso.

Il resto era semplice.

Un piccolo passaggio da due gambe a quattro zampe.

Scrollai la mia pelliccia nera e mi stiracchiai. Le mie articolazioni scricchiolarono; era da troppo che non mi trasformavo. I lupi dovevano farlo almeno un paio di volte a settimana, il che significava che Katriana stava avendo dei crampi ben peggiori dei miei. O forse no, considerando che aveva trascorso la maggior parte della vita in forma umana. Forse per lei sarebbe stato il contrario.

Dopo aver disteso ancora una volta le zampe posteriori, mi girai verso la mia futura compagna. I suoi occhi azzurri erano incollati al mio nuovo corpo. La sua ammirazione piacque immensamente al mio lupo.

Ero molto più grosso di lei. E più forte. Non per nulla ero un alfa.

Le diedi un colpetto col muso e inclinai la testa di lato, esortandola a seguirmi.

Lei rispose con un piccolo adorabile guaito, che tradussi come un assenso. Mi avviai verso la montagna a passo tranquillo. Percependo la sua presenza alle mie spalle, decisi di capire quanto avrei potuto spingere. La sua taglia minuta suggeriva che non sarebbe riuscita a muoversi velocemente quanto me, ma ero sicuro che sarebbe stata in grado di tenere il ritmo.

Katriana mi dimostrò che avevo ragione: lungo la strada aumentò la velocità, e verso la fine, quando accelerai per un ultimo sprint, stava praticamente correndo al mio fianco. Doveva averla presa come una sfida, perché mi resi conto che stava cercando di superarmi. Mantenne un ritmo incredibile per qualcuno che fino a qualche mese prima non era nemmeno un lupo… almeno finché non inciampò su un cumulo di neve.

Mi fermai e tornai indietro per aiutarla. La afferrai per la collottola con i denti e la trascinai di nuovo sul sentiero.

Reagì ringhiando; immaginai fosse il suo modo di

mettere il broncio. Io le risposi leccandole il muso per dirle che andava tutto bene, che capitava a tutti. Tra l'altro, ero sinceramente colpito dalla sua agilità, considerando quanto poco tempo avesse trascorso in forma di lupo.

Le diedi una piccola testata per esortarla a proseguire lungo il pendio della montagna. Volevo mostrarle il panorama. Cercai di fare più attenzione e non perderla di vista; l'ultima cosa che desideravo era perdere la mia futura compagna in qualche stupido incidente.

Se l'aveva notato, non lo diede a vedere. Rimase incollata al mio fianco lungo il resto del percorso e, quando raggiungemmo il mio punto preferito, si accucciò accanto a me.

Le si rizzò il pelo quando vide la valle che si apriva sotto di noi. Non eravamo neanche lontanamente in prossimità del punto di osservazione più elevato, ma eravamo abbastanza in alto per ammirare lo scenario mozzafiato illuminato dalla luce della luna.

Era lì che andavo ogni volta che avevo bisogno di restare da solo a pensare. Non avevo mai permesso a nessuno di unirsi a me, ma in quel momento mi sembrò giusto avere Katriana al mio fianco. La sua presenza era di conforto al mio lupo. Mi chinai per darle un morso affettuoso all'orecchio, poi le leccai un lato del muso. Lei grugnì in risposta, così lo feci di nuovo. Cercò di allontanarsi, ma la bloccai.

Rivolgendole un ringhio di avvertimento, la tenni ferma, premendole una zampa sulla groppa, e la leccai un'ultima volta. Poi strofinai il muso sul suo collo.

Brontolò un po', ma la sentii rilassarsi. La sua parte umana non capiva, ma la sua lupa sì. Alla fine, ricambiò i miei gesti affettuosi leccandomi un paio di volte, poi si raggomitolò accanto a me con un sospiro.

Restammo così per un tempo infinito, con le stelle che

brillavano sopra di noi, finché all'orizzonte non apparve un sottile spiraglio di luce. Sbadigliai e, con un colpetto del muso, feci presente a Katriana che era ora di andare. Rotolò sulla schiena in protesta, così le mordicchiai la gola.

Per quanto desiderassi passare tutta la giornata lì con lei, non era il posto ideale per reclamarla. Sarebbe dovuta tornare in forma umana, e avrebbe rischiato di congelare. Dovevamo trovare un altro luogo adatto, dove avrebbe potuto rimanere vestita. O magari avremmo acceso un fuoco.

In ogni caso, il mio piano era di farlo all'aperto, in un punto appartato, in cui avremmo potuto essere da soli, immersi nella natura.

Alla fine Katriana si alzò e si stiracchiò, per poi seguirmi lungo il sentiero. Camminavamo lentamente; nessuno dei due aveva voglia di lasciarsi quello splendido paesaggio alle spalle. I nostri lupi desideravano stare all'aria aperta, una sensazione che le avevo accidentalmente negato per troppo tempo.

Non appena raggiungemmo il punto in cui avevamo lasciato i vestiti, tornai in forma umana e le sorrisi. «Penso che dovremmo farlo ogni notte».

Ansimò affannosamente per dimostrare quanto fosse d'accordo, poi si sedette a osservarmi mentre mi infilavo i jeans.

«Devi trasformarti anche tu» le dissi.

Lei piegò la testa di lato e mi rivolse un'espressione confusa. Era così adorabile.

«So che riesci a capirmi, gattina».

Ringhiò come per ricordarmi che era una lupa.

Sorrisi. «Per me resti sempre una gattina».

Con un verso determinato, iniziò a trasformarsi da sola. Il mio cuore si gonfiò di orgoglio. A quanto sembrava, provocarla...

I miei sensi colsero qualcosa che mi strappò dai miei pensieri. C'era qualcosa che non andava. Un odore sbagliato. Mi misi ad annusare l'aria e ne trovai subito la causa. «Ferma» le ordinai, riferendomi alla trasformazione.

Ma non era in grado di farlo, era troppo giovane e inesperta. Le avrebbe fatto male.

Soffocai il ringhio che mi stava crescendo nel petto, incapace di usarlo su di lei. Non quando sapevo che avrebbe solo peggiorato la situazione.

«Sbrigati» sussurrai, guadagnandomi un grugnito.

Non si era ancora accorta del pericolo incombente. Lo capivo: era nel bel mezzo della trasformazione. Mi allacciai velocemente le scarpe, senza smettere per un istante di guardarmi attorno.

Ci stanno circondando, capii, cogliendo le flebili tracce di odore portate dal vento. *Sette. No, otto.*

«Corri via appena hai finito» sussurrai. «Prendi il maglione e le scarpe e *vai*».

Era quasi tornata in forma umana, abbastanza da permettermi di vedere la confusione che le si agitava nello sguardo.

Ma non potevo concentrarmi su di lei.

Non in quel momento.

Non con tutti quei maschi in avvicinamento.

«Ander...».

«Ssh». Il mio udito era più fine in forma di lupo, ma riuscii comunque a sentire i loro stivali scricchiolare sulla neve. Il flebile sfregamento di tessuti e pellicce. Alcuni di loro erano in forma umana, altri a quattro zampe.

Ruotai il collo, preparandomi a combattere. C'era solo un motivo per cui avrebbero deciso di circondarmi: volevano attaccarmi in gruppo.

Perché Enzo non era abbastanza forte da farlo da solo.

Katriana si infilò il maglione. Andando a prendere gli stivali, inciampò.

Riuscii a catturarle il gomito per aiutarla a mantenere l'equilibrio, ma proprio in quel momento il rumore di uno scoppio squarciò l'aria.

Mi accorsi a malapena delle sue grida. Caddi in ginocchio, colto di sorpresa, con l'impressione di avere il ventre in fiamme.

Nove, pensai, intontito. *Ce n'erano nove.*

Uno di loro era rimasto indietro. Con un fucile da cecchino.

Un buon piano, riconobbi, osservando con sconcerto il sangue che mi stava sgorgando dall'addome.

Era successo tutto così in fretta, eppure mi sembrò che ogni gesto, ogni movimento fosse al rallentatore. Il modo in cui Katriana cadde al mio fianco, con la mano premuta sulla mia pelle. I miei respiri spezzati che facevano più male di quanto avrebbero dovuto. Una maledizione portata dal vento. Ringhi. Passi veloci sulla neve.

Scossi la testa, cercando un po' di lucidità.

Katriana doveva fuggire. Andarsene da quel luogo. Chiamare Elias.

Poi sentii le sue dita sul mio polso. Lo alzò e premette il pulsante che le avevo mostrato solo qualche ora prima. «Attivati, dannazione!».

Gli schermi fluttuarono davanti a me. Li osservai, confuso.

«Contatta Elias» disse Katriana. «Adesso, Ander!».

No. Non era quello il modo di avvertire il mio vice. E soprattutto non volevo che gli idioti che stavano venendo verso di noi potessero avere accesso agli schermi.

Li feci sparire con un movimento del polso, poi sfiorai col pollice un pulsante sul cinturino. Un ronzio quasi impercettibile mi confermò che era stato lanciato l'allarme. Ora toccava a Elias rispondere.

Non volevo fare affidamento su nessun altro.

«Mettiti gli stivali» la esortai ancora una volta. «*Scappa*». Non potevo combattere con lei lì. Avevo bisogno di sapere che era al sicuro. Nel mio quartier generale.

Ma era troppo tardi.

Un attimo prima eravamo da soli.

Quello dopo eravamo circondati da otto lupi X-Clan.

Enzo e Artur erano chiaramente al comando. Entrambi avevano un'espressione vittoriosa.

«Bene, bene, bene. Dopotutto, sembra proprio che riuscirò ad assistere alla tua caduta» commentò Artur. «E credo che inizieremo prendendo la tua bella compagna».

KAT

CORRI!, gridò una parte di me. Ma non potevo. Le mie gambe si rifiutavano di muoversi. Il sangue mi si gelò nelle vene.

Otto maschi. Tutti armati.

Il mio unico protettore a terra, ferito.

E io ero in piedi sulla neve con addosso soltanto un maglione.

Anche se fossi stata in grado di correre, non avrei avuto nessuna possibilità. Quegli uomini erano più forti e più veloci, ed ero abbastanza sicura che sarebbero stati felici di darmi la caccia. I due in forma di lupo mi avrebbero catturata dopo nemmeno un paio di passi. E quasi sicuramente mi avrebbero ferita.

No. Scappare non avrebbe funzionato.

Avevo solo un'opzione: lottare. Ma dovevo farlo in modo intelligente. Pregando che nel frattempo Ander si riprendesse.

Mi aveva detto che i lupi erano difficili da uccidere, e avevo immaginato che guarissero più in fretta degli umani. La domanda era: quanto più in fretta?

«Provaci» disse il mio alfa con voce tagliente, rispondendo alla minaccia di Artur. Teneva la mano premuta sulla ferita, ma era stabile sulle ginocchia. Il suo calore mi accarezzò le gambe nude, aiutandomi a liberarmi dalla sensazione di gelo che mi aveva colta.

Enzo caricò la pistola e la puntò verso la testa di Ander. «Oh, faremo ben più che provarci».

Le labbra di Ander si incurvarono in un sorriso di scherno. «Premi il grilletto e non sarai mai l'alfa del settore».

«Non è lui a volere quella posizione» intervenne Artur, abbassando la pistola di Enzo. «Sarò io a sfidarti. Dopo che ci saremo occupati della tua omega». Lanciò un'occhiata a Enzo. «Non sparargli in testa. Ho bisogno che sia vivo e lucido per poter assistere. Ma se cerca di reagire, sparagli alle gambe. O *tra* le gambe».

Enzo ghignò. «Molto volentieri».

«Non avrei mai pensato che fossi un codardo, Artur. Otto contro uno non è esattamente il modo migliore per dimostrare la tua attitudine a governare» disse Ander a denti stretti.

«Vedremo se la penserai allo stesso modo dopo che avrò finito con la tua compagna». I suoi gelidi occhi neri si posarono su di me. Mantenne lo sguardo fisso sul mio, esigendo che mi sottomettessi. L'aria vibrava di energia.

L'aveva fatto anche alla festa. Aveva messo alla prova la mia determinazione e il mio coraggio con delle sottili avances.

Non avevo nessuna intenzione di inginocchiarmi, ma forse avrei potuto lasciare che percepisse un po' della mia paura, per fargli credere di essere in vantaggio.

Se c'era una cosa che sapevo sugli uomini, era che insistevano nel sottovalutare le mie dimensioni e le mie abilità. Aveva una pistola appesa al fianco; un'arma che sapevo usare, grazie a mia madre. E aveva anche un coltello infilato nello stivale, almeno stando al piccolo rigonfiamento sotto i jeans, all'altezza delle caviglie.

I suoi amichetti in forma umana erano attrezzati più o meno allo stesso modo.

Se fossi riuscita a rubare anche solo una delle loro pistole, sarei stata in una posizione decisamente migliore.

«Toccala e ti ucciderò». Ander pronunciò quelle parole con un tono basso e letale. Il suo potere e l'intensità dell'odio che provava in quel momento permeavano l'atmosfera. Non sembrava un uomo a cui avevano appena sparato.

«Oh, farò molto più che toccarla» disse Artur, avvicinandosi a me. «La reclamerò e la farò mia. Non appena mi sarò occupato del tuo bambino».

E ancora una volta il sangue mi si gelò nelle vene.

«No» ringhiai. La parola mi uscì dalle labbra guidata unicamente dall'istinto. Mi posai una mano sul ventre e rivolsi all'alfa un'occhiata omicida. «Vaffanculo».

Inarcò le sopracciglia, mentre alcuni degli altri maschi si misero a ridacchiare. «Caspita, quanta ferocia. Non mi stupisce che Ander abbia perso la testa per te». Spostò lo sguardo su Enzo. «Sarà un piacere farle passare la voglia di disobbedire a furia di scopate».

Enzo annuì, guardandomi in modo lascivo. Aveva ancora la pistola puntata su Ander. «Beh, la morte di un figlio è sempre devastante. Soprattutto per un'omega. Sarà facile plasmarla in una brava lupacchiotta obbediente».

Artur sorrise. «Già».

Ander fece per scagliarsi verso di noi, ma fu placcato da due maschi e un lupo. Un altro scoppio risuonò nell'aria, facendolo ululare di dolore. Enzo lo colpì in faccia e iniziarono ad azzuffarsi, tingendo la neve di sangue.

Dannazione! Non mi ero aspettata che agisse così in fretta. Dovevo pensare rapidamente, usare quella distrazione per…

Delle mani mi strinsero il collo, strappandomi un urlo a cui non riuscii a dar voce. La stretta mi stava togliendo il respiro. Un corpo massiccio mi colpì la schiena, un altro si erse davanti a me, e tutto attorno si levò un coro di ringhi.

Solo che non erano ringhi feroci.

Ma richiami per l'accoppiamento.

Oh, no…

Un dolce tepore avvolse il mio corpo. La mia lupa si rintanò in un angolo, mentre l'odore della mia eccitazione cominciò a diffondersi nell'aria.

No!

Non gliel'avrei lasciato fare. *Pensa, maledizione, pensa!* Inizialmente ero riuscita a lottare contro il richiamo di Ander. Sarei sicuramente riuscita a contrastare anche quei mostri.

Oh, ma stavano ringhiando in maniera molto più aggressiva. Ander non aveva mai emesso un suono così profondo; il mio corpo reagiva alla sua presenza a prescindere dall'istinto all'accoppiamento.

«Katriana!» gridò il mio alfa con voce rotta.

Ma non riuscivo a vederlo.

Non riuscivo nemmeno a pensare, con quel dannato ringhio…

Basta, basta, basta!

«Avresti dovuto reclamare la tua compagna» disse qualcuno. La voce penetrò nella confusione che mi offuscava la mente. «Non sarebbe qui a implorare di essere scopata da un altro alfa».

Labbra sul mio collo. Labbra che non avrebbero dovuto trovarsi lì.

Un ringhio troppo profondo. *Non è quello di Ander.*

Calore sul ventre, il mio maglione sparito.

Un maschio rovente.

Un maschio eccitato.

Il maschio sbagliato.

Altri ringhi. Uno lo riconobbi. Cercai di raggiungerlo. Avevo bisogno di lui.

«Ci prenderemo cura di lei, Ander. Non preoccuparti. Verrà, anche se la faremo sanguinare».

Altri ringhi.

Un ululato agonizzante.

A cui si unì anche il mio.

Perché non volevo niente di tutto ciò. Dentro di me, sapevo che era tutto sbagliato. Ander mi aveva avvertita che le omega non erano in grado di resistere al richiamo di un alfa, e in quel momento capii cosa intendesse. Mi resi conto di essermi messa a quattro zampe. Mi sentivo come una marionetta i cui fili erano in mano a qualcun altro. La mia mente, però, non faceva che ribellarsi.

Era tutto sbagliato.

Non era quello il mio destino.

Non era così che avevo scelto di sopravvivere.

Sottomettermi ad Ander mi veniva naturale. Quello che stava succedendo, il maschio che si stava mettendo in posizione dietro di me... Non c'era niente di naturale.

Si spinse in avanti e io rotolai sulla neve. «No!» gridai, cercando di allontanarmi il più possibile dalla nube inebriante di ringhi e alfa, ma mi ritrovai a sbattere la schiena contro la gamba di un altro di loro.

Mi avevano circondata.

Ridevano.

Si stavano godendo il mio tormento.

Erano sempre più eccitati.

Rivolsi loro una rapida occhiata. Riuscii a concentrarmi abbastanza da vedere per qualche istante un Ander insanguinato, tenuto fermo da quattro uomini. Gli altri stavano venendo verso di me. Due di loro senza pantaloni.

Enzo e Artur.

Sembravano in parte divertiti, in parte folli. La loro erezione mi disse senza mezzi termini cosa avevano intenzione di fare. Altri ringhi riecheggiarono nell'aria. Nessuno era quello giusto. Nessuno era il *mio*.

Quegli animali volevano farmi del male. Uccidere il mio bambino.

Non sarebbe accaduto.

Non senza lottare.

Potevano prendersi i loro dannati ringhi e ficcarseli su per il culo.

La mia lupa si era arresa; il suo bisogno di sottomettersi mi teneva in ginocchio. Ma ora era il mio lato umano a dominare. Quello che aveva sopportato fin troppe sofferenze, nel corso degli anni, per subire l'ennesima perdita.

Non ero un'omega normale, ma una creata in laboratorio.

E sarei morta prima di lasciare che facessero del male alla creatura che portavo in grembo.

Mi si rizzarono i peli sulle braccia. La mia anima stava prendendo vita. «Non mi arrenderò» sibilai, costringendo il mio corpo ad assumere una posa difensiva. Ero pronta a lottare fino all'ultimo respiro. «Prima dovrete uccidermi».

Enzo si accarezzò pigramente l'erezione. Gli brillavano gli occhi. «Oh, spezzarti sarà meraviglioso, piccola rossa».

Artur non sembrava altrettanto divertito. Il suo ringhio si fece più intenso.

Sorrisi. «Qual è il problema, alfa?» lo provocai. «Ansia

da prestazione?». Lo osservai, ma senza perdere di vista anche gli altri. «Il fatto che tu debba ringhiare per far venire voglia a una donna la dice lunga. Ad Ander basta guardarmi per farmi bagnare».

«Prendetela e tenetela ferma. Se vuole essere scopata a secco, ben venga» disse Artur con un ghigno malvagio. «In più, ho sempre preferito usare il sangue come lubrificante».

Due dei suoi scagnozzi si avventarono su di me, ma io scartai di lato.

Poi feci lo sgambetto a uno dei due. Non se lo aspettava. Lasciò cadere la pistola, e io mi lanciai per recuperarla.

Solo per essere bloccata da un braccio avvolto attorno alla vita.

Cazzo!

Mi contorsi, cercando di prendere a calci il maschio che mi aveva catturata, ma la sua presa non fece che stringersi.

E poi Artur fu davanti a me. Il suo pugno colpì la mia mascella con una forza tale da farmi vedere le stelle.

Ander emise un suono omicida. Nonostante il dolore accecante, mi riportò alla realtà.

Artur mi afferrò il mento e lo strinse così forte che ebbi la netta sensazione di sentire l'osso rompersi. «Ti scoperò in ogni buco. Un'infinità di volte. Poi ti morderò tra le gambe per rivendicarti come mia. E quello sarà solo un assaggio del nostro futuro insieme. Tutti, in questo settore, muoiono dalla voglia di farsi un'omega, e io sono un tipo che ama condividere. È per questo che ho chiesto a Enzo di unirsi a me per darti una bella lezione».

Le sue parole avrebbero dovuto paralizzarmi dalla paura.

E invece mi misi a ridacchiare.

«Che razza di alfa condivide la sua omega?» domandai, guadagnandomi un altro pugno alla mascella.

La mia bocca si riempì di sangue.

E glielo sputai in faccia.

Artur mi prese per la gola, stringendo finché la mia vista non venne offuscata da una miriade di puntini neri. «Ti possiederò, piccola stronza».

No, pensai. *No. Non sono tua e non lo sarò mai.*

La mia schiena colpì di nuovo il terreno ghiacciato. Un corpo pesante si accasciò sul mio, mentre delle mani mi afferrarono le spalle per tenermi giù. Lottai per capire chi fosse dove, la mia coscienza vacillava.

Finché un palmo sul mio ventre iniziò a premere verso il basso, e nello stesso momento qualcuno mi spalancò le cosce.

Lingue di fuoco lambirono la mia spina dorsale, vorticando dritto fino al cervello e riportandomi alla realtà.

Artur si posizionò tra le mie gambe, studiando la sua mano con una fascinazione maniacale. Il suo amico dai capelli castani era sopra la mia testa e lo osservava con un sorriso attento.

Nessuno dei due stava guardando il mio viso.

Nessuno dei due stava prestando attenzione alle mie mani libere. Bloccandomi le spalle, era solo il mio torso a essere immobile. Non le braccia.

Vidi una pistola appesa al fianco del tizio sopra di me. Era proprio accanto alla mia testa.

Agii senza pensarci troppo. Allungai la mano verso la pistola e la puntai al mostro inginocchiato tra le mie cosce.

Due colpi al petto lo fecero volare all'indietro. Il maschio che mi bloccava le spalle fu troppo lento a reagire, beccandosi un proiettile direttamente in testa.

Le loro grida selvagge risuonarono intorno a me, ma ormai il mio istinto predatorio aveva preso il sopravvento.

Mirai.

Sparai.

Senza pensarci due volte.

Finché non ebbi esaurito i proiettili.

Allora mi avventai su una delle mie vittime, le rubai il coltello e iniziai a pugnalare tutti gli stronzi che mi capitavano a tiro. Attorno a me si scatenò il caos.

Sangue.

Budella.

Cervelli.

Mi abbandonai alla violenza. Urlavo oscenità, godendomi la carneficina.

Afferrai i capelli di Artur. La mia lama era sul suo collo, lo stava segando selvaggiamente. Ander aveva detto che era difficile uccidere un lupo, che il cuore doveva restare fermo abbastanza a lungo.

Beh, vediamo se riuscirai a sopravvivere a questo.

Lo volevo morto.

Distrutto!

Aveva cercato di portarmi via il mio bambino.

Aveva cercato di *stuprarmi.*

Aveva fatto del male al mio compagno.

Alla mia famiglia.

A *me.*

Non sarebbe accaduto mai più. Volevo il suo sangue, la sua vita sulle mie cazzo di mani. Portato a termine il compito che mi ero prefissata, ringhiai trionfante. Gettai la sua testa sulla neve con un verso che proveniva direttamente dalla mia lupa.

Qualcuno pronunciò il mio nome.

Lo ignorai, passando alla vittima successiva. Quello che mi aveva tenuta ferma e aveva osservato la scena in modo morboso. Beh, non sembrava più così eccitato, non con il mio pugnale nella sua fottuta gola.

Una macabra energia calò su di me, guidando le mie azioni e calmando il mio spirito. Anche il secondo lupo perse la testa.

Ma quando mi spostai per dedicarmi alla vittima numero tre, mi ritrovai ingabbiata tra due braccia robuste.

Ringhiai.

Lottai.

Eppure il mio nuovo aggressore non reagì. Si limitò a sfilarmi il coltello dalle dita, posizionando la mia mano sulla sua testa. Gli strattonai i capelli, furiosa e assetata di vendetta. Un suono vibrante fu la sua unica risposta. Mi bloccai.

Mi piaceva quel suono.

Era così rilassante.

Come delle fusa.

Mio.

Premetti il viso sull'odore familiare che mi avvolgeva, leccai la pelle sotto la mia bocca e risalii con le labbra quella splendida gola maschile. Mmm… quella non volevo tagliarla. La assaporai.

Mio.

Lo mordicchiai. Accarezzai. Mi arrampicai su di lui. Gli avvolsi le braccia attorno al collo. Lo baciai.

Ringhiò nella mia bocca. Le sue dita si insinuarono tra i miei capelli. Mi spinse contro qualcosa di ruvido. *Tronco d'albero*, riconobbe una qualche parte della mia mente. *Sì, sì.*

Conficcai le unghie nella sua pelle.

Eravamo entrambi coperti di sangue, neve e cose indicibili. Ma non mi importava. «Mio» ansimai, stringendomi a lui. «Mio. Mio».

«Tuo» confermò, premendo il bacino coperto dai jeans tra le mie cosce.

Abbassai le mani, tentando di rimuovere la barriera di

tessuto, quando dei nuovi odori mi solleticarono il naso. Mi strinsi ad Ander, mentre i miei occhi saettarono tutto attorno, alla ricerca degli intrusi.

«Santo cielo» esclamò una voce maschile.

Elias.

Sbattei le palpebre. *Cos'è successo?*

No, sapevo cos'era successo.

Avevo ucciso un sacco di lupi.

Ma come?

Un attimo… Ander! Ricominciai a toccarlo ovunque, ma per un motivo ben diverso. Le sue ferite… Il terrore mi tolse il fiato. «Stai bene?».

Ridacchiò col viso affondato nel mio collo. «Sì, piccola. Guarirò».

«Non c'è niente da ridere!» strillai, cercando di spingerlo via da me per poter esaminare il punto in cui gli avevano sparato.

E mi accorsi che c'erano altre ferite.

Almeno tre, da quello che potevo vedere.

«Perché diavolo sei in piedi?» urlai, cercando di sciogliermi dal suo abbraccio. «Hai bisogno di un medico. Dobbiamo trovare Riley!».

«Sto bene» rispose, avvolgendo il palmo attorno alla mia nuca. «Guardami». Non potevo. Ero troppo occupata a valutare i danni. Strinse la presa. «Katriana. Guardami».

Il ringhio autoritario con cui lo disse mi spinse ad alzare gli occhi.

Le sue iridi dorate trattennero le mie in uno sguardo infuocato. Mi ricordavano il sole in un giorno d'estate.

«Sto bene» giurò, poi premette l'erezione sulla mia carne più sensibile. «Se così non fosse, non sarei pronto a scoparti anche in questo momento».

«Oh». Mi leccai le labbra. «Ma ti hanno sparato».

«Sì, ed è stato incredibilmente doloroso. Ma te l'ho

detto, è difficile uccidere un lupo. Soprattutto uno potente come me. Perché pensi che abbiano avuto bisogno di quattro alfa per tenermi fermo?».

«Odio interrompere questo bel quadretto, ma... che cazzo?!» intervenne Elias, unendosi a noi. «Perché sembra che qualcuno abbia conficcato un coltello da burro nella gola di Artur?».

«Katriana l'ha decapitato» spiegò Ander senza distogliere lo sguardo dal mio. «Ed è stato uno degli atti di violenza più belli a cui abbia mai assistito».

«E gli altri?» chiese Elias.

Ander lasciò andare il mio collo e mi accarezzò dolcemente la mascella dolorante. «Frutto della collaborazione tra me, Katriana e un cecchino sconosciuto sulle colline».

«Quello ero io» annunciò una voce profonda con un grugnito. Mi voltai appena in tempo per vedere un alfa dai capelli rossi gettare a terra un altro maschio. «Dopo aver fatto fuori questo qui». Calciò il corpo verso Ander, poi lasciò cadere anche un fucile. «Lo stava usando per aiutarli da lontano. Ho deciso di prendere il suo posto. Dopo avergli spezzato il collo».

Lo osservai.

La sua voce era familiare. Era presente alla festa e aveva fatto domande sul corteggiamento. Non voleva me, però, ma una delle altre omega.

«Samuel» disse Ander. La sua sorpresa era evidente tanto nel tono quanto nella sua espressione. «Hai sparato a Enzo».

«Sì» ammise. «E anche a Darren». Diede un calcio all'uomo ai suoi piedi. «Ma questo idiota ha solo il collo spezzato. Ho pensato che mi sarebbe servito come testimone per confermare la mia storia». Fece spallucce.

«Anche se, non appena avrai capito il mio legame con la ragazza, la sua testimonianza sarà irrilevante».

Sia io che Ander aggrottammo la fronte.

Ma fu Elias a parlare. «Quale legame?».

Samuel cercò con lo sguardo il vice di Ander, che aveva le braccia incrociate sul petto e uno sguardo sospettoso. «Beh, è mia nipote».

ANDER

«TUA *COSA*?» domandai, scioccato.

«Mia nipote» rispose tranquillamente. «È la figlia di mia sorella».

Katriana si irrigidì tra le mie braccia. Aveva la bocca spalancata.

«E me lo dici adesso?» sbottai.

«Non l'ho capito fino all'altra sera, prima non avevo mai visto la tua compagna. Ma l'ho riconosciuta immediatamente. Solo che poi sei stato a dir poco impegnato». Si infilò le mani in tasca. «Però ho fatto rapporto a Ceres. Sta facendo dei test sul nostro DNA, ma non farà altro che dimostrare quello che già so. È sicuramente la figlia di Marianna».

«È il nome di mia madre» sussurrò Katriana.

«Non sapevo avessi una sorella» disse Elias, dando voce ai miei pensieri. «Era una beta?».

«No». E prima ancora che continuasse, capii che tipo di lupo fosse sua sorella. Glielo lessi negli occhi. «Era un'omega».

«Hai tenuto nascosto al consiglio l'esistenza di un'omega». Katriana iniziò a tremare. Cercai di coprirla il più possibile con il mio corpo. «Ha bisogno di una giacca».

Elias mi passò la sua prima ancora che finissi di

parlare. La avvolsi attorno al corpo nudo della mia compagna. I vestiti di entrambi erano completamente rovinati, i suoi stivali si trovavano da qualche parte sotto i resti della carneficina.

«È meglio se continuiamo a parlare in un luogo più caldo» dissi, guardandomi attorno. Insieme a Elias erano arrivati anche altri lupi. Erano tutti sull'attenti, con un'espressione impassibile stampata in viso.

Mi passai una mano tra i capelli e sospirai.

Avevano bisogno che mi comportassi da alfa, che fornissi una spiegazione, che impartissi qualche ordine… insomma, che facessi qualcosa. La scena era troppo cruenta, perfino per un gruppo di alfa.

E l'intero settore era probabilmente già al corrente di quello che era successo.

Fantastico. Niente di meglio che iniziare la giornata con stile, coperto di sangue e fori di proiettile. Il mio dannato addome era trafitto da crampi lancinanti, necessari per la guarigione. La mia coscia pulsava di dolore a causa della ferita inflitta da Enzo quando avevo tentato di reagire. Il mio cuore batteva all'impazzata per la mia compagna e per quello che aveva dovuto subire. E il mio lupo voleva controllare il luogo del massacro per assicurarsi che non ci fossero sopravvissuti.

«Mia madre era una lupa?» mormorò Katriana fissando Samuel. «Non mio padre?».

«Tuo padre era un umano» rispose il vecchio alfa. «Tua madre voleva legarsi ufficialmente a lui, solo che è morto durante il viaggio verso Andorra».

«Il viaggio?» ripetei.

«Marianna non è mai stata parte del settore Andorra. Dopo il Contagio, aveva deciso di vivere per conto suo, scegliendo la compagnia degli umani invece che quella dei lupi. Quando si è innamorata, mi ha contattato. Voleva unirsi a noi, con la speranza che tu le permettessi di trasformare il suo umano in un lupo X-Clan. Solo che è morto prima che lei ne avesse la possibilità».

Quindi non stava nascondendo un'omega, ma solo qualche dettaglio sullo status della sorella. «E quando è arrivata?».

«Ho creato dei soppressori in laboratorio per aiutarla a mascherare il suo odore» ammise. Non doveva essere stato difficile per lui; era uno dei miei migliori ricercatori. E non era che monitorassi continuamente la posizione dei miei lupi. «Sapevo cosa sarebbe successo a lei e alla sua creatura, se fossero state scoperte. Qualcuno l'avrebbe reclamata, e…».

«Il bambino sarebbe stato ucciso dall'alfa che le voleva imporre il legame di accoppiamento» conclusi per lui. Perché era il prodotto del rapporto tra l'omega e un altro maschio. Un maschio *umano*. Un insulto che avrebbe giustificato la morte del nascituro.

Annuì. «Accetto qualsiasi punizione tu voglia infliggermi per averla nascosta, ma non mi scuserò mai di averlo fatto».

Io ed Elias ci scambiammo una lunga occhiata. Sapeva che non potevo emettere un verdetto in quel momento. Non dopo tutto quello che era successo. C'erano troppe questioni urgenti di cui occuparsi.

«Com'è stato possibile?» domandò Katriana, riportando la mia attenzione sulla mia unica priorità: scaldare la mia compagna tremante. «Le omega hanno bisogno di accoppiarsi con un alfa, no?».

«Sì, le omega necessitano di un alfa per il legame di accoppiamento. E anche per aiutarle durante il calore, o il ciclo diventa particolarmente doloroso» le spiegai dolcemente. «Tecnicamente, però, un'omega può procreare anche con qualcuno che non sia un alfa. È solo meno probabile che il bambino sopravviva».

«E gli umani possono essere predisposti ai nostri marcatori genetici» aggiunse Samuel. «Da quello che mi ha detto tua madre, tuo padre possedeva tutte le inclinazioni di un alfa. Se gli fosse stato iniettato il siero X-Clan, probabilmente sarebbe diventato un lupo alfa».

Katriana scosse la testa, incredula. Non riusciva ad accettare le parole di Samuel. «Non può essere vero. Mia madre è morta».

«Uno di quegli idioti nella grotta le ha sparato in testa» disse piano Samuel. «Se non avesse soppresso la sua vera natura per tutti quegli anni, forse sarebbe sopravvissuta. Ma non poteva rischiare di essere colta in forma animale».

«Sopprimere i nostri lupi ci rende intrinsecamente più deboli» confermai. «Ha senso».

«Per… perché non mi ha mai raccontato niente di tutto questo?» sussurrò Katriana, rivolta più a se stessa che a noi. Ma Samuel rispose comunque.

«Non posso parlare a nome suo, ma so che per lei eri più importante di qualsiasi altra cosa. Ha rischiato tutto per restare qui, perché sapeva che ad Andorra saresti stata al sicuro».

«In che modo?» chiese. «Ho vissuto in una caverna dove ho rischiato di morire di fame innumerevoli volte. Sono stata rapita dai lupi. Costretta a mutare. Messa incinta. Quasi stuprata da questi bastardi. E adesso sono coperta di sangue, sul punto di congelare, e mi dici che sono *al sicuro*?». Scoppiò a ridere, ma presto la sua risata si trasformò in un pianto a dirotto. La strinsi a me, cercando di consolarla.

«Possiamo continuare a parlarne più tardi» dissi, rivolgendo un'occhiata a Samuel. «Mi aspetto di trovarti nel mio ufficio».

Acconsentì con un cenno del capo. Il suo viso non lasciava trasparire nulla.

«Cosa vuoi farne dei corpi?» mi domandò Elias, indicando il campo innevato con un cenno della mano.

Valutai le mie opzioni, accorgendomi che c'erano due lupi che ancora respiravano. Uno era Darren, che apparentemente si era appassionato alla vita da cecchino.

L'altro era Walton, un alfa appena entrato a far parte del consiglio.

Risparmiarli sarebbe stato un destino peggiore della morte. Non avrebbero avuto un posto dove andare. Sarebbero stati costretti a vivere come vagabondi, privi di un branco.

Una punizione adeguata.

«Un attimo» dissi, in risposta alla domanda di Elias sui cadaveri.

Baciai Katriana sulla tempia e la tenni in equilibrio sul fianco, poi mi misi alla ricerca delle teste di cui avevo bisogno.

Quella di Enzo era ancora attaccata al corpo.

Quella di Artur no.

«Ti dispiace se ti lascio andare per un minuto, gattina?» le chiesi dolcemente. Stava tirando su col naso, ma aveva smesso di piangere. Con lo sguardo fisso sui resti di Artur, il suo shock sembrava essersi sciolto in un'emozione più distaccata.

Annuì senza dire nulla. Presi un pugnale da uno dei cadaveri e lo usai per tagliare la testa di Enzo, esattamente come aveva fatto lei con Artur. Katriana seguì ogni mio movimento con lo sguardo.

Quando ebbi finito, afferrai la testa di Enzo per i capelli e andai a recuperare anche quella del suo amico. Solo che non era più dove l'avevo vista poco prima. L'aveva presa Katriana.

Mi guardò con un'espressione determinata. «Dimmi che posso bruciarla».

Adoravo quel lato di lei. Le rivolsi un sorriso di approvazione. «Se vuoi, possiamo dare fuoco all'intero campo».

«No. Solo ai corpi».

Annuii. «Okay, solo i corpi». Guardai il mio vice, e la sua espressione mi disse che sapeva già cosa volevo.

«Avete sentito il vostro alfa» disse al piccolo esercito silenzioso che aveva portato con sé. «Raccogliete i resti e portateli nella piazza centrale. È ora di preparare un bel barbecue».

«Ma lasciate Darren e Walton. Sono ufficialmente espulsi dal branco. Dovranno trovare il modo di sopravvivere da soli». Sputai sui loro corpi esanimi. «E sai cosa? Anche Tonic merita lo stesso destino. Buttalo fuori a calci. Lascia che aiuti i suoi amichetti». Dato che non aveva partecipato alla rivolta, immaginai che dovesse essere ancora in cella.

«Consideralo fatto» rispose Elias.

«Bene». Mi avviai verso la cupola con Katriana al mio fianco.

Non fece commenti sulla neve gelida sotto i nostri piedi.

Non tremò nemmeno.

Sentii la sua determinazione crescere a ogni passo. La mia femmina combattiva era tornata. Finalmente. Anche se avrei preferito che fosse successo in circostanze diverse.

Una guardia ci accolse all'ingresso della cupola. Si chinò talmente tanto da dare l'impressione che stesse baciando la neve.

Doveva aver percepito la nostra aggressività.

La violenza.

La rabbia.

Sentivo il bisogno di mettere i miei lupi al loro posto. Perché una cosa simile non poteva succedere di nuovo.

La mia furia aumentava di secondo in secondo, alimentata dalle emozioni provate da Katriana.

Avevano minacciato il nostro bambino. Il suo corpo. La mia autorità. Non potevo lasciar correre. Non potevo permettere che non ci fossero delle conseguenze.

Il settore Andorra si sarebbe inchinato davanti al suo alfa. Avrebbero dovuto implorarmi di rimanere. Avrebbero rispettato la mia cazzo di posizione.

Una folla si era radunata in piazza. Elias aveva invitato tutti a una riunione di emergenza.

Vedendoci, molti lupi sussultarono, soprattutto per il sangue secco che mi tingeva il corpo e le gambe nude di Katriana.

Sembrava fossimo stati in guerra.

Avevo ancora due ferite sul torso che stavano guarendo.

I capelli di Katriana erano ridotti a una massa informe.

Ed entrambi avevamo in mano le teste dei responsabili.

Lanciai la mia al centro della piazza. Un piccolo fiume che scorreva alla nostra sinistra soffocò il suono del cranio di Enzo che colpiva l'acciottolato. Katriana gettò i resti di Artur con un po' più di forza. La faccia dell'alfa rimbalzò nell'impatto, facendo indietreggiare con un salto alcuni dei presenti.

«Altri?» chiesi, assicurandomi che la mia voce raggiungesse tutti. Attorno alla piazza c'erano degli edifici residenziali alti cinque o sei piani, che fornivano un'ottima cassa di risonanza.

Solo il fiumiciattolo rispose alla mia domanda.

Poi iniziarono ad arrivare altri corpi.

Uno per uno, gli uomini di Elias gettarono i resti dei

rivoltosi in un mucchio al centro della piazza, pronti per il falò.

Ma non lo accesi. Non ancora. Prima volevo assicurarmi che nessun altro volesse aggiungersi.

Fissai tutti i presenti, uno alla volta. Costrinsi la folla a inginocchiarsi, travolta dall'ondata di potere che si irradiava dal mio petto con un suono profondo e gutturale. Era il tipo di ringhio che esigeva la sottomissione di chiunque, a prescindere dal rango. «Questo è il *mio* settore» dissi, furibondo per l'affronto subito. «Chiunque non voglia rispettare i miei ordini, parli ora e se ne vada».

Altro silenzio.

Ancora più lupi in ginocchio.

Perfino Elias si inginocchiò. Forse in segno di rispetto, o forse perché stavo realmente emanando un autorità impossibile da ignorare. Probabilmente un miscuglio di entrambe le cose.

Non importava.

Desideravo la loro obbedienza. Avevo bisogno che la mia posizione fosse riconosciuta. Pretendevo il loro rispetto.

Ringhiai di nuovo per enfatizzare quello che avevo appena detto. La mia furia si scagliò sulla folla come un colpo di frusta. La mia stessa gente aveva tentato di appropriarsi del mio erede. Della mia compagna. Della mia posizione.

Come hanno osato mettere in discussione il mio dominio, ringhiò il mio lupo. *Dopo tutto quello che ho fatto per loro.*

Dei gemiti lamentosi si levarono dalla folla. Musica per le mie orecchie.

Finché non li udii anche dall'unica femmina che non avrei mai voluto sentir piagnucolare fuori dalla camera da letto.

La mia compagna predestinata.

Katriana era caduta in ginocchio, travolta dal mio potere. Le tremavano le spalle. Si era chinata al punto di sfiorare il suolo con la fronte.

No, ringhiò il mio lupo. Quella non è la posizione giusta per la mia compagna.

Mi accucciai accanto a lei, insinuando le dita tra le sue ciocche ramate, e le strattonai delicatamente verso l'alto. «No, Katriana» sussurrai, costringendo il suo sguardo offuscato dalle lacrime a incontrare il mio. «Qui non ti devi mai inchinare a me». In camera da letto, certo. Ma non davanti al resto del settore. «Alzati, tesoro. Per favore».

Sbatté le palpebre e deglutì a fatica.

Le diedi un altro piccolo strattone e la aiutai ad alzarsi in piedi. La strinsi tra le braccia, mentre tutti gli altri rimasero in una posizione sottomessa.

«Tu sei la mia compagna» le dissi, accarezzandole la guancia. «Il tuo posto è al mio fianco».

Schiuse le labbra, e capii a cosa stesse pensando. Glielo lessi negli occhi. *Dubbio*.

Reagii prima ancora che potesse parlare, usando la presa sui suoi capelli per piegarle la testa di lato. E le affondai i denti nel collo.

Reclamandola.

Marchiandola come mia, in modo che tutti lo vedessero.

Ma soprattutto, cosa ancora più importante, in modo che lei lo sentisse.

Sussultò, stretta a me, e si avvinghiò alle mie spalle. Il legame scattò, finalizzando il nostro rapporto.

Come una freccia dal mio cuore al suo, unendoci per sempre. Marchiando la sua anima col mio nome, e la mia col suo.

Non mi ero mai sentito così completo.

Così vivo.

Così appagato.

E quando il suo sangue lambì la mia lingua, fu come bere dell'ambrosia.

La mia compagna.

La mia Katriana.

La mia vita.

Mia.

KAT

Le lacrime iniziarono a scorrermi sul viso. Lacrime di gioia, non di dolore.

Ander Cain mi aveva finalmente reclamata.

Marchiata come sua.

Davanti a tutto il settore.

Non vedevo l'ora di trascinarlo in camera e ricompensarlo in modo appropriato.

Alla fine mi lasciò andare con un ringhio. Non gli diedi la possibilità di parlare; gli strattonai la testa verso di me e mi avventai sulla sua bocca. Sentii il sapore del mio stesso sangue sulla lingua. Una parte violenta di me desiderò assaporare anche la sua essenza.

Così gli morsi il labbro inferiore, strappandogli un ringhio.

Ma poi, quando mi misi a succhiare la ferita, il suo ringhio mutò in un gemito.

«Cazzo» ansimò, afferrandomi il sedere e sollevandomi. Gli avvolsi le gambe attorno alla vita. Avevo bisogno di lui. *Adesso.*

Il falò poteva aspettare.

Quei dannati corpi potevano essere bruciati anche senza di me.

Tutto ciò che volevo era che il mio compagno mi

rivendicasse in ogni modo possibile. «Prendimi» dissi. «*Marchiami*».

La mia schiena colpì un muro.

Il lato di un edificio che non avevo notato. A dirla tutta, non mi ero nemmeno accorta che Ander si fosse messo a camminare. Si era allontanato dalla piazza, portandoci in un vicolo.

Erano ancora tutti lì. Percepivo la loro presenza, la loro meraviglia, la loro curiosità incontenibile nell'osservare un alfa che prendeva la sua omega.

Avrebbe dovuto darmi fastidio. Avrei dovuto esigere un po' di privacy.

Oh, c'erano così tante cose che avrei dovuto fare.

Avrei dovuto dire altre cose.

Urlare.

Lottare.

Mmm... no. Era lì che dovevo essere. Con il mio compagno.

Gli strappai il bottone dei jeans.

Abbassai la cerniera.

E strofinai la mia eccitazione sul suo sesso.

«Sei assolutamente perfetta» mormorò Ander, entrando dentro di me con una spinta violenta. «Sei tutto ciò che ho sempre sognato».

«Più forte» lo esortai, affondando i talloni nel suo sedere muscoloso. «Fammi tua, Ander Cain».

Eravamo sporchi.

Arrabbiati.

Coperti dai resti dei nostri nemici.

Animali.

Compagni.

E volevo che ogni fottuto centimetro di lui fosse dentro di me, che mi penetrasse fino a farmi gridare.

Le sue labbra si schiantarono sulle mie. Le nostre

essenze si mescolarono nelle nostre bocche, mentre la sua lingua lottava per il dominio. Mi opposi, facendolo faticare. Avevo bisogno che mi costringesse a sottomettermi.

Mi voleva al suo fianco.

E io volevo esserci.

Ma nel sesso avevo bisogno della sua protezione, della sua forza, della sua totale supremazia. Mi diede tutto ciò che volevo. Le sue mani erano sui miei fianchi; mi stringevano con forza, mentre Ander mi scopava fino a farmi perdere la cognizione del tempo. Lo morsi. Mi morse. Lo leccai. Lui fece lo stesso. Urlai. Lui ringhiò. Trascinai le unghie sulla sua schiena, e lui mi sbatté con più forza sul muro.

Violento.

Punitivo.

Meraviglioso.

Ansimai, gemetti e lo strinsi a me con una ferocia tale che nessuno sarebbe riuscito a separarci. Nemmeno lui.

«Sei mio» sussurrai, inarcandomi verso di lui. «Il mio alfa».

«La mia omega».

«Il mio compagno».

«Il mio amore» rispose in tono adorante. Le sue labbra scesero lungo il mio collo, fino al punto in cui mi aveva marchiata. Leccò la ferita. «Ti amo, Katriana Cardona».

Quattro parole.

A suggellare il destino che avevo finalmente accettato.

«Ti amo anch'io, Ander Cain» dissi, cercando ancora una volta la sua bocca. I suoi movimenti rallentarono in un diverso tipo di scopata.

Rilassante.

Tenera.

Devota.

Gli occhi mi si riempirono di lacrime, il mio battito

accelerò. Quello che era iniziato come un intenso bisogno di rivendicazione si era trasformato in una danza emotiva intrisa di intimità. Le nostre anime si stavano unendo in matrimonio, mentre i nostri corpi si muovevano come un tutt'uno.

Amore.

I nostri lupi che si legavano per l'eternità.

Niente e nessuno avrebbe mai potuto mettersi tra noi.

E avremmo operato per sempre come una squadra. Per crescere il nostro bambino, per governare, per essere chiunque fosse necessario essere. Insieme.

Ander tracciò con la lingua un sentiero fino al mio orecchio. Il suo respiro mi fece correre un brivido lungo la schiena. «Sei mia, Katriana». Il suo nodo schizzò lungo la sua erezione e si fissò in profondità. Riversò il suo seme dentro di me con un gemito destinato soltanto alle mie orecchie.

«E tu sei mio» replicai, venendo attorno a lui, tremando.

Il mio corpo era in fiamme. La neve che turbinava nell'aria non sembrava avere alcun effetto sulla mia pelle rovente. Fu solo quando cambiò posizione che sentii i graffi sulla schiena causati dalla parete. Mi aveva fatta sanguinare, proprio come gli avevo chiesto.

Non mi faceva male.

Quelli eravamo noi.

Il nostro modo di stare insieme.

Tutto accade per un motivo, e finalmente avevo capito il mio destino. La mia ragione di esistere.

Ero una lupa a metà che aveva ritrovato la sua interezza. La mia vita era legata a un uomo che aveva bisogno di me per aiutarlo a governare. Non sottomettendomi a lui, né strisciando ai suoi piedi. Ma per essere la sua partner a tutti gli effetti, a modo mio.

«Voglio saperne di più sul tuo mondo» sussurrai. «Come funzionano le cose».

«Vuoi aiutarmi a sopravvivere» tradusse lui.

Annuii. «Proprio come tu hai aiutato me».

Sfiorò le mie labbra con le sue. «L'hai già fatto. Più di quanto tu creda». Mi baciò di nuovo, più lentamente, col suo nodo che ancora pulsava dentro di me. «Hai dato un senso alla mia esistenza, Katriana. Mi hai dato uno scopo. Non mi ero reso conto che mancasse finché non ti ho incontrata».

La sua lingua scivolò nella mia bocca, danzando pigramente con la mia. I nostri corpi si ripresero a poco a poco dall'estasi che avevano condiviso, il suo nodo si ritrasse.

Ander premette il viso sul mio collo, accarezzando col naso il segno che mi aveva lasciato. «Fa male?».

Scossi la testa. «Molto meno del tuo rifiuto di reclamarmi».

Trasalì. «Avrei dovuto morderti fin dal primo giorno. Ho capito subito che eri mia. Per questo ti ho portata nel mio attico».

«Sono contenta che tu non l'abbia fatto» ammisi, accarezzandogli la schiena. «Così ha avuto molto più significato. Come se fosse stata una ricompensa per tutto quello che abbiamo affrontato. Il modo del destino di assicurarsi che entrambi lo meritassimo». Suonava ridicolo, ma il bagliore che gli illuminò lo sguardo mi disse che aveva capito.

«Festeggiamo con un falò?» chiese dolcemente, posando la fronte sulla mia.

«Per vedere i nostri nemici bruciare?». Perché erano i *nostri* nemici, non solo i suoi. Chiunque minacciasse il mio compagno minacciava anche me. Sarebbe stato per sempre così. Eravamo una squadra.

Annuì. «Sì».

In qualche modo sapevo che non aveva risposto soltanto alla mia domanda, ma anche ai miei pensieri. Non riusciva a leggermi la mente, così come io non riuscivo a leggere la sua. Eppure lo *sentivo* dentro di me. Le sue emozioni vibravano lungo delle corde invisibili che legavano insieme i nostri cuori e li facevano battere all'unisono. Percepire la sua adorazione e la sua energia protettiva era incredibilmente appagante. Così come lo era sentire il suo dominio, il suo calore e il suo bisogno innato di venerarmi.

Mi strinsi a lui con un sospiro felice. «Andrò ovunque andrai tu».

«Beh, qualche volta puoi anche provare a scappare» rispose. Lo sentii sorridere sui miei capelli. Poi mi baciò sulla testa. «Non mi dispiacerebbe darti la caccia. Ma devi essere pronta a subirne le conseguenze».

«Tipo una scopata?».

«Ovvio» rispose. Poi si staccò da me e mi aiutò a rimettermi in piedi. Tentò di ricomporsi alzando la cerniera dei jeans, ma dovette accontentarsi di tenerli penzolanti sui fianchi, dal momento che gli avevo strappato il bottone. Era anche a piedi nudi. Se aveva freddo, non lo dava a vedere. Probabilmente il suo lupo lo aiutava a regolare la temperatura corporea.

Intrecciò le dita con le mie e si portò la mia mano alla bocca. Mi premette un bacio sul polso. «Falò o doccia?».

«Falò» dissi. «Ho bisogno di vedere quei bastardi bruciare».

Mi scoccò un sorriso di approvazione. «Anch'io».

«Ma dopo possiamo lavarci. Magari mi mostrerai finalmente come si usa la doccia».

Inarcò le sopracciglia. «Non sai come usare una doccia?».

«Non hai notato che ogni volta che provo a lavarmi allago il bagno?».

«Pensavo lo facessi apposta per farmi un dispetto».

Sbuffai. «No, è che io e la tua doccia non andiamo d'accordo. Sono cresciuta lavandomi nei laghi e nei corsi d'acqua, ricordi?».

Mi fissò per un lungo momento, poi gettò la testa all'indietro e scoppiò a ridere. Era un suono che avevo udito molto raramente. Così pieno di gioia, meraviglia e puro divertimento. «Oh, Katriana. Che bella vita avremo insieme».

Mi prese tra le braccia, portandomi come gli sposi facevano con le loro spose in tutte quelle riviste conservate da mia madre.

Il ricordo mi provocò una fitta al cuore.

Era una lupa.

E non l'avevo mai saputo.

Mi domandai quali altri segreti avesse, e se li avrei mai scoperti. Forse non era destino che ne venissi a conoscenza.

O forse questo era ciò che aveva sempre sperato per me.

Accoppiata con un alfa. Protetta. Innamorata. Sul punto di creare una famiglia tutta mia.

Non male come vita.

No, mi dissi, mentre Elias avvicinava una torcia al mucchio di cadaveri. *No, oserei addirittura definirla straordinaria.*

Mi accoccolai ad Ander e sorrisi.

Guardando i resti dei nostri nemici sparire tra le fiamme.

Lunga vita al settore Andorra, pensai. *E ricordate: se darete fastidio a me o al mio compagno, vi distruggeremo.*

EPILOGO

ANDER

Un anno dopo…

«Come vanno le cose nel settore Shadowlands?» chiesi, rilassandomi sulla sedia dell'ufficio ricavato nel mio appartamento.

Katriana mi aveva aiutato a trasformare una delle tante camere da letto inutilizzate in una sala riunioni. Un netto miglioramento rispetto al tavolo della sala da pranzo. In realtà, non avevo mai avuto bisogno di un ufficio in casa, ma l'insaziabile voglia di sesso della mia compagna durante il secondo e il terzo trimestre mi aveva reso praticamente impossibile allontanarmi dall'attico.

Dopo la nascita di nostro figlio si era calmata, ma mi piaceva comunque averli vicino.

Dušan sorrise. «Molto meglio, da quando ho risolto la questione del siero».

Gli ci era voluto un po' di tempo. Non gli avevo chiesto i dettagli, ma avevo capito che c'entravano la sua nuova compagna e la vulnerabilità dei lupi Ash al virus che aveva creato gli Infetti.

Era la principale differenza genetica che contraddistingueva le nostre specie. I lupi X-Clan erano immuni al virus, mentre i lupi Ash potevano esserne contagiati, dando vita a un ibrido a dir poco letale. Per questo avevo deciso di mettere in atto alcune misure per proteggere le omega Ash che si erano accoppiate con gli alfa del mio settore. Era parte delle condizioni di Dušan, ma l'avrei fatto lo stesso.

«Sono contento che sia tutto a posto» risposi. «Spero significhi che potremo effettuare altri scambi, in futuro».

«È proprio per questo che ti ho chiamato» disse. «Beh, quello, e per sapere cosa diavolo sta succedendo nel settore Winter».

Sospirai. «Un casino, ecco cosa sta succedendo». Mio padre mi aveva telefonato qualche giorno prima per farmi un resoconto della situazione.

«Ci è giunta voce di una rivoluzione» continuò Dušan. Appoggiò la schiena a un albero e si passò le dita tra i capelli neri. «Sembra che la famigerata Regina degli Specchi si stia dando parecchio da fare».

«Non è sempre così?» commentai. Il settore Winter si trovava nel circolo polare artico ed era noto per essere formato principalmente da beta. Era governato da un'unica alfa, una donna, che aveva tre consorti omega e si rifiutava di accoppiarsi ufficialmente con loro, costringendoli a contendersi le sue attenzioni.

Non avevo mai conosciuto una femmina così crudele.

Era odiata da molti, soprattutto perché si teneva stretti i preziosi maschi omega, che nel nostro mondo erano ancora più rari delle femmine. Certo, anche le alfa erano altrettanto rare. Da qui il suo presunto status regale.

«Spero che il settore Norse li sconfigga» ammise Dušan. «Assicurati di riferirlo a tuo padre».

«Oppure puoi dirglielo tu stesso, visto che, a quanto pare, hai iniziato a commerciare anche con lui» suggerii.

Sulle labbra dell'alfa aleggiò un sorriso. «Ah, quindi te l'ha detto».

«Come hai giustamente osservato, è mio padre» risposi, altrettanto divertito. «Forse uno di questi giorni la smetterai di fare giochetti con me...».

Dušan sorrise apertamente. «Sì, forse. Ma non tanto presto».

«Certo che no. Sarebbe terribilmente noioso». Inarcai un sopracciglio. «Ora dimmi cosa vorresti scambiare».

Ogni traccia di ilarità scomparve dalla sua espressione. Era ora di parlare di affari. Mi elencò le necessità del suo settore e cos'erano disposti a offrirci in cambio. Non lasciai trasparire nulla, limitandomi ad ascoltare i suoi termini e prendendo mentalmente nota di ciò che mi piaceva o meno di ciascuno. Quando finì di parlare, annuii. «Ne discuterò col consiglio e ti farò sapere».

Esalò un sospiro, e nel suo sguardo lampeggiò un barlume di rispetto. «Bene. Questo è ciò che più apprezzo di te, Cain. Ti impegni a usare la diplomazia in un mondo che pullula di dittatori».

«Come nel settore Winter» mormorai.

«Esattamente».

«Ci sentiamo presto» promisi, notando un movimento sulla soglia.

Dušan chiuse la telefonata come faceva sempre, senza nemmeno salutare. La mia compagna entrò nella stanza con nostro figlio in braccio. Il piccolo aveva le dita infilate tra i capelli ramati di lei e li strattonava.

Tale padre, tale figlio.

Anche a me piaceva tirare i capelli della mia compagna.

Solo in modo leggermente diverso.

La chioma fulva di nostro figlio brillò sotto la luce del

lampadario. Le sue iridi dorate saettavano in giro per l'ufficio, il suo nasino fremeva. Probabilmente si chiedeva chi avesse sentito parlare con il suo udito potenziato, e stava cercando di percepire qualche odore estraneo.

«Tutto bene con Dušan?» chiese Katriana. Il suo volto splendeva di affetto. La maternità le donava. Non vedevo l'ora di darle un altro figlio, ma lei voleva aspettare almeno un anno o due.

Il che significava fare attenzione durante il calore.

Non ne ero particolarmente felice. E nemmeno lei.

«Ander?» mi esortò, scoccandomi un sorrisetto. Doveva aver capito a cosa stessi pensando.

«Dušan e i suoi stanno bene» risposi. «Penso abbia trovato un modo per combattere gli Infetti, ma non mi ha detto niente di specifico al riguardo. Spero per il suo settore che sia così».

«Anch'io» mormorò Katriana. «Non sapevo che i lupi Ash non fossero immuni».

«Ne avevo sentito parlare, ma ne ho avuto conferma l'anno scorso, quando mi ha chiesto di mettere in atto delle misure di sicurezza per le omega». Mi strinsi nelle spalle. «Spero che trasmetta tutto ciò che ha scoperto ai nostri scienziati, così potremo proteggere meglio le sue lupe».

Katriana annuì. «Già, lo spero anch'io». Si mordicchiò il labbro inferiore, studiandomi per qualche istante. «Ha chiamato Samuel. Ha chiesto di venire a cena da noi».

«Ancora?!». Quel dannato alfa sembrava amare mio figlio tanto quanto me. Forse, essendo lo zio di Katriana, provava anche un certo senso di responsabilità.

La mia compagna non era ancora riuscita a superare il fatto che sua madre fosse una lupa. Non ne parlava mai. Non potevo certo biasimarla; nemmeno io avevo perdonato del tutto Samuel per non aver informato me, l'alfa del suo settore, del legame che li univa. Sosteneva di non essersene reso conto fino alla serata in cui avevo presentato le nuove omega agli alfa. Era stato per quello che aveva appoggiato la mia idea sul corteggiamento. Pensavo fosse interessato a un'omega, ma in realtà era preoccupato per la sorte di sua nipote.

Strano modo di dimostrarlo.

«So che non gli sei particolarmente affezionato, ma è bravissimo con Quim» aggiunse, posando un bacio sulla testa del nostro bambino. Lui gorgogliò di felicità, adorando le attenzioni della madre. «Non è vero, piccolino?» gli chiese. «Vuoi tanto bene allo zio Sammy, eh?».

Sorrisi. «Spero davvero che lo chiami così, quando inizierà a parlare». Samuel l'avrebbe odiato.

«Oh, succederà» rispose. «Fidati».

«Oggi ti ho già detto quanto ti amo?».

«Mmm... solo due volte» rispose, appoggiandosi allo stipite della porta. «E sono passate almeno sei ore dall'ultima volta che hai cercato di darmi il tuo nodo, quindi presto potrei aver bisogno di un po' di convincimento».

«Ah sì?». Mi alzai dalla sedia e andai verso di lei. «Cosa ne dici se ci provo adesso?».

«Tuo figlio potrebbe avere qualcosa da ridire».

«Gli possiamo dare il biberon e metterlo a dormire».

«Certo, perché l'ultima volta ha funzionato così bene...» commentò in tono piatto.

La spinsi contro la porta e mi chinai per baciarla. Con grande disappunto di Quim, che emise un piccolo ringhio infastidito. Cominciai a ridacchiare. «Il nostro piccolo alfa sta già testando i limiti di suo padre». Gli diedi un buffetto sul naso e gli sorrisi. «Buona fortuna, lupacchiotto».

Tentò di mordermi il dito, ringhiando di nuovo.

«Sei così protettivo nei confronti di tua madre» mormorai col cuore gonfio di orgoglio. «Un giorno sarai un ottimo alfa».

«E io mi ritroverò circondata dal testosterone» borbottò Katriana.

«Potremmo sempre provare ad avere una bambina» suggerii.

«Non pensarci neanche» scattò lei, conficcandomi un dito accusatore nelle costole. «Non sono neanche lontanamente pronta. E prima mi devi almeno un anno di orgasmi».

Scoppiai a ridere. «Solo un anno?».

«Te ne chiederei dieci, ma sappiamo entrambi che insisterai per avere un altro figlio ben prima di allora».

«Hai ragione» concordai. Si avviò lungo il corridoio, diretta verso la nostra stanza. La seguii. Conoscevo quella camminata. Il movimento dei fianchi. La determinazione che permeava il suo odore. Stava per darmi ciò che volevo, a patto che Quim acconsentisse a fare un pisolino.

Speravo proprio che non facesse storie.

Perché come mi aveva giustamente fatto notare la mia compagna, le dovevo un anno di orgasmi.

No, le dovevo molto di più.

Una vita di piacere. Con un po' di dolore. E un universo di felicità.

La osservai sistemare il nostro bambino nel suo nido, posizionato in un angolo della camera da letto. Il mio cuore era pieno di adorazione nei confronti di entrambi.

La mia esistenza era completa.

Il mio mondo era semplicemente perfetto.

Quim si mise tranquillo, cullato dalla dolce cantilena di Katriana. Era la sua versione di quelle specie di fusa con cui facevo addormentare lei.

Ma quando si voltò, capii che il sonno era l'ultima cosa che desiderava.

«Portami a letto, compagno» mi ordinò.

Sorrisi e le avvolsi la mano attorno alla nuca. «Mmm… suonava fin troppo come un comando, omega. Cosa dovrei fare?»

«Ricordarmi chi è l'alfa?» suggerì, guardandomi con un'espressione fintamente innocente.

«Buona idea» risposi, catturando le sue labbra in un bacio punitivo. Poi le sfilai il vestito da sopra la testa. «Ora stenditi e apri le gambe». Fece un passo indietro, verso il letto, ma la afferrai per la vita e la trascinai di nuovo verso di me. «E… Katriana?».

I suoi occhi mi cercarono con quello sguardo velato che adoravo. «Sì?».

«Ti conviene essere bagnata per me» dissi. Le morsi il labbro inferiore, poi la lasciai andare con una pacca sul sedere.

Salì sul letto, poi si lanciò un'occhiata alle spalle con un'espressione pudica. «Ander?».

Inarcai un sopracciglio per invitarla a continuare.

«Sono sempre bagnata per te» disse. Il suo commento mi strappò un gemito. Sorrise.

La mia femmina.

Che cercava sempre di dominare dal basso.

Beh, se era così che voleva giocarsela, l'avrei accontentata. Perché quella donna era tutto per me.

La mia compagna.

La mia eternità.

Mi tolsi i vestiti e la guardai allargare le gambe proprio come le avevo chiesto, con l'eccitazione che già le bagnava le cosce

Mia, pensai, andando verso di lei. *Mia per sempre*.

Grazie per aver letto questa storia!

Se non ti senti ancora pronto a lasciare il settore Andorra, puoi scoprire di più su Daciana ed Elias in *X-Clan: L'esperimento.*

Dopo aver terminato *Il settore Andorra*, non sono più riuscita a smettere di pensare a Daciana ed Elias, così ho continuato a scrivere. La storia che mi hanno raccontato è diventata un bellissimo racconto che porterò sempre nel cuore.

X-Clan: L'esperimento

Daciana
Sono un'offerta. Un test. Una pedina in un accordo di cui so poco o nulla.

Vola nel settore Andorra.
Lascia che facciano i loro esperimenti.
Accoppiati con un alfa X-Clan.
Spera che vada tutto per il meglio.

Questi sono i miei ordini. Il mio destino. Non posso fuggire, e la luna è un orologio impossibile da ignorare. Uno di questi alfa mi reclamerà, sempre che la nostra genetica sia compatibile. E se così non fosse, beh, mi aspetterebbe un fato peggiore della morte.

Tic toc.
Fa' la tua scelta.
Il tuo futuro dipende da questo.

Elias
La bella lupacchiotta bionda ha visto fin troppo dolore nella sua giovane vita.

Mi fa venire voglia di prendermi cura di lei.
Di adorarla.
Di mostrarle che c'è anche del buono al mondo.
Ma il nostro futuro è dettato da un esperimento.

O è compatibile o non lo è. La luna determinerà il nostro destino. O forse sarà il mio lupo a decidere per noi. Perché ogni secondo che passa diventa sempre più difficile non reclamare la femmina che, nel profondo del cuore, so già essere mia.

Corri, piccola, corri.
E non guardarti indietro.
Perché se ti prendo,
potrei anche morderti.

Nota: Questo è un racconto autoconclusivo in cui sono presenti personaggi de *Il settore Andorra*, il primo libro della serie X-Clan. Ci sono elementi dell'Omegaverse e un lieto fine.

L'universo X-Clan continua con *La freccia di Winter*...

Il vero amore è un mito.
Un trucco.
Un modo per soggiogare la protagonista e portarle via tutto.

Winter Snow

Il mio "vero amore" ha cospirato con la mia matrigna per farmi uccidere e rubare il mio trono.

Ma hanno fallito.

Mi sono nascosta e ho architettato la mia vendetta. Non sono più la damigella in pericolo che credevano che fossi. È giunto il momento di affrontarli. E riprendermi il mio regno.

A chi servono i nani, quando hai i lupi?
A chi servono le lame, quando hai le frecce?

Una volta il mio nome era Snow, ma ora mi chiamano "la freccia di Winter". Perché sono qui per distruggerli tutti.

Kazek Flor

Non sono un principe, ma un alfa. E prendo quello che voglio, quando voglio. Nei boschi, ho trovato una principessa in fin di vita. L'ho presa e l'ho fatta mia.

La addestrerò. La incoraggerò. La aiuterò a ottenere la vendetta che le spetta. Poi, insieme, sconfiggeremo il settore Winter e la malvagia Regina degli Specchi.

Scappate, lupi.
La vostra principessa è pronta a risorgere. Con me al suo fianco.
E siamo assetati del vostro sangue.

Nota dell'Autrice: Questa storia è una rivisitazione della fiaba di Biancaneve, basata sull'universo Omegaverse in cui è ambientata la serie X-Clan.

RINGRAZIAMENTI

Questa storia non sarebbe mai esistita senza Erin Bedford e il progetto Zombie 2099. Sono infinitamente grata di esservi stata inclusa e mi è piaciuto tantissimo lavorare con gli altri autori presenti in questa raccolta. Chi l'avrebbe mai detto che l'apocalisse potesse essere così divertente?

Come sempre, sono grata e in debito con mio marito per tutto il suo supporto e il suo amore. E anche perché si assicura che mangi quando sono prossima a una scadenza. Grazie di essere il mio compagno. Ti amo.

Questo libro non sarebbe stato possibile senza il mio team alfa/beta: Katie, Allison, Jean e Diane. Grazie di cuore per averlo letto e per avermi aiutato a tenere in riga Ander.

Grazie, Bethany, per aver sistemato tutte le mie virgole. Continuo a odiarle, sia loro che tutte le regole che le riguardano. Ma forse, uno di questi giorni, leggerò il CMOS. O magari lascerò che sia tu a farlo ;) Grazie di tutto!

Louise & Diane: Entrambe mi tenete a galla quando ne ho più bisogno. Non potrò mai ringraziarvi abbastanza per come gestite il mio mondo quando lo abbandono per andare a giocare con le voci. Per me significate tantissimo!

Chas & Kathy: Grazie per la vostra assistenza con tutto ciò

che riguarda le pubbliche relazioni e per tenere in piedi la mia vita. Mi aiutate in un milione di modi diversi e ve ne sarò eternamente grata.

Famous Owls: Grazie di essere una parte così importante del mio team. Riuscite sempre a farmi sorridere. Siete fantastici!

Un ringraziamento speciale al mio team ARC e alla Enticing Journey Book Promotions per il vostro sostegno a questo progetto.

E ai miei lettori: Grazie di aver dato una possibilità a Kat e Ander. È un mondo nuovo, e come tutti i mondi nuovi un po' mi spaventa condividerlo. Ma adoro le voci che lo popolano. Non vedo l'ora di giocare con Kazek e Winter.

A presto… xx

Lexi C. Foss, che con i suoi libri è in cima alle classifiche di *USA Today*, ama giocare con i mondi oscuri. Soprattutto quelli che mordono. Vive ad North Carolina con il marito e i loro figlioletti pelosi. Quando non è impegnata a scrivere, ama viaggiare e inseguire eclissi in giro per il mondo. È una donna eccentrica che beve troppo caffè e adora nuotare.

Vuoi ricevere sempre le ultime novità sui libri di Lexi? Iscriviti alla sua newsletter qui.

A Lexi piace anche chiacchierare con i suoi lettori su Facebook nel suo gruppo esclusivo - Unisciti qui.

Dove trovare Lexi:
www.LexiCFoss.com